그저 열심히 살았습니다

초판 1쇄 발행 2024년 12월 1일

지 은 이 김윤기
발 행 인 권선복
편   집 한영미
디 자 인 서보미
전 자 책 서보미
발 행 처 도서출판 행복에너지
출판등록 제315-2011-000035호
주   소 (07679) 서울특별시 강서구 화곡로 232
전   화 0505-613-6133
팩   스 0303-0799-1560
홈페이지 www.happybook.or.kr
이 메 일 ksbdata@daum.net

값 25,000원

ISBN 979-11-93607-47-3(03810)

Copyright ⓒ 김윤기, 2024

(주)한국레미콘

최상의 품질, 정량 정품을 신속, 정확하게 공급함을 기업이념으로 생각합니다.

(주)한국레미콘 사옥전경

부산시 사하구 신평동 574번지

총무부. 051)203-7004 / 전송. 051)203-7073 / 영업부. 051)203-7800
/ 전송. 051)203-7072 / 출하실. 051)203-7448

목차

제1장

Dream

역경 속에서
피어난 꿈

01
'해방공간'의
혼돈과 성장

1945년 8월 15일 해방부터 1948년 8월 15일 대한민국 정부 수립일까지 만 3년간을 우리의 근현대사는 '해방공간'이라 칭한다.

이 시기는 영화나 드라마의 단골 소재가 될 정도로 극적인 사건들이 많았다. 한반도의 신탁통치를 결정한 모스크바 3상회의, 좌우의 이념대립, 제주 4·3사건, 5·10 남한 단독 선거, 제헌국회 탄생, 여수·순천 반란 사건 등 민족의 명운과 미래가 걸린 사건들이 연이어 일어났다.

우리나라가 유독 역동적인 역사를 가지고 있다고는 하지만 이토록 짧은 시간에 동시다발적으로 이렇게 많은 사건들이 일어난 것은 유례가 없는 일이었다. '해방공간'의 사건들은 대한민국 정부가 수립되기 전, 그야말로 무정부 상태(미군정)에서 맞이한 만큼 불가피한 측면도 없지 않았다.

그저 열심히 살았습니다

해방공간의 혼돈과 혼란이 꼭 부정적인 것만은 아니었다. 그것은 일제에 의해 36년간 억압되었던 우리의 강렬한 민족혼이 자연스럽게 분출된 현상이기도 하였고, 보다 나은 나라를 만들어 가기 위한 성장통이기도 하였다. 이 격동의 시기에 발생한 사건들이 오늘날 우리들의 삶에도 여전히 영향을 끼치고 있으니 우리 역사에서 해방공간이 차지하는 비중은 대단히 크다고 하지 않을 수 없을 것 같다.

나는 해방공간인 1947년 윤 2월에 경북 성주군 용암면 용계동 283번지에서 태어났다.

성주군(星州郡)은 지명에서도 알 수 있듯이 별과 깊은 연관이 있는 고장이다. 기원전 2~3세기경부터 가야의 성읍국가로 시작한 성주는 AD 4C경 성산가야(星山伽耶)로 발전하는데 이때부터 지명에 별 성(星) 자가 들어가기 시작했다고 한다. 나말여초에 잠시 벽진군(碧珍郡), 광평군(廣平郡)으로 개명되었다가 고려 충렬왕 34년(1308) 성주목(星州牧)으로 승격되면서 성주라는 지명을 처음으로 사용하게 되었다고 한다.

성주에는 별 성 자가 들어가는 지명이 많다. 성주읍에서 선남면 장학리로 넘어가는 고개는 빌티고개라고 하는데 '빌티'는 '별[星]터'의 경상도식 발음이다. 빌티고개를 한자로 표기할 때 성현(星峴)이라고 하는 것을 보면 알 수 있다. 옛날 이곳에

유성이 떨어진 데서 유래한 이름이라고 한다. 주변에 성산(星山), 덕성(德星), 복성(卜星) 등의 지명이 산재한 이유도 여기에 있을 것이다.

내가 태어난 용암면 용계리(배만)는 전형적인 농촌 마을이었다. 사방팔방이 산으로 둘러싸인 배만은 달밤에 고개를 들어 하늘을 보면 검은 산들이 병풍처럼 둘러싸 하늘은 마치 큰 우물 속에서 바라보는 것 같았다.

작고 둥근 밤하늘에도 별은 쏟아질 듯이 흘러갔다. 지금은 멀지 않은 곳으로 중부내륙 고속도로와 67번 국도가 지나가고, 코 앞으로 905번 국도가 거쳐 가지만 그때는 하루에 버스가 겨우 한두 번 오가는 게 전부일 정도로 첩첩산중이었다.

배만 마을은 남북으로 길게 지나가는 길과 개천을 사이에 두고 동과 서에 자리 잡은 채 견우직녀처럼 마주 보며 손짓하는 전형적인 농촌 마을이다.

우리 집은 동쪽 산어귀 쪽으로 자리 잡은 안마을보다 농사 짓기가 상대적으로 나은 서편 들마을에 있었다. 70~80여 가구가 모여 있는 안마을보다 35가구 정도가 모여 있는 들마을에는 큰집과 작은집이 이웃해 있었다. 고모 한 분만 부산에서 살고 삼형제 분이 모두 한마을에서 살았던 것이다.

용계리는 김해 김씨 집성촌이었다. 아주 드물게 박씨, 이

씨 등 타 성씨도 각 한 집씩 섞여 살았지만 마을 분위기는 김해 김씨 일색이었다. 종중재실과 종파재실, 기파재실, 백파재실 등이 요소요소에 자리 잡고 있어서 평화로우면서도 엄격한 법도가 살아 있는 마을이었다.

주민들 중에 불효를 저지르거나 불미스러운 문제를 일으킨 사람은 재실로 불러 상투를 튼 문중 어르신들이 매를 치기도 하였다. 그 시절에는 자기 자식만 가르치고 훈육하지 않았다. 어른들은 모든 자식들을 자기 자식처럼 여기고 칭찬과 꾸중을 마다하지 않았다. 집성촌의 특성상 이런 풍토는 자연스러운 일이기도 했다.

묘제를 올리는 재실이 마을의 경찰서나 법원의 역할만 한 것은 아니지만 설날이면 아이들은 동네 어른들께 합동으로 세배를 올리거나 재롱을 부리기도 하는 다목적 공간이기도 했다.

유년의 기억
-전쟁과 가난

 김해 김씨 판서공파 제 19대 손 아버지(김차암)는 어머니(김순연)와 함께 농사를 지으며 슬하에 6남매를 두셨는데 나는 두 분 사이에 6남매 중 다섯번째, 둘째 아들로 태어났다.

 부모님은 성실하고 부지런했다. 농사일이라는 것이 부지런하지 않으면 안 되는 일이기도 하였으나 특히 아버지는 동네 반장을 맡아 때로는 이장을 도우며 마을 일에도 앞장서 힘을 보태며 살았다.

 나에게 남아 있는 최초의 기억은 불행하게도 아름답거나 평화로운 장면은 아니다.

 내가 세 살 되던 해 일어난 한국전쟁은 깊은 산골인 우리 마을이라고 지나치지 않았다. 큰길로 인민군들이 대열을 지어 행군하는 장면, 아군기인지 적기인지 알 수 없는 전투기가 굉음을 토하며 산을 넘어와 순식간에 또 다른 산을 넘어가던 장면은 어린 나에게도 공포와 두려움을 안겨 주었다. 지축을 뒤흔드는 폭격기 굉음에 놀라 다리 밑에 들어가 숨을 죽인 채 두려움에 떨기도 했다.

어느 날은 인민군들이 우리 집에까지 와 밥을 달라고 해 어머니가 사랑채 부엌에서 소여물을 끓이는 가마솥으로 밥을 지어 먹였던 장면도 떠오른다. 모두가 총을 소지하고 있어 겁에 질려 밥을 해줬지 않나 생각한다. 다행히 해코지하지 않아서 망정이지 지금 생각해 보면 아찔한 장면이 아닐 수 없다. 아마 전쟁 초기에 인민군이 파죽지세로 남진하던 무렵이라 비교적 민간인들에게 관대하지 않았을까 싶다. 만약 낙동강 방어선 전투에서 패퇴하던 중이었다면 어떤 만행을 저지르고 갔을지 생각하기도 싫다.

전쟁은 기어코 우리 집에도 생채기를 남기고야 말았다. 사랑채는 다행히 화를 면했지만 안채가 그만 폭격을 맞아 폭삭 내려앉은 채 불에 타고 말았다.

우리 식구들을 비롯한 마을 사람들은 가축들이 인민군들에게 잡아 먹힐까봐 산으로 몰고 가 함께 은신해 있는 사이에 폭격을 받은 것이다. 그 덕에 사람은 다치지 않았으니 불행 중 다행이었다.

무너진 안채를 망연자실 바라보다 불탄 잔해를 헤집으며 세간살이를 찾던 아버지의 모습을 떠올리면 나는 언제나 숙연해진다. 가난한 집안의 가장으로서 그 심정이 어떠했을까를 짐작해 보면 가슴이 아려온다.

불행은 여기서 그치지 않았다. 아버지는 성실성을 인정받아 마을 반장을 맡아 이장을 돕던 차, 당시에 반장을 하면 징집 대상에서 제외되었다고 한다.

아버지는 농번기가 오면 그동안 농사지은 곡식을 가지고 용암 5일장에 가끔 가져가 팔아 생계에 보태고는 했는데 그날도 농사지은 곡물과 밭에서 생산한 마늘, 고추 등을 팔아 돈을 만들기 위해 반장은 잡아가지 않는 줄 알고 반찬을 좀 사기 위해 5일장에 가셨다.

얼마나 지났을까. 생판 처음 보는 사람들이 아버지 앞에 오더니 아래위를 훑어본 후 다짜고짜 "당신, 군대 가야겠다"라며 그 자리에서 강제 징집해 버렸다고 한다. 마을 반장이라 징집 대상이 아니라는 아버지의 항변은 통하지 않았다. 전시인 데다 전황(戰況)마저 불리하게 돌아가고 있으니 이것저것 따질 계제가 아니었을 것이다.

아버지는 짧은 군사훈련을 받고 전선에 나갔다. 삽과 괭이에 익숙한 농부의 손에 총이 가당키나 했을까. 결국 아버지는 적이 쏘아댄 포탄의 파편을 맞는 중상을 입고 말았다. 수술을 받아 다행히 목숨을 건진 아버지는 의가사 제대해서 돌아왔다.

그저 열심히 살았습니다

1950년 6월 25일 새벽 4시 북한의 기습남침으로 시작된 한국전쟁은 참혹한 결과를 남겼다. 1953년 7월 27일 휴전 협정이 체결될 때까지 만 3년 1개월간 남북한 총 사망자 수만 해도 200만 명이 넘었다. 당시 남북한 인구가 3천5백만 명이었으니 한반도 인구 17~18명 중 1명이 죽은 셈이었다. 공업시설, 발전시설, 탄광시설, 주택 등은 거의 절반 가까이 파괴되었다.

가뜩이나 일제에 36년간 수탈당하다 겨우 해방된 나라가 동족 간의 피비린내 나는 3년 전쟁을 치르며 전 국토가 폐허가 되어 버린 것이다. 전쟁 통에 집이 불타고 무너져 거리를 떠도는 전재민(戰災民)들만 해도 200만 명이 넘었다.

03

가난한 나라,
가난한 사람들

　그 당시의 대한민국은 아프리카의 몇몇 빈국(貧國)들과 함께
세계에서 가장 가난하고 비참한 나라였다. 지금에 와서 생각
해 보면 우리 세대는 가장 혼란스러운 시기에 태어나 폐허가
된 나라에서 배곯으며 성장해 오늘날의 문명과 행복을 쌓을
바탕을 다져야 하는 시대적, 역사적 소명을 가지고 온 것이
아닌가 하는 생각마저 든다. 지구상 가장 가난하고 비참한 나
라에 태어난 것도 필연이지 우연은 아닐 것이기 때문이다.

　어쨌거나 나는 찢어지게 가난한 나라에서 가난한 농부의
아들로 태어났고 평생 가난을 벗어나기 위한 노력으로 살아
왔으니, 가난이 스승이요 가난이 벗이었다고 해도 과언이 아
닐 것이다.

　큰 수술까지 받고 의가사 제대한 아버지는 겉으로는 멀쩡
했지만 한동안 힘든 일은 하지 못하고 소를 먹이며 꼴이나 베
는 등의 가벼운 일만 했다.

　조금씩 회복이 되자 아버지는 해만 뜨면 들에 나가 일을 했다.

마치 "곡식은 농부의 발자국 소리를 들으며 자란다"라는 말을 직접 입증해 보이기라도 하려는 사람 같았다.

할아버지와 할머니는 내가 아주 어렸을 때 돌아가셨다. 할아버지는 3남 1녀 중 둘째 아들인 아버지에게 논 100평을 물려주셨다는데 아버지에게는 그것이 재산의 전부였다. 논 한 마지기가 200평이니 아버지는 겨우 논 반 마지기로 식구들을 먹여 살려야 하는 처지였다. 그래도 워낙 부지런하고 성실한 분이라 어느 정도 돈이 모이면 인근의 논을 조금씩 사들이거나, 값싼 밭을 사 논으로 개간해 살림을 조금씩 일구어 갔다.

부지런하기로는 어머니도 아버지 못지않았다. 김령 김씨인 어머니는 달성군 하빈면 부농의 딸이었다. 위로 오빠 셋, 언니 둘, 아래로 여동생 하나와 함께 부유한 환경에서 많은 사랑을 받으며 자란 분이었다.

외할아버지는 마을 훈장 역할을 하셨던 것 같다. 동네 사람들에게 사성이나 부고를 써 주기도 했고 청년들을 모아 한문도 가르치기도 했다고 한다. 어머니는 이때 어깨너머로 한문을 배우기도 했다.

부유하고 유복하게 자란 어머니에게 가난한 아내, 가난한 어머니의 역할은 쉽지 않았을 것이다. 그런데도 어머니는 전혀 힘든 기색 없이 농번기에는 아버지를 도와 농사를 짓고 농한기에는 무명 삼베에 꿀 상자를 묶어 메고 다니면서 꿀 장사를 하시기도 했다.

　간혹 어머니가 먼 곳까지 장사를 가시면 빈자리는 셋째 누님이 대신 채워 주었다. 위로 누님 두 분이 시집을 가고 난 뒤라 셋째 누님은 어머니 대신 집안 살림을 도맡다시피 하였다.

　누님은 저녁밥을 먹고 나면 쓰각쓰각 무를 썰었다. 다음 날 아침에 먹을 무밥을 준비해 두기 위해서였다. 무밥은 보리쌀 반에 무 반으로 지은 밥이다. 한두 줌 들어갈까 말까 한 쌀은 고된 일을 하시는 아버지 밥그릇에 들어가고 다른 식구들은 그마저도 먹기 어려웠다.

　밤낮으로 부지런히 일하신 부모님 덕분에 살림이 조금씩 일어난 우리 집이 이 정도였으니 다른 집은 말해 무엇 하겠는가.

　이중환의 『택리지』에는 성주를 "산천이 밝고 수려해 일찍이 문명이 뛰어난 사람들과 이름 높은 선비가 많았다. 논은 영남에서 가장 기름져서 씨를 조금만 뿌려도 수확이 많다. 때문에 고향에 뿌리를 박고 사는 이들은 모두 넉넉하게 살며 떠돌아다니는 자가 없다"라고 했는데 선비들이 많은 것은 그렇다 하더라도 적어도 우리 마을은 농사가 잘되는 편은 아니었던 것 같다. 대부분이 천수답이어서 조금이라도 비가 오지 않으면 논이 거북이 등처럼 쩍쩍 갈라져 농사를 망치기 일쑤였다.

　특히 가물었던 어느 해는 논에 일부러 피를 심었다. 피는 벼

사이에 자라면서 벼의 성장을 저해하는 잡초의 일종이라 부지런히 뽑아 버려야 할 대상이지만 워낙 가뭄이 극심해 피죽이라도 끓여 먹어야 했다. "사흘에 피죽도 못 얻어먹은 듯하다"라는 속담이 있는데 그래도 우리는 피죽이라도 끓여 먹었으니 『택리지』의 말이 아주 틀린 건 아니라고 해야 할지 모르겠다.

농사지은 것만으로는 겨우 피죽이나 끓여 먹어야 하는 사정이라 마을 사람들은 대마를 심어 수확해 증기로 쪄서 껍질을 벗긴 다음 삼베, 명베를 삼아 생계에 보태기도 했다.

그 시절 사람들의 가난은 삶의 '기본 사양'이라서 새로울 것도 없지만 가난했기 때문에 그것이 얼마나 무섭고 고통스러운 것인가를 알게 되었고, 가난을 면하기 위해 노력할 수 있었다는 점에서 진정한 스승이라고 할 만했다.

농번기에는 나 같은 조무래기들도 아침 일찍 일어나 농사일부터 거들고 난 후에 아침밥 먹고 등교하기도 했다. 학교 수업이 끝나면 집으로 가는 게 아니라 아침에 일하던 논밭으로 달려가 일손을 보태야 하는 것이 당시 우리 또래 아이들의 일과였다.

친구들은 하굣길에 논밭에서 일하시는 부모님 눈에 안 띄게 하천 둑에 몸을 감추면서 몰래 집으로 가기도 했다. 나도 친구들이랑 딱 한 번 그렇게 해 본 뒤엔 통 마음이 편치 않아 다시는 그렇게 하지 않았지만 친구들의 마음은 충분히 헤아

려졌다.

어린 나는 밤낮없이 허리가 휘도록 일만 하시는 부모님과 마을 사람들을 보면서 가난하게 사는 것이 싫어 돈을 벌어야 겠다고 생각했다. 나중에 청년이 되어서 내 식구들에게 가난을 짊어지고 살게 하지는 않겠다고 다짐했다. 이런 생각은 초등학교도 입학하기 전부터 내 머릿속을 채우고 있었다.

어느 해 명절 무렵이었다. 동네 정류소에 명절을 쇠고 각 도시로 가려는 듯 아주머니 한 분이 어린아이를 업은 채 큼직 큼직한 보따리들을 모아 놓고 눈이 빠지게 버스를 기다리고 있었다. 한참 만에 도착한 버스는 이미 출발 당시부터 만원이 어서 정류소에 차를 세울듯하다가 그냥 내달려 버렸다. 가뜩이나 복잡한 버스에 그렇게 짐을 많이 가진 승객이 어린아이와 함께 타는 걸 반길 기사가 얼마나 되겠는가.

지나간 버스를 향해 손을 내저으며 몇 걸음을 쫓아가던 아주머니는 어쩔 수 없이 보따리를 풀어 짐을 간소하게 한 다음 남은 짐은 집에 들여놓고 걸어서 휘적휘적 길을 가기 시작했다. 하루 한 번뿐인 버스를 놓쳤으니 걸어서라도 가는 게 나았던 것이다.

반면 대구의 좋은 직장에서 돈을 잘 벌어서 멋진 세단 승용차나 대형오토바이를 타고 금의환향하는 사람을 보면 '아, 그래!

그저 열심히 살았습니다

바로 저거다. 어떻게 해서든지 기술을 배워서 돈을 벌어야겠다'
하는 생각이 절로 들었다. 지금 와서 생각해 보면 우리 세대
는 가난했기에 기적처럼 짧은 시간에 '한강의 기적'을 완성할
수 있었지 않나 싶다.

'경영의 신'이라 불리는 일본의 마쓰시타 전자(오늘날 내셔널, 파
나소닉)의 창업주 마쓰시타 고노스케는 자신이 세 가지의 행운
덕분에 성공할 수 있었다고 했다. 첫째, 조실부모하여 너무나
가난하였기에 부지런히 일해서 가난을 벗어날 수 있었고 둘
째, 병약하게 태어났기에 특별히 건강관리를 잘해서 장수할
수 있었고 셋째, 초등학교를 중퇴하는 등 공부를 많이 하지
못해서 평생 배움의 소중함을 잊지 않고 모든 사람들을 스승
으로 생각하며 살 수 있었다는 것이다.

나는 마쓰시타 회장의 이 말은 우리나라의 70대 이상의 모
든 사람에게 해당하는 말이라고 생각한다. 모두가 가난하고
모두가 약골로 태어나고 모두가 배우지 못한 채 살아왔기 때
문이다.

그러나 그 덕분에 또 우리 세대는 마쓰시타 회장의 말처럼
더 열심히 일하고, 더 건강관리 잘하고, 더 열심히 배우는 자
세로 살아올 수 있었고, 또 그 덕분에 오늘날 우리가 누리는
문명의 바탕을 다질 수 있었다고 생각한다.

04
나의 살던
고향은

　그래도 그때의 가난은 지금처럼 박탈감과 위화감이 심한
상대적 가난이 아니어서 마음에는 언제나 여유와 따뜻함이

용암초등학교 교정 앞에서 동기들과 총동창회 회장 재임 시

　　　　　　　　그저 열심히 살았습니다

남아 있었다. 가난 속에서도 아이들이 구김살 없이 자랄 수 있었던 이유일 것이다. 농번기에는 우리도 덩달아 어른들처럼 농사일에 바빴지만 짬짬이 틈을 내 우리만의 놀이를 하며 아름다운 추억을 만들기도 했다.

특히 가장 전통 깊은 아이들의 놀이인 딱지치기, 구슬치기, 자치기를 비롯해 소먹이기를 가서 하는 쇠꼴 따먹기 놀이는 재미있기도 했거니와 긴장감이 최고였다.

산에 소들을 풀어놓고 우리들은 경쟁적으로 꼴을 베었다. 마치 부모가 자식들을 위해 부지런히 밥벌이하듯이 우리는 자기 집 소를 배불리 먹이기 위해 한 줌의 꼴이라도 더 베려고 부지런히 낫을 놀렸다.

한참 꼴을 베다 지겨워지면 낫을 던져놓고 씨름을 하기도 하고, 풀밭에 드러누워 하늘의 구름을 보며 미래의 꿈을 그려 보기도 하고, 두런두런 이야기꽃을 피우기도 했다. 그때 그 친구들 기율이, 동훈이, 칠학이, 기생이….

그러다가 한 친구가 "야, 우리 이제 쇠꼴 따먹기 하자"라고 제안하면 우리들은 낫을 빙글 던져 땅에 꽂는 쇠꼴 따먹기 놀이를 했다. 쇠꼴을 일정량만큼 덜어서 한군데 모아 놓고 이긴 사람이 다 가져가는 꼴 놓고 꼴 먹는 놀이였다.

그렇게 가난하고 열악한 환경에서도 우리들은 나름대로 여러 가지 즐거운 놀이를 했던 기억이 생생하다.

낮에 소를 풀고 산에 올라 소 먹이면서 씨름을 하거나 쇠꼴 따먹기를 하던 아이들은 저녁 무렵이면 집에 소를 들여놓은 후 저녁밥을 먹고 동네 어귀에 모여 달리기를 했다. 우리 마을에서 선송마을까지 갔다가 돌아와서 다시 송곡재까지 왕복 30리 길을 달려갔다 오는 마라톤 시합은 단순한 놀이를 넘어 평생의 건강을 다지게 해 준 좋은 운동이 되어준 것 같다.

아이들은 저녁밥을 먹고 모여서 과일을 서리해서 먹기도 했다. 성주 하면 가장 먼저 떠오르는 참외도 십수 년 전부터 집중 재배했기 때문에 당시에는 구경하기도 어려웠다. 기껏 자두나 살구 정도가 아이들의 서리 대상이었다.

초등학교 2, 3학년 무렵이었다. 그날은 초가을쯤이었던 것 같다. 우리는 안마을로 모과 서리를 가기로 했다. 모과는 사실 생식하지 않는 게 좋은 과일이라 주로 설탕에 절여서 차로 끓여 먹는 과일이다.

하지만 먹을거리가 풍족하지 못한 그 시절의 우리들에게는 아무것도 문제가 되지 않았다. 사과처럼 껍질을 벗겨 한 입 크게 베어 물면 그 맛이 아주 그만이었다.

친구들이 자두, 살구 같은 과일을 학교에 가져와 먹는 것을 보고 입맛만 다셨던 나는 생전 처음으로 서리하려는 친구들 무리에 끼어들었다.

저녁밥을 먹고 사방이 캄캄해지자 우리는 안마을로 가 발소리를 죽이며 모과가 탐스럽게 열린 집 모과나무에 올라갔다.

나는 처음 해 보는 일이라 여간 긴장되는 게 아니었다. 간이 조마조마해서 어떻게 올라갔는지도 모르게 나무에 올라가 모과를 따는데 대문 쪽에서 갑자기 개가 짖어대기 시작하는 것이었다. 밤공기를 찢으며 개가 마구 짖어대자 어찌할 바를 몰라 동작을 멈추고 집 안의 동정을 살펴보니, 집주인이 "저 누고?, 저 누고?" 하는 소리가 들리는 것이었다. '아이고, 큰일 났다' 하는 생각에 우리는 나무에서 정신없이 내려와 달리기 시작했다. 잡히면 무슨 망신을 당할지 몰랐다.

친구들과 한참 달리다 보니 뭔가 이상했다. 달음박질하면 왼손과 오른손이 번갈아 앞뒤로 오가게 되는데 어찌 된 영문인지 왼팔이 앞으로 나오지 않는 것이었다. 팔이 어디로 가버렸을 리가 없는데 이상한 일이었다. 왼팔에 힘이 들어가지 않았다.

나는 어둠 속에서 오른손으로 왼팔을 잡아 들어 올려 보았다. 왼팔이 힘없이 들어 올려짐과 동시에 왼팔의 상태가 드러났다. 왼팔을 잡은 오른손이 쑤욱 들어가는 것이었다. 급히 나무에서 내려오다가 가지치기를 해 놓은 날카로운 가지에 왼팔을 크게 다친 것이었다.

집으로 돌아와 밝은 불빛에 보니 기가 찼다. 피를 많이 흘려서인지 여전히 팔에 힘이 없어서 들어 올릴 수조차 없었다.

하지만 공부 안 하고 남의 집 서리나 하러 갔다가 다쳤다고 하면 부모님이 얼마나 실망하고 야단치실까 하는 마음에 아무 말도 하지 못했다. 몰래 된장만 발라 헝겊으로 칭칭 동여매고 잤다.

아침에 일어나니 어제는 느끼지 못했던 통증이 한꺼번에 몰려왔다. 그래도 내색할 수는 없었다. 나는 된장을 바르고 헝겊으로 동여맨 위에 옷을 껴입어 감쪽같이 다친 사실을 감추고 있었는데 아버지가 "보리밭에 가서 곰배로 등애(흙덩어리) 좀 치고 가거라" 하시며 일을 시키셨다. 곰배질은 두 손으로 해야 하지만 내가 오른팔로만 곰배질을 하자 아버지가 "왜 두 손으로 하지 않고 한 손으로 하느냐?"고 의아해하셨다. 그제야 나는 간밤에 놀러 가서 팔을 좀 다쳤다고 우물거렸다.

다행히 크게 혼이 나지는 않았으나 아직도 상처는 선명히 남아서 그날의 아픔을 고스란히 증명하고 있으니 내 생애 단 한 번의 '서리의 추억'치고는 꽤 아픈 추억이라고 해야겠다.

그저 열심히 살았습니다

05

아름다웠던
중학생 시절

1957년 초등학교 6학년 말쯤이었다. 어느 날 담임선생님
이 중학교 진학 동의서를 나눠 주시면서 부모님과 상의하여
진학을 원하는 중학교를 적어 오라고 하셨다.

중학교 2학년 때 학교 앞 냇가에서

나는 며칠 동안 부모님께 진학 동의서를 내밀지 못하고 전전긍긍했다. 내가 아주 어렸을 때보다는 초등학교를 다니는 동안 집안 형편이 비교적 좋아졌다고는 해도, 그 당시에 중학교를 진학한다는 것은 간단한 문제가 아니었다. 학비도 부담이었거니와 당장 '현장 투입'이 가능한 일꾼 하나를 잃는다는 의미이기도 했다.

그러다 보니 당시 중학교 진학률은 요즘 대학 진학률보다 훨씬 낮았다. 5~6명 중 1명이나 중학교 교복을 입을까, 나머지는 모두 부모님과 함께 논밭에서 일을 하거나 도회지로 나가 공장 노동자의 삶을 사는 경우가 대부분이었다.

내 위에 한 분 있는 형님은 중학교까지 마치고 부산으로 가 낮에는 고모부가 운영하는 사업장에서 일하고 밤에 야간 고등학교에 다니면서 힘들게 공부해야 했었다. 그래도 형님은 장남이니 중학교까지 시켰지만 나는 지차(之次)인 데다 위로 누님들 셋이 중학교 진학이 좌절된 것을 본 터여서 도저히 입이 떨어지지 않았던 것이다.

며칠을 벙어리 냉가슴 앓듯 하던 나는 마침내 대통령 출마 선언이라도 하듯 비장한 마음으로 어머니께 내 뜻을 밝혔다. 다행히 어머니가 아버지에게 잘 말씀을 드려 진학 동의서를 작성해서 제출할 수 있었다.

그저 열심히 살았습니다

1961년 용암 중학교에 진학해서 보니 우리 동네 동급생 친구들 약 18명 중에 중학교에 진학한 친구들은 남학생 셋(김윤기, 김수환, 김정호)과 여학생 하나뿐이었다. 유일한 여학생은 면장의 딸(김재련)이었다. 그중 하나가 나였으니 커다란 행운을 안은 셈이 아닐 수 없었다.

그 행운이라는 것도 사실은 부모님의 사랑과 은혜의 다른 이름이었다. 우리 집보다 형편이 훨씬 나은 집에서도 중학교 진학 대신 농사일을 시키는 것을 보고 나는 진심으로 부모님의 사랑과 은혜에 감사했다. 당장의 노동력 손실과 금전적 어려움을 감수하면서 막연한 미래를 위해 자식에게 공부시킬 생각을 한다는 것은 그 당시 시골의 형편상 정말 쉬운 일이 아니라는 것을 어린 나도 잘 알고 있었기 때문이다. 그때 '나는 둘째 아들이지만 나중에 부모님께 효도하면서 따뜻하게 잘 모셔야겠다'라는 마음을 먹기도 했다.

평소 "자식들에게 논 몇 마지기 더 물려주는 것 보다 머릿속을 채워 주어야 어디 가서 제 앞길을 제대로 닦는다"라면서 어떻게든 공부를 시켜 주려는 부모님의 교육열 덕분에 나는 어엿한 중학생이 될 수 있었다.

내가 다닌 용암 초등학교는 집에서는 5~6km, 용암면에서는 1km 떨어져 있었다. 내가 진학한 용암 중학교도 집에서는 6~7km, 용암면에서는 2.5km 떨어져 있었다. 만약 용암면에 중학교가 없었다면 중학교 진학은 언감생심 불가능했을 것이다. 고마운 일이었다.

1962년 중학교 2학년이 되자 부모님은 내게 통학용 자전거를 한 대 사주셨다. 중학교 때 선물 받은 자전거는 나중 어른이 되어서 자가용 승용차를 처음 샀을 때보다 더 기쁘고 행복했던 것 같다. 잠을 자다가도 벌떡 일어나 자전거가 무사한지 나가서 직접 손으로 어루만지며 이리저리 훑어보고 들어와 다시 잠을 청하기도 했다. 그럴 때마다 나는 '나중에 어른이 되면 꼭 부모님을 편하게 모셔야지' 하며 스스로 다짐하기도 했다.

그러고 보니 중학교 시절은 내게 가장 행복했던 시절 중의 한 시절이었던 것 같다. 아무나 쉽게 갈 수 없는 중학교 진학에다 자전거 선물까지 받아 남 부러울 게 없었으니 말이다. 게다가 누구나 한 번쯤은 겪는 첫사랑이 나를 찾아온 것도 그때였다.

우리는 방학 때 가끔 한 살 많은 동급생 친구 기율이와 함께 안마을 기율이의 삼촌 집으로 놀러 가곤 했다. 기율이 숙모가 인심이 넉넉하고 성품이 좋아 사람들의 발길이 끊어지지 않았다.

그저 열심히 살았습니다

기율삼촌 집에는 기율이보다 한 살 적은 사촌 여동생이 있었다. 숙이는 탤런트 태현실의 어린 시절이 그런 모습이 아닐까 싶을 정도로 외모와 분위기가 흡사했다. 어머니를 닮아서 그렇겠지만 숙이도 성격이 참 좋았다.

방학 때는 기율이, 칠학이 등과 함께 저녁에 숙이네 집에서 국수 내기, 묵 내기 윷놀이를 하며 밤늦도록 놀다 오기도 했다.

그런 어느 날 기율이가 나를 보더니 불쑥 말하는 것이었다.

"윤기야, 숙이가 너 좋아하는 것 같은데 한번 사귀어 봐라."

"뭐라꼬? 숙이가 나를 좋아한다고?"

내가 눈이 휘둥그레져서 기율이를 보며 물었다.

"그래, 숙이가 너 좋아하는 것 같더라니까."

기율이는 그런 내 눈을 빤히 바라보며 확인해 주었다. 그동안 별로 특별한 감정도 느끼지 못하고 있던 나는 기율이의 말을 들은 후부터 공연히 죄지은 사람처럼 가슴이 두근거렸다.

"숙이한데 하고 싶은 말 있으면 편지로 써서 나에게 주면 내가 전해 줄게. 알았제?"

나는 붉게 물든 얼굴을 숙이며 겨우 말했다.

"어, 그, 그래, 알았다….”

그날부터 기율이는 숙이와 나 사이를 오가며 메신저 역할을 톡톡히 해 주었다. 지금 생각해 보면 나보다 숙이가 더 용기가 있었던 것 같다. 편지는 주로 숙이가 먼저 써서 보내 주면 내가 답장을 해 주는 식으로 오갔다.

편지를 써서 기율이에게 전해 주고, 숙이의 편지를 기다리는 시간은 무엇과도 바꿀 수 없는 행복한 시간이었다. 편지를 쓰면서도 행복하고, 편지를 보내고 나서도 행복하고, 편지를 기다리는 중에도 행복했으니 "사랑하는 것은 사랑을 받느니보다 행복하나니라." 유치환 시인의 시 「행복」은 마치 나를 위한 시 같았다.

손 한 번 잡아보지도 못했고, 잡아볼 생각도 하지 못한, 마냥 부끄럽고 수줍은 첫사랑이었다.

그저 열심히 살았습니다

06

우물 밖으로 나간
개구리

학교와 집만 오가는 용암면 시골뜨기 중학생 김윤기에게 우물 바깥의 세계를 접할 기회가 찾아왔다.

중학교 2학년 때 학교에 배구부와 연식 정구부가 생겼다. 나는 배구부와 연식 정구부에 둘 다 선발되었고, 학생들 수도 많지 않았다.

"한 가지 잘하는 사람이 다른 종목도 잘해…"라고 말씀하며 체육과 역사를 가르쳤던 이범석 선생님. 아직도 생존해 계시며 특히 나를 귀여워하고 아껴 준 분이었다.

이범석 선생님은 인기도 좋았고 달리기와 모든 운동을 좋아했다. 운동신경도 뛰어난 편이었다. 전국체전 예선전 경기를 김천 중고등학교에서 하기 위해 이범석 선생님의 인솔로 2일 전에 김천으로 가, 김천에서 자라 용암중학교 가정학을 가르치는 강정숙 선생님 아버님이 경영하는 약방을 들러 성의여고 운동장에서 연식 정구 연습을 하였다. 연습 후 사주신 닭개장은 처음 먹어 본 음식이었는데 운동을 한 후라 무척 맛있었다.

김천 중고등학교 교정을 가보기 위해 여관을 나와 김천 시가를 보게 되었는데 김천시는 도로와 가로수가 쭉쭉 뻗어 시원하고 깨끗하며, 평화로운 도시와 농촌이 접목된 고장으로 훌륭한 모습이었다.

드디어 결전의 날이 밝아왔다. 김천 중고등학교를 찾아 성주군을 대표해서 출전한 만큼 마음의 다짐을 하고 또 하고 시합장에 들어섰다. 어느 정도 막상막하의 게임이었으나 결과는 허전하게 지고 말았다. 전국체전의 청운의 꿈을 안고 수십 번 마음으로 잘해 보겠다고 다짐했지만 패하고 만 것이다. 면목이 없었다. 그러나 생애 처음 좋은 경험을 하였고, 운동에서 패한 쓰라린 고통도 처음 느껴보는 기회가 되었다.

어느 날은 명절 인사차 부산에서 동명목재 본사 경리과에 근무하는 왕고모의 아들 기도 형님이 우리 집에 왔다. 기도 형님은 대구에서 대학교를 졸업해 부산의 대표기업인 동명목재에서 근무하고 있는 인재였다.

어머니께서 기도 형님을 반가이 맞이하며 기도 형님에게 "우리 윤기는 조카처럼 공부도 많이 시킬 형편은 안 되고, 지차이긴 해도 부모와 함께 농사지으며 살자고 해도 안 살려고 하니 조카가 많이 배우고 좋은 곳에 취직해 있으니 나중 윤기 취직이나 좋은 곳에 시켜주소"라고 말씀하셨다.

　　　　　　　　　그저 열심히 살았습니다

나는 어머니가 의례적으로 하시는 말씀이 왠지 내 마음 깊은 곳에 고딕체로 새겨지는 느낌이었다. 기도 형님처럼 대학교까지는 몰라도 고등학교까지는 꼭 가고 싶었던 나로서는 아직은 막연한 일이지만 도회지에서 번듯한 직장에 다니는 내 모습…. 좁은 우물 같은 배만 마을을 벗어나 넓은 세상에서 마음껏 꿈을 펼칠 날을 상상하는 것만으로도 나는 행복하고 또 행복했다.

용암초등학교 동기들과 체육대회를 마치고. 총동창회장 재임 시

07
아름다운 시절은
가고

고향 초·중 동기들과 거제도 야유회 때

그저 열심히 살았습니다

내가 중학교 3학년이 된 1963년은 우리나라 근현대사에서도 매우 중요한 한 해였다. 내가 태어난 1947년부터 열여섯 살이 된 1963년까지 어느 한 해도 무사태평한 해가 없었지만 그해는 유독 더 그랬다.

3월 15일 정 부통령 선거일. 이승만 대통령은 12년간 지속해 온 장기 집권체제를 연장하고, 부통령에 이기붕을 당선시키기 위하여 대규모 선거 부정행위를 저질렀다.

유권자 조작, 사전투표, 야당 입후보자 등록 방해, 관권 동원에 의한 유권자 협박, 3~5인조 공개투표, 야당참관인 축출, 부정개표 등을 자행했다. 그 결과는 정부 여당 자유당 후보인 이승만 963만 표(85%), 이기붕 833만 표(73%)로 압도적 당선이었다.

3월 15일 마산(현 창원시)에서 부정선거에 항의하는 대규모 시위가 발생하자 경찰은 강경 진압에 나섰다. 실탄 발포로 100여 명에 가까운 사상자가 발생했다. 이어 4월 19일 대규모 시위가 전국적으로 확산되었다. 결국 4월 26일 대통령 이승만이 하야 성명을 발표함으로써 자유당 정권은 붕괴되었다.

8월 8일 대한민국 제2공화국이 출범하였고, 8월 12일에는 윤보선 대통령이 취임하였으며, 8월 23일에는 장면 내각이 출범했다. 해방공간의 군정을 맡은 이래 한국전쟁 참전으로 혈맹이 된 미국은 존 F. 케네디를 대통령으로 선출했다.

숨 가쁘게 돌아가는 국내외 정세와는 달리 내 고향 성주군 용암면은 어디서 무슨 일이 있냐는 듯 평범한 일상을 살아갈 따름이었다. 4·19 혁명 때 부정선거를 규탄하거나 대통령 하야를 외치는 중심에 내 또래 중고등학생들이 있었고, 특히 대구에서는 경북고등학교 학생들이 주도적 역할을 했지만, 우리 학교 용암 중학교는 무풍지대였다. 4·19도, 대통령의 하야와 새 대통령의 당선도, 내각제 개헌도 경북 성주군 용암면 배만 마을 김윤기의 삶에는 아무런 변화도 안겨 주지 않았다.

아름다운 시절은 짧아서 더욱 아름다운 것일까. 내 인생에서 가장 아름답고 행복한 시절은 중학교 시절이었던 것 같다. 4·19가 나든 말든, 대통령이 외국으로 망명을 떠나든 말든 나는 부모님 사랑과 보살핌 아래 세상 걱정 없이 그저 아프지 않고 학교와 논밭과 집을 잘 오가기만 하면 되었으니 말이다.

3년간의 중학생 시절이 끝나갈 무렵이었다. 부산으로 가 탄탄하게 기반을 잡은 고모 내외가 운영하는 목재소에서 지배인 일을 하던 형님이 군에 입대하게 되었다는 소식이 들려왔다. 형님은 고향에서 중학교를 졸업하고 부산 고모부 회사에서 일하면서 야간 고등학교를 졸업한 부모님의 든든한 장남이었다.

가난하던 살림이 내가 초등학교 다닐 무렵부터 조금씩 나아져 이따금 이웃 사람들에게 급한 돈도 빌려 줄 정도로 좋아

　　　　　　　　　그저 열심히 살았습니다

지던 시기였다. 그런데 하필이면 고등학교 진학을 앞두고 위기가 닥친 것이다.

"복은 쌍으로 오지 않고, 화는 홀로 오지 않는다"라는 말은 틀리지 않았다. 한국전쟁 때 용암 장터에서 갑작스럽게 강제 징집당해 입대했다가 중상을 입고 의가사 제대했던 아버지가 그 후유증으로 수술을 받아야 할 상황에 놓인 것이다.

적이 쏜 포탄이 터지면서 그 파편이 아버지를 덮쳐 후송되어 수술했지만, 전시인 데다 낙후된 의료수준 탓에 충분한 파편 제거가 이루어지지 못했던 모양이었다. 제대 당시만 해도 젊고 건강한 분이라 파편을 몸에 지니고서도 별 이상 징후 없이 힘든 농사일을 해 오시다가 결국 올 것이 오고야 만 것이었다. 연세가 들어가면서 몸이 스스로 버틸 힘이 떨어지자, 재발하고 만 것이다.

아버지는 경북대 의대 부속병원에서 파편 잔존물 제거를 위한 대수술을 받았다. 불행은 거기서 그치지 않았다. 아버지는 장이 꼬이는 일레우스(illeus) 병까지 겹쳐 장의 일부를 잘라내는 수술을 받아야 했다. 지금 생각해 보면 수술로 인한 후유증이 아닐까 싶지만, 그때는 그런 생각도 하지 못하고 무심한 하늘만 탓할 뿐이었다.

어머니와 나는 번갈아 가며 아버지의 병간호를 했다. 어머니와 교대해서 집에 가면 지능이 약간 떨어지는 중머슴과 함께 농사일하며 아버지 대신 가장 역할을 해야 했다. 요즘은 보훈제도가 잘 정비되어 있으나 당시만 해도 국가로부터 정신적, 물질적 도움을 요청할 근거도, 방법도 없었다.

오랫동안 병원 신세를 지던 아버지가 퇴원하셨지만 이미 쇠약해진 몸으로 농사일을 해내기는 쉽지 않았다. 힘이 조금이라도 드는 일은 지능은 떨어져도 시키는 일은 그럭저럭 잘 해 내는 중머슴에게 넘기고 아버지는 옆에서 거들어 주는 정도에 그쳤다. 일손이 부족할 때는 삯꾼을 얻어 일을 시키는 날도 많았다.

아버지는 농사일을 제대로 못 하시는 데다 형님은 입대해야 하는 상황이니 고등학교 진학은 언감생심이었다. 결국 나는 고등학교 진학을 포기해야 했다.

그러나 중머슴과 쉴 틈 없이 농사일을 하면서도 고등학교 진학에 대한 열망을 온전히 접을 수는 없었다. 도회지로 나가 야간 고등학교에 진학하더라도 공부를 계속하고 싶었다. 매일 반복되는 농사일이 지겨워서도 아니었다.

농사일이라는 것이 늘 한계가 역력해서 뼈 빠지게 노력해도 가뭄이 오거나 홍수가 져 버리기라도 하면 말짱 헛수고가 되고 마는 일이 허다했던 시절이라 희망이 보이지 않았던 탓이었다.

매일 별을 보며 나가서 일만 하다가 또 별을 보며 들어가도

그저 열심히 살았습니다

삶의 질은 나아지지 않았다.

키우는 암탉이 달걀을 낳아도 하나둘 모아 뒀다가 자형이 올 때나 한 번씩 맛보는 정도였고, 도시락은 늘 꽁보리밥으로 채워졌다. 다른 친구들도 대개 마찬가지인데도 어머니는 행여 당신 자식이 기죽을까 봐 도시락 윗부분에 살짝 쌀밥을 덮어 주셨다. 나는 친구들이 안 볼 때는 쌀밥 아랫부분의 보리밥을 파먹고 친구들이 볼 때는 흰쌀밥을 먹는 연출을 하기도 했다.

노력하는 것은 남들에게 절대 뒤지지 않을 자신이 있었지만, 노력에 대한 정당한 대가가 돌아오지 않는 것은 견딜 수 없었다. 인풋과 아웃풋이 너무나 다른 농촌 생활에 나의 미래를 맡길 수는 없었다.

08

쌀 3되
눈물 4되

나는 가난한 부모님과 마을 사람들을 보면서 '내가 어른이 되면 절대로 가난하게 살지 않겠다'라고 다짐하곤 했었다. 이 말은 '나는 절대로 농사일하면서 살지 않겠다'라는 말과 같았다. 그토록 부지런히 농사일하신 부모님이 가난을 벗어나지 못하는 것을 가까이에서 지켜보았기 때문이다.

나는 중학교 졸업을 목전에 두고 겨울방학을 이용해 고향 사람 중에 대구에서 나름대로 자리를 잡은 사람들을 수소문해서 찾아갔다. 낮에는 일하고 밤에는 야간 고등학교에 다닐 수 있는 직장을 알아봐 달라고 여기저기 부탁을 넣었다.

야간 고등학교에 다니려면 직장에서 일찍 퇴근해야 하는데 그런 조건을 들어줄 직장이 흔할 리가 없었다. 일간신문 구인 광고를 샅샅이 뒤져 리스트를 뽑아 직접 회사를 찾아가 확인해 보기도 하고, 공단지역을 돌다 사원 모집 광고를 보고 찾아가 면접을 본 것도 여러 차례였다. 그러나 야간학교를 다닐 수 있게 편의를 제공해 주는 회사는 좀처럼 찾을 수 없었다.

나는 곡괭이로 땅을 찍고 삽으로 흙을 파내며 그 주체할 수 없이 뜨거운 배움에 대한 열망을 삭히려 애썼다. 하지만 허물을 벗듯 가난을 벗으려면 현실을 받아들이고 내 아버지처럼, 내 아버지의 아버지처럼 그렇게 쉴 새 없이 논밭을 일구기만 해서 될 일은 아니었다. 해가 뜨면 어제 한 일을 또 해야 하고, 해가 지면 하던 일을 멈출 수밖에 없는 농촌 일은 아무리 농사가 천하지대본이라 해도 적성에 맞지 않았다. 곧 나이가 들면 결혼해야 하고 결혼하여 아들딸을 출산하면 공부를 시켜야 하는데 시골 농사를 지어서는 남보다 더 잘살 수 없다는 마음이 컸다.

내가 지금 곡괭이와 삽으로 땅을 뒤집어엎듯 살아가는 방식과 방법을 뒤집어야 새로운 세상을 열 수 있을 것 같았다. 오늘을 어제처럼, 내일을 오늘처럼 살아서는 새로운 미래를 열 수 없을 것 같았다. 새로운 미래는 새로운 방식, 새로운 방법, 새로운 아이디어에 있을 것 같았다. 나는 곡괭이와 삽으로 논밭을 갈면서도 그 새로운 길에 대한 꿈과 새로운 세상에 대한 열망을 한순간도 포기하지 않았다.

그 무렵 세상엔 또 한 번 큰 변혁의 물결이 밀어닥쳤다.

서울을 관할하는 제6관구의 사령관으로 있다가 지방에 좌천당해 있던 박정희 소장이 군부의 지지를 등에 업고 한강을 건너 5·16을 일으킨 것이다. 일본의 만주군관학교를 나와 부패한 국가의 장교로 복무하던 그는 기존의 국가 질서를 전복하고 새로운 질서를 만들겠다는 '혁명공약'을 내놓았다.

가난한 농부의 아들로 태어나 만주군관학교를 졸업한 후 군인의 길을 걸어온 그는 특히 '혁명공약' 네 번째에서 "절망과 기아선상에서 허덕이는 민생고를 시급히 해결하고 국가 자주 경제 재건에 총력을 경주한다"라고 천명했다. 그는 가난 극복을 국가적 의제로 제시한 것이다.

그는 이즈음에 쓴 『국가와 혁명과 나』에서 "객차에서 불란서 시집을 읽는 소녀야, 나는 네 고운 손이 밉더라"라는 극적인 반전미(反轉美) 가득한 절창(絶唱)을 구사하며 국가적 가난 극복과 경제성장을 위해 피와 땀을 흘려 "한강의 기적을 이루자"라고 독려했다.

그러는 사이에 가을이 왔다. 중3 겨울방학 때부터 시작된 본격적인 농사일로 나는 거의 직업 농사꾼이 다 되었다. 몸에서는 거름 냄새와 똥장군 짊어지면서 묻은 인분 냄새가 가실 날이 없었다.

도저히 이대로 살아서는 안 되겠다는 생각이 들었다. '이대로 농사나 지으며 사느니 차라리 죽는 게 낫다'라는 생각마저 들었다. 다행히 아버지는 퇴원하실 때보다 건강이 많이 호전되어 아주 힘든 일 외에는 그럭저럭 해내실 수 있을 정도로 회복되었다. 지난 1년 동안 가슴 속에서 굴리기만 하던 내 생각을 표출할 때가 무르익은 것이다.

1964년 가랑잎이 하나둘 서둘러 가지를 떠나던 어느 날, 나는 어머니에게 단도직입적으로 말했다.

"어머니, 저에게 쌀 3되만 주세요."

"쌀 3되는 왜? 어디 쓰려고 그러냐?"

"남부럽잖게 살려면 공부하고 기술을 배워야 합니다. 농사 지어서는 희망이 없어요."

나는 단호하게 내 뜻을 어머니에게 밝혔다.

어머니는 내가 수시로 하던 말을 마침내 실행에 옮기려 한다는 것을 알아차리시고는 낙담한 표정으로 설득에 나섰다.

"너를 먹여 주고 공부시켜 줄 사람이 어디서 기다리고 있다더냐? 너는 지차지만 객지 가서 고생하지 말고 이렇게 우리랑 같이 살자, 윤기야."

어머니는 자식을 고등학교에 보내 주지 못한 미안함과, 도회지로 가겠다는 어린 자식에 대한 걱정이 뒤섞인 눈빛으로 간곡히 나를 타일렀다.

나는 물러서지 않았다. 나는 "차라리 죽었으면 죽었지, 여기서 적성에도 맞지 않는 농사나 지으면서 살지는 않겠다"라며 뻗대었다. 나는 이즈음 '나는 훗날 절대로 가난 속에서 처자식을 고생시키지 말자'라고 마음속으로 다짐하기도 해 온 터였다. 여기서 물러날 나였으면 주경야독의 꿈을 처음부터 꾸지도 않았을 것이다.

어머니는 내 뜻이 얼마나 강한지를 아시고는 결국 쌀 3되를 보따리에 담아 건네주셨다.

"어딜 가든지 몸 성히 지내거라. 끼니 거르지 말고…."

어머니는 객지로 떠나는 자식 앞에서 눈물을 보이지는 않았다. 그저 애처로운 눈빛으로 쌀 3되만 내 손에 쥐어 주셨을 뿐이다. 그때는 몰랐지만 나는 어머니가 담아 주신 3되의 쌀에 어머니의 눈물 4되가 함께 담겨 있었음을 내가 부모가 된 다음에 알았다. 자식을 배불리 먹이지 못하고, 자식을 더 가르치지 못하는 부모의 마음은 정작 먹지 못하고, 배우지 못하는 자식보다 더 아프다는 사실을 그때는 미처 알지 못했다.

부모는 아무리 자식을 잘 먹이고 많이 가르쳐도 늘 부족하게 생각한다. 모든 부모는 자식을 바라볼 때 애처롭다. 아무리 나이가 들고 그 자식이 제 자식을 여럿 두어도 늘 아픈 어린아이 보듯 측은하고, 애처롭고 아프다.

그래서 세상의 모든 부모는 슬프다. 반면 세상의 모든 자식은 무심(無心)이다. 무관심이라기보다는 별 특별한 감정이나 생

그저 열심히 살았습니다

각이 없다. 자연스럽고 당연하게 여기는 탓이다. 늘 '그러려니…' 하는 것이다. 부모가 온갖 걱정에 노심초사해도 '그러려니…' 심지어 부모가 아파도 '그러려니…' 하는 것이 세상의 자식들이다. 그러다가 자신도 자식을 키우고 늙은이가 되면 그제야 병든 부모를 애처로워하고 아파하기도 한다.

객지로 가서 낮에는 돈을 벌고 밤에는 공부해서 남부럽지 않게 살고 싶다는 자식에게 "너는 지차지만 우리랑 여기서 살자"라고 하신 어머니의 심정은 어떠했을까. 장남을 멀리 부산에 떠나보내고 둘째 아들마저 객지로 내보내 놓고 나면 그 자식들 걱정에 얼마나 밤잠을 설치게 될지 자명한 일이었다.

어쩌다 부엌에 똬리를 틀고 앉아 부엌을 지키고 있는 가마솥 뚜껑을 열면 가마솥 특유의 쇠 비린내와 밥 냄새가 뒤섞인 어머니 냄새가 나면서 거기 따뜻한 밥 한 그릇이 늘 외로움처럼, 혹은 그리움처럼 홀로 들어앉아 있었다. 어머니는 그게 형의 밥이라고 했다. 내가 "형은 집에 없지 않냐?"라고 물으면 어머니는 "이렇게라도 밥을 떠 놓아야 네 형이 밥 굶지 않고 지내지…." 하셨다. 멀리 객지에 있는 자식이 끼니를 거를까봐 따뜻한 밥 한 그릇을 퍼 담아 놓는 마음, 그게 자식을 둔 모든 부모의 마음이었다.

이제 둘째인 나마저 부모님 곁을 떠나면 어머니는 두 그릇의 밥을 때마다 담아 놓고 자식들이 밥 굶지 않기를 간절히 염원해야 할 처지인 것이다.

내 나이가 아직 어렸던 탓에 그때 나는 어머니의 마음을 제대로 헤아리지 못했다. 어머니의 가슴이 얼마나 무너져 내렸을지, 아버지의 가슴에 얼마나 큰 구멍이 뚫렸을지 내 나이 열일곱 그때는 정말 알지 못했다.

하지만 그런 열일곱이었기에 그날의 나의 결행이 가능했을 것이다. 그해 봄 박정희 소장이 가난 극복을 명분으로 한강을 건넜듯이, 나는 가난 탈피를 목적으로 그해 가을 성주 군계(郡界)를 넘었다. 박정희 소장처럼 멋진 지프차도 없었고, 이마에 별도 없었다. 대신 내 가슴 속에는 세상 어떤 별보다 반짝이는 별 하나가 빛나고 있었다. 나는 그 별빛을 따라 쉬지 않고 갈 것이다. 나는 성주 군계에 이르러 고향 쪽 하늘을 돌아보며 마음속으로 나 자신과 약속했다.

'나는 반드시 돈 많이 벌고 성공해서 멋진 자가용 타고 돌아올 것이다. 그렇지 않으면 다시 돌아오지 않을 것이다.'

그저 열심히 살았습니다

시멘트 블록 및, 벽돌(KSF 4002. KSF 4004. 보차도 블록 4419)

제2장

Challenge

작은 도전이 모여
큰일을 이룬다

09

청운의 꿈을
안고

　어머니로부터 쌀 3되를 받아 들고 내가 무작정 달려간 곳은 대구 내당동 김삼랑 아재 집이었다. 삼랑 아재 집으로 간 것은 계획에 있었던 것도 아니고 그저 내 발길이 그리로 이어 졌기 때문이었다. 가끔 명절 때 오갔던 아재 집이라 어렵잖게 찾을 수 있었다.

　먼 친척 되는 삼랑 아재는 장사하는 홀어머니와 함께 어렵 게 살고 있었다.

　"며칠만 신세 좀 지고 가겠습니다."

　나는 쌀 보따리를 내려놓으며 말했다.

　다행히 허락받아 아재 집에서 일종의 베이스캠프를 차리 고, 일단은 마음 편하게 일자리를 찾아볼 수 있게 되었다.

　나는 대구일보 광고부에 있는 김용희 아재를 찾아갔다. 용 희 아재는 용암면 앞마을에 사는 내 중학교 동기생 재련이의 삼촌이었다.

"아재, 무슨 일이든지 좋으니 낮에는 일하고 밤에는 야간 고등학교 갈 수 있는 직장 좀 소개해 주이소."

"그런 직장이 잘 있겠나? 찾기 어려울 건데?"

"그러면 신문 보급소에라도 취직시켜 주시면 열심히 일하면서 그런 직장을 찾아보겠심더."

"그래? 그건 내가 들어 줄 수 있지."

아재는 그 자리에서 몇몇 지국에 전화를 걸어 보더니 쪽지에 메모해서 내게 건네주었다.

"내일 이 사람을 찾아가 보거라. 내가 보냈다고 하고…."

서북지국의 전화번호와 지국장 이름이 적혀있었다. 서북지국은 달성공원 근처에 있었다. 내가 지국장을 찾아가 "본사 광고부 김용희 씨 추천으로 왔다"라고 인사하자 지국장이 아주 반색하면서 "당장 내일부터 같이 일하자"라고 하는 것이었다. 이렇게 해서 나의 첫 직업은 신문지국 총무가 되었다.

나는 하숙집을 지국이 있는 달성공원 근처에서 얻지 않고 비교적 거리가 있는 신암동에 얻었다. 신암동과 가까운 동인동 로터리 근처에는 학원이 많아 거기서 공부할 요량이었다. 그러려면 하숙집이 학원가와 가까워야 했다. 신문지국은 임시로 다닐 직장인 반면 학원은 어떤 직장을 다니더라도 변함

없이 다녀야 할 곳이기 때문이었다.

낮에는 지국총무직을 하고, 밤에는 동인동에 있는 학원에
나갔다. 고작 중학교밖에 나오지 않은 시골뜨기가 5급 공무
원 반에 등록한 것이다.

지국으로 나가 신문 대금이 밀린 집을 직접 찾아가 수금하
고, 오후 3, 4시 본사에서 용달차에 신문 뭉치를 실어와 내려
주면 배달부 아이들에게 일일이 나누어 주고, 결원지역은 내
가 직접 배달을 가기도 하면서, 학원을 마치면 밤 8시였다.
단무지 공장에서 풍겨오는 달콤한 단무지 냄새에 허기진 배
를 움켜쥐고 하숙집에 도착해 정신없이 늦은 저녁밥을 먹을
때는 집 생각, 부모님 생각도 많이 났다.

짬짬이 나는 야간 고등학교에 다닐 수 있는 직장을 찾는 노
력을 계속했다. 신문광고, 벽보광고 등을 보고 직접 회사를
찾아가 보았으나 어머니 말씀처럼 나를 먹여 주고 공부시켜
줄 직장은 나타나지 않았다.

나중에야 알게 된 사실이지만 야간 고등학교에 다니는 학
생들은 대개 가까운 친척이 운영하는 직장에서 일하면서 친
척의 특별한 배려로 일찍 퇴근해서 학교에 가는 경우가 대부
분이었다. 그러니 내가 일과 공부를 병행할 수 있는 직장을
구하기는 하늘의 별 따기라고 해야 할 정도였다.

신문지국 일을 6개월쯤 하자 '이대로는 안 되겠다. 기술을

그저 열심히 살았습니다

배워야겠다. 최고의 엔지니어가 되자'라는 생각이 들었다.

1965년 나는 6개월 만에 대구일보 서북지국 총무직을 그만두고 부산으로 갔다.

부산태종대

10

열리지 않는
기술자의 길

부산에서 직장생활을 하다 군에 입대했던 형님은 그새 제대를 해 직장을 다니고 있었다. 나는 형님 내외의 도움으로 형님 집에서 기거하면서 직장을 구하기로 했다.

내게도 부산은 대구 이상으로 호락호락하지 않겠지만 대구보다 더 큰 도시인 만큼 더 많은 일자리, 더 많은 기회가 있을 것이라는 기대와 희망을 버리고 싶지는 않았다.

신문광고와 전봇대, 건물 담벼락에 붙은 구인 광고를 보고 여기저기 찾아다닌 끝에 내가 취직한 곳은 괴정에 있는 삼양전기였다. 그러나 역시 오래 다니지는 못했다.

나는 복사기를 담당하면서 선풍기에 붙일 1단, 2단, 3단 글자를 복사해서 글자를 파내는 업무를 담당했다. 별로 위험한 일도, 힘든 일도 아니었다. 문제는 다른 공원(工員)들이 수시로 프레스에 손을 절단당하는 중상을 입는 사고가 빈발했다는 점이었다.

가끔 공원들이 실수하거나 순간적으로 정전이라도 돼 버리면 순식간에 프레스가 내려와 부품을 세팅하던 공원의 손이나 손가락을 뭉개버리는 것이었다.

단조로운 기계 소리 속에서 일에 몰두해 있다 "악!" 하는 외마디 비명 소리가 들려올 때는 보나 마나 사고였다.

그러면 회사에서는 기계를 멈추고 사고 현장에 소금을 뿌린 다음 천으로 덮어 놓았다. 경찰은 주로 공원들이 자리를 비운 점심시간이나 일과 후에 와서 현장을 간단히 조사하고 돌아갔다.

나는 그런 광경들을 수시로 목격하면서 '나도 무슨 일을 하다가 어떤 사고를 당할지 모르겠다'라는 생각에 삼양전기를 나왔다. 약간의 기술과 돈을 탐내다가 신체 일부를 잃어버리는 것만큼 어리석은 일은 없다고 나는 생각했다.

부산에서 두 번째로 취직한 곳은 하야리야 부대 앞에 있는 대한강선주식회사였다. 이 회사는 손가락 굵기에 가까운 굵은 철사를 아주 가는 여러 가닥의 철사로 조광 바디살?을 만들어 방직공장에 납품도 하고 외국에 수출도 하는 업체였다.

나는 이때 삼양전기를 다니는 3~4개월 동안 기거했던 형님 집을 나와 서면의 하야리야 부대의 정문 쪽에서 직장 동료와 함께 자취를 시작했다.

충청도가 고향인 김상동이라는 친구는 회사 사장이 서울에서 직접 스카우트해서 데려온 기술자였다. 어릴 때부터 기술을 익혀 이제 겨우 나보다 한 살 많은 열아홉 살에 숙련된 전문가가 된 셈이었다.

나는 그 친구와 많은 이야기를 나누어 본 끝에 내가 그 기술을 배우고 익혀 기술자가 된다고 해도 크게 성공하기는 어렵다는 결론을 얻었다. 회사 사장이 직접 모셔 온 기술자가 적수공권(赤手空拳)인 나와 함께 자취해야 하는 것만 보더라도 썩 장래성이 있어 보이지 않았다.

11

동명목재에서의
5년

군입대전 동명목재 가공과 근무당시
송정해수욕장에서

그렇게 갈망하던 기술자의 길은 보이지 않고 객지에서의 힘든 자취생활이 이어지자, 부모님과 고향에 대한 그리움은 커져만 갔다. 그렇게 부모님이 그리울 때마다 나는 나의 의지와 신념을 다지며 그리움을 달랬다.

내용은 매번 비슷했다. '아무리 힘들어도 부산에서 꼭 성공해서 부모님께 자랑스러운 모습으로 돌아갈 때까지 건강하게 잘 지내시라' 하는 마음이었다.

어느 날 어머니가 보내오신 편지에 동명목재에 근무하는 고종사촌인 기도 형님을 찾아가 보라는 말씀이 있었다. 기도 형님은 대구에서 대학교를 졸업한 후 공채를 통해 동명목재에 취직한 분이었다.

당시 동명목재는 국내 굴지의 대기업이었다. 1925년 동구 좌천동에 설립된 동명목재라는 회사는 한때 재계 서열 1위에 오르기도 하는 등 1980년 5공화국에 의해 사라지기 전까지 승승장구했던 우리나라의 대표적인 대기업이었다.

74년도 종합소득세 신고 소득금액 순위표에서는 2위 대한항공을 압도적으로 따돌렸을 정도로 대단한 회사 동명목재였다. 수출과 세금이 우리나라에서 1위를 몇 번이나 했던 회사였다.

나는 대한강선주식회사에 적을 두고 있는 상태에서 어머니께서 말해 주신 고종사촌 형님을 찾아갔다. 형님은 동명목재 경리과 과장보로 근무하고 있었다.

형님은 내 사정을 듣더니 "그럼 지금 다니는 곳을 빨리 정리하고 본사로 출근하라"라고 했다. 그 길로 몇 달간 다니던 대한강선을 퇴사했다.

나는 도시락을 싸 들고 서면에 있는 제일제당 옆의 동명목재 본사 업무과로 첫 출근을 했다.

이때가 1965년 무렵이었다. 박정희 국가재건최고회의 의장이 제1차 경제개발 5개년계획을 추진하기 시작한 것이 몇 해 전이었다. 제1차 경제개발 5개년계획의 주요 골자는 전력, 석탄 등 에너지원을 확보하고 기간산업을 넓혀 사회 간접 자본을 충실히 하고자 하는 것이었다.

대기업의 사원이 된 열여덟 살 청년의 첫 출근은 설렘으로 가득했다. 어떤 기술을 배우게 되든 열심히 배우며 일하겠다는 다짐과 새 직장에 대한 기대로 출근길의 발걸음은 가벼웠다.

첫날 내가 한 일은 대형 목조건물 창고에서 신축하는 용당 공장의 건축자재 시멘트 합판 상차하는 일, 이 일이 없을 때는 불량합판 보수하는 일 등 막노동이나 마찬가지 일이었다.

특히 조장이 호루라기를 불면 각자 하던 일을 멈추고 합판을 짊어지고 상차하는 일은 보통 힘든 일이 아니었다. 등을 돌리고 서서 다른 사람들이 합판을 등에 짊어지워 주면 적당한 각도로 허리를 굽힌 상태에서 손으로 합판 밑동을 받쳐 잡는데, 매번 내 손으로 받쳐 잡을 수 없을 만큼 많은 합판을 올려 주는 것이어서 입에서 단내가 날 지경이었다.

다른 인부들은 이골이 났는지 무겁다, 힘들다 말 한마디 없이 기계처럼 합판을 짊어지고 옮겼다. 나도 힘든 내색을 하지 않으려고 해도 고작 1년 안 되게 농사지어 본 게 전부인 터라 다른 인부들 흉내조차 내기 어려웠다.

시멘트를 짊어지고 상차할 때였다. 40kg짜리 시멘트 두 포를 어깨에 짊어지니 몸이 통째로 땅속으로 꺼져버리는 기분이었다. 겨우 열여덟 살 애송이에게 80kg은 세상의 모든 짐을 혼자 짊어진 듯한 무게였다. 그런데 그런 나에게 시멘트 3포대를 올려 주는 것이었다. 기가 막히는 일이었다. 하늘이 노래지는 무게에 압도당한 채 기어코 내 입에서 불쑥 비명 같은 한마디가 나왔다.

"너무 무거우니 두 포만 얹어 주세요."

그러자 돌아온 말은 딱 두 마디였다.

"무슨 소리 하고 있어요? 이걸 못 하면 당장 그만둬요."

인부들은 대놓고 자신 없으면 일찌감치 그만두라고 채근했다. 그도 그럴 것이 손발 맞춰서 해야 하는 일에 한 사람이라도 부실한 사람이 있으면 다른 사람이 그만큼 더 힘이 드니 당연한 반응이었다.

어떻게 버텼는지 오전 작업을 이를 악물고 버텨냈으나 '도저히 내가 할 수 있는 일이 아니다'라는 생각이 들었다. 오전 작업을 마치자마자 나는 "취직시켜준 기도 형님을 생각해서라도 어떻게든 버텨야 하는데 도저히 안 되겠습니다"라고 말하기 위해 3층 사무실로 가려고 했다. 그런데 내 모습이 남루해서 오전 작업하면서 옷이 이미 거지꼴이 되고 말았던 탓이었다. 아무리 그래도 이 꼴로 형님 사무실을 찾았다가는 형님이 남사스러워할 것 같았다.

나는 3층 사무실로 가지 못하고 서면 로터리 근처 태화극장 앞 공중전화 부스로 갔다. 전화를 걸기 위해 많은 사람이 줄을 서 있었다.

한참을 기다려 순서가 와 사무실로 전화를 걸었더니 다른 직원이 받아 방금 점심 식사하러 갔다고 한다. 가뜩이나 지친 몸에서 남은 기운마저 다 빠져나가는 느낌이었다.

지금에 와서 돌이켜 보면 그날 기도 형님과 나의 통화가 이루어지지 않은 것이 오히려 큰 다행이었다고 생각한다. 힘이 들고 견디기 어렵다고 해서 스스로 중도에 포기하고 돌아섰다면 나는 오래되지 않아 스스로에게 실망했을 것이다. 자신에게 실망하는 것에 비하면 기도 형님과 통화가 이루어지지 않은 것에 대한 실망은 아무것도 아닌데도 당시의 나로서는 여간 맥 빠지는 일이 아니었다.

나는 허탈한 심정으로 다시 현장으로 돌아왔다. 그런데 갈수록 태산이라더니 점심 도시락을 꺼내 먹기도 전에 점심시간이 끝났다는 벨 소리가 요란하게 울렸다. 이제 오후 작업이 시작되는 것이었다. 힘든 노동 중에 밥이라도 배불리 먹어야 힘을 쓸 텐데 밥 냄새도 맡지 못하고 일을 해야 하니 고역도 이런 고역이 따로 없었다.

정신력으로 버텨야 했다. 아무리 힘들어도 기도 형님에게 말도 하지 않고 가버릴 수는 없는 노릇이었고, 그렇다고 눈앞의 일을 못 본 척할 수도 없었다. '그래 이를 악물고 버티자…. 기도 형님도 내가 이런 힘든 일을 하고 있다는 것을 알면 나를 이대로 두지는 않을 것이다'라고 생각하면서 마음을 다잡았다.

내가 중학교 다닐 때 명절 인사차 기도 형님이 우리 집에 온 날 어머니께서 하신 말씀이 떠올랐다.

　"우리 윤기는 조카처럼 공부도 많이 시킬 형편은 안 되고, 지차이긴 해도 부모와 함께 농사지으며 살자고 해도 안 살려고 하니 조카가 많이 배우고 좋은 곳에 취직해 있으니 나중 윤기 취직이나 좋은 곳에 시켜 주소."

　나는 형님도 어머니 말씀을 기억하고 있을 터이니 이대로 나를 내버려 두지는 않을 것이라고 생각하며 버텼다.

　누군가 창고로 들어서는 그림자라도 어른거리면 나는 기도 형님이 오는 줄 알고 흠칫흠칫 놀라며 돌아보곤 했다. 그러나 기도 형님은 알라딘 램프의 요정이 아니었다.

　출근 첫날 어떻게 일을 마치고 퇴근했는지도 모를 정도로 녹초가 되어 자취방으로 돌아갔다. 출근 첫날과 똑같은 날이 다음 날에도, 그다음 날에도, 또 그다음 날에도 이어졌다.

　그래도 나는 포기할 수 없었다. 나를 취직시켜 준 기도 형님을 봐서도 그렇고, 고향에서 어린 자식 생각에 애타는 마음으로 하루하루를 살아가실 부모님을 생각해서도 그렇고, 무엇보다 '멋진 자가용 타고 고향으로 돌아가겠다'라는 나 자신과의 약속 때문에라도 주저앉을 수 없었다. 나는 마음속으로 이렇게 스스로를 다잡았다.

　'남들도 해내는 일을 고비를 넘기지 못하고 그만둔다면 나

를 어느 회사에서 편한 일 시키면서 많은 월급을 주겠는가.'

퇴근해서 잠자리에 누워서도 끙끙 앓으면서 잠을 이루지 못하는 날들도 많았다. 아침에 눈을 떠보면 베개가 붉게 물들어 있는 날도 있었다. 단잠을 자는 중에 코피가 흐르면 가끔은 잠에서 깨기도 했지만, 어떤 날은 코피가 흐르는 줄도 모르고 자다가 아침에 베개를 보고야 코를 움켜쥐고 거울을 들여다보기도 했다.

아침에 출근할 때는 '내일이면 좋은 부서로 보내 줄지도 몰라' 하는 생각으로, 퇴근할 때는 '내일이면 좋은 부서로 보내 줄지도 몰라' 하는 기대감으로 하루하루를 넘겼다. 그렇게라도 하지 않으면 하루도 버텨내기 어려웠기에 내 나름대로 나를 추스르고 고무하는 주술(呪術) 같은 것이기도 했다.

그러던 어느 날 저녁 어머니의 편지를 통해서 기도 형님이 양정에 산다는 것을 알고 선물 하나 사 들고 기도형 집으로 찾아갔다.

어떻게 해서든지 활로를 뚫고 싶었다. 육체적인 고통이야 악으로 깡으로 견딘다고 해도 전문적인 기술을 배우는 일도 아니고 전망이 밝은 일도 아닌 점이 더 견디기 힘들었다. 기도 형님이라면 도와 줄 것이라고 믿었다.

형수님은 대연동 어느 전문대학에서 학생들을 가르치고 있다고 했다. 인텔리 부부. 역시 공부 많이 하고 훌륭한 사람들은 좋은 직장 다니면서 이렇게 편하게 잘살 수 있는 것이구나….

나는 기술을 배울 수 있는 장래성 있는 부서로 옮겨 달라고 부탁했다. 그렇게 기도 형님 덕분에 5개월 만에 업무과에서 검사과로 부서 이동해 비교적 힘이 덜 드는 일을 하게 되었다.

검사과로 간 지 얼마 지나지 않아 다시 가공과로 자리를 옮겼다. 가공과는 다른 부서와는 달리 전문성과 장래성이 있는 업무여서 아주 만족스러웠다.

사실 가공과의 업무도 여간 힘든 일이 아니었다. 동명 프린트 제품이 처음 생산될 때이다 보니 여러 가지 어려움이 많았다. 그러나 무엇인가 새로운 일을 배운다는 것만큼 기쁘고 보람된 일도 없었다. 배움의 기쁨 하나만으로도 그 어떤 어려움도 이겨낼 수 있을 것 같았다.

나는 명절이 찾아와도 그리운 부모님이 계시는 고향으로 가지 않았다. 동명목재에 입사해 근무하던 5년 동안 설, 추석 명절이 되어도 남들 다 가는 고향을 나는 한 번도 찾지 않았다. 마음이야 득달같이 달려가고 싶었으나 돈을 벌어 성공하기 전까지는 참아야 했다.

어떤 사람들은 힘들 때 고향의 부모님을 찾아 위안받고 용기를 얻어 온다며 자주 고향을 가기도 했지만 나는 오히려 부모님을 만나면 마음이 약해지고 흔들리게 될 것 같았다. 나는

그저 열심히 살았습니다

어떤 힘든 일도 두렵지 않았고, 어떤 세상도 두렵지 않았다. 다만 내가 약해질까, 그것이 두려웠다.

"너는 부모 형제도 없느냐", "돈에 포한이 졌느냐", "명절이 되면 다들 부모 형제 찾아 고향으로 오는데 너는 부산 돈 혼자 다 번다고 안 오느냐" 하는 어머니의 편지는 눈물로 얼룩져 있었다.

객지의 어린 자식에 대한 참을 수 없는 그리움이 눈물로 아롱져 떨어진 어머니의 편지 위에 쏟아지는 내 눈물을 떨어뜨리지 않으려고 주먹으로 눈 주변을 닦았다. 그리고 다짐했다.

'어머니 조금만 기다려 주세요. 저는 반드시 성공해서 자가용 타고 고향으로 갈 겁니다.'

'저는 꼭 성공해서 돌아가 부모님 따뜻하게 모시고 살 겁니다.'

12

군 입대

그렇게 옆도, 뒤도 돌아보지 않고 기계처럼 나는 일만 했다. 내 사전에 지각도, 결근도, 조퇴도 없었다. 소처럼 우직하고 성실하기만 하면 언젠가는 태산도 옮길 수 있다는 믿음 하나로 열심히 했더니 각 부서에 1명씩 뽑는 우수사원에 선정되어 진급의 영광까지 안기도 하였다.

1970년 나는 군 입대를 결심했다. 사실 출생신고가 늦어지지 않고 정상적으로 이루어졌었더라면 벌써 입대해서 지금쯤 제대했어야 했다.

한창 일에 탄력 받았을 무렵이라 아쉽기는 했지만 언젠가는 이행해야 할 국민의 의무라 더 미룰 수도 없었다. 영장이 나올 때까지 기다리면 너무 늦은 나이에 입대하게 되는 것도 여러모로 부담스러워 나는 지원 입대가 가능한 해군을 노크했다. 다행히 해군 입대 시험을 쳐 합격했다. 이어 동명목재에 사직서를 제출했다.

그런데 어찌 된 영문인지 사직서가 계속 수리되지 않고 있

그저 열심히 살았습니다

었다. 나는 용당 공장 최고 책임자인 김오수 생산부장을 찾아가 사정을 설명하고 사직서 수리를 요청했다. 그런데 그 후에도 여전히 사직서를 수리하지 않아 퇴직금 정산 등 마무리가 되지 않았고 나는 계속 출근하는 날이 이어졌다. 두 번째 찾아가 사직서 수리를 요청해도 요지부동이었다.

결국 김오수 생산부장을 세 번 찾아가서 통사정하다시피해서야 겨우 사직서가 수리되는 희한한 '삼고초려'의 해프닝이 있었다. 나중 알고 보니 동명목재 5년 근무하는 동안 지각, 조퇴, 결근 한 번도 없이 성실하고 모범적인 생활을 하는 것을 보고 차마 보내 주기 힘들어서 그랬다고 했다. 그 통에 해군 입대 시기를 놓쳐 버려 공군 입대로 방향 전환을 하는 중에도 나의 성실과 열정을 인정받은 것 같아 마음은 뿌듯했다.

나는 그해 11월 공군기술교육단에 입대해 기본 훈련을 마치고 기술학교를 거쳐 대구 K2 공군군수사령부 수리창 운영실로 배치되어 본격적인 군 생활을 시작했다.

같은 시기에 입대하는 동기생들보다 나이도 몇 살 위인 데다 사회생활 경험도 더 많으니 아무리 군대가 특수한 집단이라고 해도 충분히 잘해 낼 자신이 있었다. 부지런하고 성실한 사람 앞에 두려울 것은 없었다. 그러나 군대 생활의 어려움은 강한 훈련이나 단체기합 같은 공식적이고 합법적인 일에 있지 않았다. 비상식적이고 부조리한 병영문화가 문제였다.

다음날 김진황 운영실장 중령과의 면담을 요청했다.

"군대 생활을 무사히 마치고 영예로운 전역을 하고 싶으니 실장님이 좀 도와 달라"고 건의했다.

다행히 김진황 중령은 며칠 후 나를 운영실 직감으로 불러 올렸다. 운영실 직감은 전통 오는 것 받고, 공문 기안해서 결제 올리는 일이 주된 업무였다. 공문은 주로 경비 및 당직사관 발령과 관련된 내용이었다.

영외 거주자들과 문관들이 퇴근하면 사무실을 청소하는 것도 중요한 일이었다. 나는 군 생활 중 가장 힘들다는 내무반 생활을 하지 않는 대신 운영실 직감 일에 조금도 소홀함 없이 충실하기 위해 노력했다. 장교 문관들이 퇴근하고 나면 사무실 바닥은 수시로 물을 뿌려 씻어 내었고, 아침에 출근하기 전에는 책상과 집기들은 먼지 한 톨 없이 윤이 나도록 닦고 또 닦아 놓았다.

운영실 직감으로 몇 개월을 보냈을 때 중학교 동기생인 서해석이 하사 계급장을 달고 기관실에서, 입대 동기 이창수가 장교식당에서 병장으로 각각 근무하고 있는 것을 알고 서로 반가워하며 우정을 나눈 일은 삭막한 군대 생활에서 그래도 큰 위안 중 하나였다.

K2 공군 군수사령부 근무 시(상병시절)

13

내무반장과의
악연

공군은 같은 건물 2층에 하사관들의 내무반 숙소가 있고, 1층에 일반 사병 내무반이 직장별로 있었다. 고참 하사관들은 중고참쯤 되는 하사를 내무반장, 반부라는 이름을 붙여 1층 사병들의 내무생활을 통제하고 간섭하게 했다. 고참 하사들은 틈만 나면 반장, 반부들을 불러올려 구타와 기합을 가했다.

고참 하사들에게 혼이 난 중고참 하사 내무반장은 그것을 고스란히 사병들에게 되돌려 주었다. 그들은 수시로 사병들을 집합시켜 트집을 잡아 얼차려를 주는 등 분풀이를 일삼았다.

내무반장 오영균 하사는 군수사령부 9863부대 계획과로 배속을 받아 온 지 얼마 되지도 않은 신참인 내가 운영실 직감으로 올라간 것을 평소 매우 못마땅하게 여기고 있었다. 그는 집합 때마다 직감도 예외 없이 집합하라고 했다.

그저 열심히 살았습니다

나는 몇 차례 실장님과 부대장님이 퇴근 전이라는 이유를 들어 단체 기합인 집합 대상에서 빠졌다. 내무반에서 운영실이 멀리 떨어져 있는 점을 최대한 이용한 셈이었다.

그럭저럭 상병 고참이 되었을 무렵이었다.

내무반장 오영균 하사의 횡포는 말로 다 할 수 없을 지경이었다. 당시 내무반원들은 집이 대구에 있는 사람들이 많았다. 그런 사병들이 주말에 외출이나 특박을 나가면 별로 갈 곳도 없는 오 하사는 외출 사병을 따라 나가 일정을 함께하고 들어오기도 했다.

외출 나간 후임병이 부대에서와는 달리 멋진 사복으로 환복하고 여자 친구와 데이트하기라도 하면 오 하사는 부대 복귀하기가 무섭게 내무반원들을 집합시켜 이유 없는 구타와 기합을 가했다. 시어머니도 이런 시어머니가 있을까 싶을 정도로 심보가 고약한 사람이었다.

모처럼 자유를 만끽하며 친구들을 만나 군 생활의 스트레스를 풀어도 모자랄 판에 지긋지긋한 내무반장과 일정을 함께해야 하는 외출 사병이나, 난데없이 닦달당하는 반원들이나 어이없고 황당하기는 마찬가지였다.

신병들은 대개 복무 6개월 이상 지나야 외출이나 특박의 대상이 되는데 어느 신병에게는 규정에도 없는 특박을 보내주라고 지시하기도 했다. 원칙도 기준도 없는 '묻지 마 특박'

만으로도 어이가 없는데 정작 더 어이없는 건 그다음이었다. 신병이 돌아오면 '졸병 교육을 어떻게 했기에 이따위냐?'며 전원 집합시켜 놓고 마구잡이로 가혹행위를 저지르는 것이었다.

이유는 딱 하나였다. 그 신병의 부모님이 서문시장에서 제법 큰 가방점을 한다는 사실을 알고는 특박 선심의 대가로 가방이라도 하나 선물로 가져올 것으로 기대했다가, 반원들과 나눠 먹을 떡만 조금 해서 돌아온 신병을 보자 그만 부아가 치밀어 올랐던 것이다.

내무반원들은 내무반장 오 하사의 야비한 처사에 오래전부터 속으로만 부글부글 끓을 뿐 내색을 못 하고 있었다.

나는 그런 내무반장의 부당하고 야비한 처사를 더 이상 지켜볼 수 없었다. 그날 자정을 조금 넘긴 시각, 운동화 끈을 단단히 조여 매고 내무반으로 향했다. 오 하사는 외출, 특박 복귀자들을 확인하고 이제 막 잠자리에 드는 찰나였다.

"반장님, 잡니까?

"응, 왜 왔어?"

평소 껄끄럽게 여기는 내가 늦은 시각에 찾아온 것이 예사롭지 않게 여겨졌던 것일까. 오 하사의 목소리가 물기 한 점 없이 건조했다.

"면담하러 왔는데 밖으로 좀 나가시지요."

정중한 말투였어도 내 목소리 역시 물기 없이 건조하기는

그저 열심히 살았습니다

마찬가지였다.

오 하사가 상체를 올려 앉아 고개를 꺾어 나를 올려 보더니 눈을 둥그렇게 뜨고 말했다.

"뭐? 명령이다. 여기서 말해."

말 안 듣는 소의 고삐를 쥐고 당길 때는 사정없이 당겨야 하는 법이라는 것을 나는 경험으로 잘 알고 있었다.

"면담 좀 하자는데 명령은 무슨 명령이오? 밖에 좀 나갑시다."

나는 누워 있는 오 하사의 런닝을 잡아당겼다. 단호한 내 행동에 기가 꺾였는지 반원들 앞에서 체면이 안 선다 싶었는지 그가 밖으로 따라 나왔다. 내무반 밖으로 나온 오 하사가 갑자기 "차렷!" 구호를 외쳤다. 기선을 제압하겠다는 본능이었을 것이다. 나는 그의 눈을 똑바로 보면서 말했다.

"차렷할 사람은 너다. 이 새끼야!"

그와 동시에 내가 오른 주먹으로 그의 명치를 사정없이 갈겨 버렸다. 오 하사가 몸을 앞으로 고꾸라질 듯이 숙이는 순간 다시 두어 대 더 복부를 쥐어박았다. 고통을 참지 못하고 앞으로 고꾸라지는 오 하사의 얼굴에 오른쪽 무릎을 한 방 더 날려 버리자 바닥에 완전히 나뒹굴어 버리는 것이었다.

오 하사가 바닥에 나뒹굴었다고 느끼는 순간 내 눈에서 번쩍 하고 불꽃이 터졌다. 정신을 수습해 보니 태권도 사범 출신 윤정수 하사관 숙소 소장이었다. 그가 내 뺨을 후려갈긴 것이었다. 그는 "다른 사람이 그래도 말려야 할 사람이 이게 뭐냐?" 하면서 "지금 반장, 반부가 너 죽여 버린다면서 방송하고 있으니 일단 빨리 도망쳐!" 하는 것이었다.

나는 재빨리 문관 숙소로 뛰어갔다. 나는 이 일이 혹시 잘못되면 엄청난 수위의 기합을 받든지, 최악의 경우 몇 개월간 군기교육대 영창을 가게 될 수도 있다고 이미 각오하고 있었지만, 막상 다른 사람들에게까지 이 일이 너무 일찍 공개돼 버려 여간 걱정이 아니었다. 애초의 계획대로 나와 오 하사 둘만의 일이면 오 하사 입장에서 체면이 있으니 대놓고 일을 크게 만들지 않을 가능성이 컸다. 그런데 하사관 숙소 소장과 반장, 반부, 내무반원까지 알게 돼 버렸으니 일단 소나기는 피하고 봐야 했다.

그달에 제대할 이정중 온실 직감 선임 고참에게 뛰어가 "이유 묻지 말고 내일 조용할 때 얘기할 테니 누가 와도 없다 하고 오늘 밤 잠 좀 자게 해주세요"라고 부탁했다.

매트리스를 깔고 잠을 청했지만 불안감에 잠이 오지 않았다. 새벽녘에야 살짝 눈을 붙였다 떠보니 밖에는 추적추적 비가 내리고 있었다.

그저 열심히 살았습니다

14
적당할 때
멈출 줄 알아야

사태가 어떻게 전개 되어갈지 불안한 중에도 일단 배를 채워야겠다는 생각이 들었다. 나는 운영실로 달려가 라면을 끓여 우선 배를 든든하게 해 두었다. 무슨 일을 하든 배가 고프면 판단력이 떨어지기 십상이라는 것을 나는 잘 알고 있었던 것이다.

일과가 시작되자 제대를 한두 달 정도 앞둔 병 선임자인 김홍배, 손종진 병장이 찾아왔다. 그는 "점심시간에 전원 집합하라는 내무반장 오 하사의 지시가 떨어졌다"라는 소식을 전하면서 "너 군대 생활 계속하려면 열외 하지 말고 집합해라" 했다.

나는 오전 일과가 끝나자마자 내무반을 찾아 반원들 사이에 정위치 하고 대기했다. 오 하사는 목에 붕대를 두른 채 누워 있다가 숙소 소장 모임에 다녀오더니 "저녁 7시에 열외 없이 다시 집합하라" 했다.

나는 오후 근무를 마치고 중학교 동기생이자 기관실에 근무하는 서해석 하사와 장목구 하사 합기도 사범에게 사건의 선후를 설명하고 "오늘 저녁 우리 제1내무반 신경 좀 써 달라"라고 부탁했다. 같은 하사니까 아무래도 영향력이 있을 것으로 보고 친구 서해석과 장목구 하사에게 부탁한 것이었다.

7시가 되자 내무반원 전원이 집합했다. 오 하사는 양손에 검은 가죽장갑을 낀 채 단단히 벼르고 있었다. 그는 창문의 커튼을 모두 내리게 하더니 병사 하나를 시켜 밖에서 누가 오는지 망을 보게 했다.

오 하사는 워카를 신은 채로 침상에 올라가 신참 병사 하나에게 "5분 내로 팔뚝 굵기 방망이를 구해 오라"고 지시하고 전원 눈을 감게 하고 말했다.

"오늘 나한테 맞는 데 이의 있는 놈 손 들어."

40여 명 반원 중 아무도 손을 든 사람은 없었다. 단 한 사람만이 번쩍 손을 높이 들어 올렸다. 나 김윤기 상병이었다.

몽둥이를 구하러 간 신참 병사가 팔뚝 만 한 굵기의 버드나무 가지를 잘라 왔다. 신병이 급히 만들어 오느라 버드나무 몽둥이가 매끈하지 않고 칠지도처럼 삐죽삐죽 가지 잘린 흔적이 남아 있어 저걸로 몇 대 맞으면 사망 아니면 중상이겠다 싶었다.

그저 열심히 살았습니다

몽둥이가 마음에 들었는지 안 들었는지 오 하사는 방망이를 침상 한쪽에 던져놓더니 말했다.

"김윤기, 앞으로 나와."

나는 내무반장 오 하사 앞으로 나갔다.

"차렷!"

오영균 내부반장이 나에게 명령했다. 나는 차렷 자세를 취하며 "이만하면 됐습니까?"라고 대답하며 방어자세를 취했다.

내무반에 무거운 정적이 흘렀다. 앞으로 어떤 식으로 이 일이 전개될지 모른다는 불안감이 정적 속에 함께 흐르고 있다는 것을 모두가 예감하는 순간이었다.

"차렷!"

오 하사도 지지 않고 다시 명령했다. 나는 다시 차렷 자세를 취하면서 또 "이만하면 됐습니까?"라고 했다.

순간 오 하사의 오른발이 내 왼다리 조인트를 사정없이 걸어찼다. 나는 악에 받쳐 아픔도 잊은 채 얼른 오 하사가 던져놓은 버드나무 몽둥이를 집어 들고 휘둘렀다. 오 하사는 큰 위협을 느꼈는지 급히 몸을 피해 도망가는 것이었다. 도망가는 그를 향해 몽둥이를 집어 던졌지만 맞지 않았다.

그때 친구 서해석과 장목구 하사가 나타났다. 나는 친구가 '조금만 더 일찍 와 주지' 싶으면서도 지금이라도 와 준 친구가 무척 고마웠다.

"선임 내무반인 1내무반에서 이게 무슨 일이야? 김윤기는 운영실장님이 찾으니까 어서 올라가 봐."

장목구 합기도 관장과 해석이는 기대대로 아주 적절히 사태 수습을 해 주었다. 나는 문관 숙소 식당으로 가 막걸리 한 사발을 마시고 병기고를 열어 실탄 15발을 주머니에 넣은 후 매트리스를 깔고 옷도 벗지 않은 채 잠을 잤다. 김홍배 선임 병장과 손종진 병장이 나를 데리러 와 보니 술에 취해 퍼져 있고 실탄이 주머니에서 쏟아지니까 곧장 오영균 반장에게 달려가 "김윤기 상병이 실탄을 한 포켓 넣어 술에 취해 자고 있는데 큰일 낼 사람 같으니 어쩌면 좋겠느냐"라고 하며 걱정 했더니 오영균 반장도 걱정하는 눈치로 고민하며 조용히 일을 확대 하지 않으려는 오 반장이 겁에 질려 사과 보고 하라 하여 이튿날 병 선임자 김홍배 송종진 병장이 나를 찾아왔다.

"김 상병, 오늘 아침에 내무반장이 나한테 너를 데리고 사과 보고를 하라고 하니 오늘 일과 마치고 함께 가자. 만약 사과 보고 하러 갔는데도 어제 같은 행동을 하면 네가 어떻게 해도 안 말릴 테니 군 생활 무사히 마치고 싶으면 한 번만 내 말 듣고 일과 마치고 내무반으로 와 다오."

제대를 눈앞에 둔 말년 병장의 통사정을 외면할 수는 없었다. 무엇보다 나 역시 이쯤에서 마무리가 되는 것이 최선이기도 했다. 나는 그렇게 하겠다고 약속했다.

일과 후 나와 함께 오 하사를 찾아간 김홍배 병장이 "반장님께 사과 보고 하러 왔습니다"라고 하니 오 하사가 보고자 열외 시키고 나에게 "김 병장 때문에 억지 사과하러 온 거야? 진심으로 사과하러 온 거야?"라고 물었다. 나는 "모든 것을 이해하고 받아주신다면 진심으로 사과드리고 싶다"라고 자세를 낮췄다. 그러자 내무반장 오 하사는 손을 쑥 내밀어 악수를 청하며 말했다. "그럼 됐어."

이쯤에서 정리되는 것이 나쁘지 않은 건 오 하사도 마찬가지였다. 나도 웃으며 그와 악수를 나누는 것으로 사태는 마무리되었다.

사과 보고를 하고 나온 뒤 김 병장은 어깨를 툭툭 치며 나만 들을 수 있는 낮은 목소리로 말했다.

"나는 벼르기만 했는데… 잘했다, 김 상병."

그 일이 있고 난 이후부터 내무반장의 집합 명령은 확연히 줄었고, 집합을 시키더라도 한 번씩 직감의 열외는 묵인해 주기도 했다. 무엇보다 내무반장과 반부의 반원들을 대하는 태도에 큰 변화가 있었다. 무엇보다 문제의 인물인 내무반장 오 하사가 머지않아 충남 병무청으로 소속을 옮겨간 것이 가장 큰 변화였다.

이 사건으로 얻은 교훈은 적당히 멈추고 화해한 것이 잘한 일이었다는 것이다.

그 사건 소문이 수일 내 전 직장으로 전 내무반원들에게 퍼져 나간 후 하사관들은 사병들에게 좀 더 너그럽게 순하게 대하게 되었고, 각 내무반장과 반부들도 반 내무병들에게 따뜻한 병역 생활을 할 수 있도록 대해 주었다.

윗선 운영실 대위, 소위, 과장, 계장들이 숙소 소장, 반장, 반부를 집합시켜 훈육을 해 보지 못한 새로운 병역 생활을 할 수 있었다.

그렇게 어머니에 대해 항상 마음을 쓰고 있었기 때문이었을까. 어머니의 생명이 위중한 상황에 처해 계실 때가 두 번 있었는데 그때마다 내가 그 위기에서 어머니를 구해낼 수 있었다.

첫 번째 위기는 1973년 제대를 거의 눈앞에 두고 있던 공군 병장 시절에 있었다.

어느 날 꽤 늦은 오후인데 나는 어쩐지 마음이 불안해서 안절부절못하고 있었다. 아무 맥락도 없이 마냥 집에 가보고 싶은 충동이 걷잡을 수 없이 일어나는 것이었다. 이상할 정도로 불안해서 빨리 고향 집 어머니에게 가봐야겠다는 충동에 사로잡혔다.

성주로 가는 차도 끊어진 늦은 시각이었다. 그렇다고 다음 날 아침까지 기다렸다가 가기에는 마음이 너무 불안해서 견딜 수가 없을 것 같았다. 나는 급히 부대장에게 1박2일 특박

허락을 받아 내당동으로 가서 내당동에서 다시 고령으로 가는 버스를 타고 명듬철교에서 내렸다. 이제부터는 걸어서 가야 했다.

집으로 가는 방법은 두 가지가 있었다. 하나는 큰길로 가는 방법, 다른 하나는 산길로 질러가는 방법이었다. 큰길은 편하게 갈 수 있는 대신 엄청나게 멀었다. 질러가는 길은 거리는 짧은 대신 높은 산을 넘어야 하는 데다 야밤이라 쉽지 않은 길이었다. 피가 끓는 청년인 데다가 군인정신으로 무장되었다고는 하지만 야밤에 깊은 산길을 혼자 간다는 것은 쉬운 일이 아니었다.

하지만 지체 없이 산길로 접어들었다. 망설이거나 주저할 여유가 없었다. 촌각이라도 빨리 어머니께 가야 한다는 생각뿐이었다.

조그마한 가방은 어깨에 짊어지고 양손에는 적당한 크기의 돌멩이를 한 개씩 쥐어 들었다. 어릴 때 하굣길에서 마주치기도 했던 늑대라도 나타나면 쫓아야 했기 때문이었다.

돌멩이 두 개가 나를 지켜 줄 유일한 생명줄이라도 되는 양 두 주먹을 꼭 쥐고 무작정 산길을 헤치며 고향마을 쪽으로 걷기 시작했다. 제발 아무 일도 없어야 할 텐데 하는 불안한 마음과 빨리 가야 한다는 조급한 마음에 길은 걸어도 걸어도 좁혀지지 않는 것 같았다.

집으로 가는 관문인 박실마을에 다다랐다. 큰 산 하나만 더 넘으면 우리 마을이었다. 박실마을이 있는 산골짜기는 가도 가도 끝이 없을 정도로 깊었다.

산속 깊이 있는 큰 연못을 조심조심 둘러 산으로 올라가는데 어둠 속에서 갑자기 후다닥 하는 소리가 들림과 동시에 무언가가 황급히 뛰쳐나가는 것이었다. 순간 심장이 멎을 듯이 놀랐다.

가만히 보니 황소가 콩잎을 따먹고 있다가 내가 다가가자 놀라서 뛰쳐나간 것이었다. 소도 놀라고 나도 놀라서 식은땀이 흘렀지만, 소라도 내 곁에 있어 주어 짧은 순간이나마 마음이 편안해지는 것이었다.

우여곡절 끝에 집에 들어서자마자 어머니부터 찾았다.

"어머니, 어머니."

안방 문을 열고 들어서자 어머니가 식은땀을 흘리며 끙끙 앓고 누워 계셨다. 큰일 났구나 싶은 생각에 나는 가까이 있는 큰집으로 가 자전거를 빌려 타고 용암면 보건소 공의(公醫)를 부르러 면 소재지로 달려갔다.

간단하게 어머니의 증세를 설명하며 빨리 좀 가달라고 통사정했지만, 공의는 환자가 많고 바빠 갈 수 없다며 급한 대로 약을 한 봉지 지어 주었다.

"우선 이걸 드시게 하고 그래도 안 되면 이리로 모시고 오게나."

공의는 군에서 특무상사로 근무한 자형과 같은 부대에서 군의관으로 복무하던 분이라 자형은 물론 우리 가족들과도 면식이 있는 분이었다. 그러나 면에 단 한 사람밖에 없는 의사라 다른 환자들을 외면하고 어머니 왕진만 부탁할 수는 없었다.

급히 집으로 와 어머니께 약을 드시게 했다. 약을 드시고 5분이나 지났을까. 겨우 삼켰던 약을 토해 버리는 것이었다. 당시 어머니는 수시로 복통에 시달려 왔다. 내가 알기로는 시집오신 이후부터 시작된 속병이었다. 그때마다 어머니는 공의로부터 수시로 약을 타서 복용해 오셨고 공의는 어머니의 증세를 잘 알 수 있었던 모양이었다. 그런데 약을 토해 버리니 당혹스러웠다.

"약을 드셔도 안 되면 이리로 모시고 오게."

나는 공의의 말을 떠올리며 마당으로 뛰어나가 리어카를 찾았다. 리어카 바닥에 지푸라기를 충분히 깔고 그 위에 요를 깐 다음 어머니를 모시고 나와 태우고 작은집 성일이 형님을 불러왔다. 어머니를 태운 리어카를 성일이 형님이 뒤에서 밀고 내가 앞에서 끌어서 면 공의에게 달려갔다.

약을 가지고 갔다가 이번엔 환자를 모시고 온 나를 보더니 공의가 급히 어머니를 진찰했다.

"여기선 안 되겠으니 큰 병원으로 모시고 가게."

공의가 어머니와 나를 번갈아 보더니 메모지에 대구 중앙 병원 전화번호를 적어 주며 말했다.

가슴이 철렁 내려앉았다. 큰 병원으로 가라는 말은 환자가 큰 병에 걸렸다는 말과 같았기에 눈앞이 캄캄해졌다. 대구로 가는 교통편도 다 끊어진 지금 무엇을 어떻게 해야 할지 갈피를 잡을 수 없었다. 다시 리어카로 어머니를 집으로 모시고 가야 하나 어쩌나 머릿속이 복잡해졌다.

일단 용암 오일장에서 국밥 파는 오촌 아재 생각이 났다. 당숙과 상의하여 어머니를 급한 대로 당숙 집으로 모시기로 했다. 내일 아침 첫 버스에 당숙이 어머니를 태워 보내면 그걸 받아 타고 병원으로 가기로 하고 집으로 갔다.

잠깐 눈을 붙이고 이른 아침 이불과 옷가지들을 챙겨서 어머니가 타신 버스를 받아 탔다. 공의가 일러준 대구 북성로 근처의 중앙병원으로 찾아가니 엑스레이 전문병원이었다.

어머니가 엑스레이 촬영을 하는 동안 부산의 형님에게 전화했다. 간략하게 상황을 설명했더니 형님은 "아주 위중한 상황이 아니면 가급적 부산으로 모시고 오라"고 했다. 대구에서 입원해 치료받게 되면 사실상 간호해 드릴 가족이 아무도 없었던 탓이었다. 그렇다고 형님이 부산에서 대구로 오가며 간병해 드릴 수도 없었다. 형님 말씀처럼 부산으로 모시고 가는 것이 나을 것 같았다.

병원에서 엑스레이 사진을 챙겨 받은 나는 다시 어머니를 모시고 고속버스 터미널로 갔다. 어렵사리 고속버스에 어머니를 태우고 부산으로 가는데 그 길이 얼마나 멀고, 그 시간이 얼마나 길던지 마치 영원히 끝나지 않을 것만 같은 착각이 들 정도였다. 요즘 시대엔 구급차가 상용화되어 신속하게 이송이 가능하나 그때만 해도 이렇게 후진적이었다.

부산에 도착한 즉시 형님에게 전화하니 "택시를 타고 대청동 메리놀 병원으로 모시고 오라"고 했다. 형님이 시키는 대로 메리놀 병원에 도착해 형님과 함께 응급실로 어머니를 모시고 가 대구 중앙병원에서 찍은 엑스레이 사진을 제출했다.

그러자 간호사들이 지체 없이 어머니를 수술실로 모시고 들어가는 것이었다. 엑스레이 판독 결과에 따른 빠른 조치였다.

수술실로 들어가는 어머니를 보자 갑자기 맥이 풀리면서 온몸의 힘이 다 빠져나가는 느낌이었다. 만 하루 동안 초긴장 상태에 놓여 있다가 긴장이 풀린 탓이었다. 수술 결과가 어떨지 앞으로가 더 걱정인 상태였으나 이제부터는 하늘의 몫이고 더 이상은 내가 할 수 있는 일은 없었다. 단지 제발 어머니가 건강한 모습으로 병실을 걸어서 나가는 날이 빨리 오길 바랄 뿐이었다.

잠시 숨 돌릴 새도 없이 나는 형님에게 어머니를 부탁하고 다시 부대로 복귀했다. 1박2일 특박증을 끊어서 나온 처지라 서둘러 자정까지는 부대로 복귀해야 했기 때문이었다.

다음날 부대장에게 저간의 사정을 얘기하고 2박3일 특박을 허락받아 병원으로 갔다. 어머니는 수술을 받고 병실에 누워 계셨다.

사실 어머니는 오랫동안 원인 모를 복통에 시달려 오셨다. 시집오고 얼마 지나지 않아서부터 시작된 복통은 회충 때문일 것이다, 속병 탓일 것이다… 짐작만 했을 뿐 정확한 원인 규명은 하지도 않은 채 그렇게 지내오신 것이었다.

병원에서 내린 병명은 담석증이었다. 담석증은 대개 평생 별다른 통증이나 증세를 보이지 않는다고 하나 드물게 어머니처럼 복통에 시달리거나 담낭염 등의 합병증을 앓게 되기도 한다고 했다.

수술이 잘된 덕분에 어머니는 미음을 드시는 등 빠르게 회복하기 시작했다. 천만다행이었다.

그저 열심히 살았습니다

15

리어카 밀어줄 사람이
필요합니다

"물구나무를 서도 국방부 시계는 돌아간다"라는 말이 실감
났다. 나도 어느새 병장을 달았다. 전역일이 가까워진다고 생
각하니 한편으로는 기쁘기도 하고, 한편으로는 조금씩 고민
도 되기 시작했다. 제대하면 동명목재에 다시 입사하느냐, 아니
면 또 다른 배움의 장이 되어줄 직장을 찾느냐 하는 고민이었다.

더구나 그즈음 부모님은 제대하면 곧 결혼해야 한다고 예
고를 하신 터여서 이래저래 고민이 많았다.

지난번 외출 나갔을 때 부모님은 둘째 자형의 외사촌 여동
생이 예쁘다며 다음번 외출 때 맞선을 한번 보라고 하셔서 거
절 못 하고 그러겠다고 했으니 결혼 문제도 당장 발등의 불이
될 가능성이 컸다.

어릴 때부터 '절대로 처자식들에게 가난을 안겨주지 않겠
다'라는 마음으로 살아온 내가 아직 아무것도 이루지 못한 상

태에서 결혼하는 것은 스스로 용납이 되지 않았다. 그렇다고 부모님 말씀을 거역할 수도 없었다.

둘째 누님과 어머님이 의논해 약속한 대로 1973년 나는 외출을 받아 집으로 갔다. 맞선을 보기로 약속한 대로 외출 복귀하는 길에 약속 장소인 대구 신천동 처녀의 큰집인 어느 아파트로 갔다. "딸 많은 집의 딸이 예쁘다"라는 어머니 말씀이 그대로 적중했다. 첫인상이 좋았다.

문제는 나의 처지였다. 아직 현역군인인 데다가 직장 문제도 걸려있는 가난한 총각이 마음만 앞세울 수는 없었기에 나는 솔직히 내 입장을 밝히는 게 도리라는 생각이 들었다.

"부모님 말씀을 거역할 수 없어 막상 이 자리에 오기는 했으나 보시다시피 저는 군인 신분이고, 제대하면 직장도 구해야 하는 처지라 당장 결혼하기는 어렵습니다. 저에게 시집오는 사람은 많은 고생을 해야 합니다. 제대 후 약 5년간 직장생활을 한 후 나는 리어카 행상을 하더라도 내 사업을 할 겁니다. 내게 시집올 사람은 내가 앞에서 리어카를 끌 때 뒤에서 밀어주는 사람이 되어주어야 합니다. 그만큼 고생을 할 각오를 해야합니다. 결혼해서 편하게 살고 싶은 사람은 저 같은 사람에게 시집오면 반드시 후회하게 될 겁니다."

나는 책임지지 못할 어설픈 약속으로 상대를 현혹시키고 싶지 않았다. 정직하게 나의 입장과 처지를 밝히고 상대가 냉

그저 열심히 살았습니다

정하게 판단할 수 있도록 해 주는 것이 상대를 위해서도, 나 자신을 위해서도 훨씬 도움이 되는 일이라고 생각했다.

그런데 놀랍게도 처녀는 수줍은 표정과는 달리 또렷한 목소리로 대답하는 것이었다.

"그 정도 각오는 다 되어 있어요."

처녀의 당찬 대답에 내심 놀라면서도 애초의 내 입장을 바꿀 수는 없었다.

나는 부대 복귀 시간이 임박해 맞선 자리를 떠나야 했다. "몇 개월 후 제대하면 부산으로 가 직장을 잡은 다음 연락 한 번 하겠다"라는 약속이라고 하기엔 기약 없이 막연한 말을 남기고 그 자리를 떠났다.

바쁜 걸음으로 부대를 향하는 내 머릿속은 온통 처녀의 순수하고 예쁜 미소가 자리 잡고 있었다.

그 정도 각오는 다 되어 있다는, 수줍은 듯하면서도 또렷하고 당찬 처녀의 목소리가 자꾸만 귓전을 맴돌았다.

16

인생의 길을
함께 걸어갈 사람

처녀에게 〈여성중앙〉 한 권과 편지 한 통을 보내 맞선 때의
약속 아닌 약속을 이행한 것은 맞선을 보고 2년이나 지난 시
점이었다. 처녀 입장에서 자칫 잘못 생각하면 나는 대책 없이
무책임한 사내였다. 혼기가 다 찬 처녀에게 2년이라는 기약
없는 세월을 기다리게 해 놓고도 아직도 처녀가 빈털터리 총
각을 기다리고 있을 것으로 생각했다는 것은 어이없는 일이
기도 했다.

그런데 오히려 처녀는 나를 그만큼 신중하고 책임감 있는
사람으로 여기는 것 같았다. 나로서는 정말 다행이고 고마운
일이었다.

책과 편지를 보내고 나면 얼마 지나지 않아 잘 받았다는 답
장이 왔다. 나는 그렇게 편지를 주고받으면서 처녀의 마음을
조금씩 알 수 있게 되었고 평생을 함께할 수 있는 반려자로

손색없는 사람이라는 믿음을 조금씩 가지게 되었다.

내가 그렇게도 단호하게 "내게 시집오는 사람은 고생 좀 해야 한다. 편하게 살 생각이면 내게 시집오면 안 된다. 내 뒤에서 리어카를 밀어줘야 한다"라고 했는데도 "그 정도 각오는 되어 있다"라는 당찬 대답을 한 이후로 변함없는 신뢰를 보여주는 모습이 무척 고마웠다. 정성이 가득한 답장도 내 마음을 흐뭇하게 했다.

"사랑이란 마주 보는 것이 아니라 서로 같은 방향을 바라보는 것이다"라는 말은 사랑에 대한 본질을 잘 표현한 말이다. 얼핏 생각하면 서로 하염없이 마주 보는 것이 사랑이라고 착각하기 쉽지만 조금만 생각해 보면 진정한 사랑은 '같은 곳을 향하여 함께 나아가는 것'이라는 말에 고개가 끄덕여진다.

'동반자', '반려자'라는 말에 '인생의 길을 함께 걸어가는 사람'이라는 뜻이 담겨 있다는 점에서 이 말보다 더 정확하게 배우자를 설명하는 말이 있을까 싶다.

처녀는 나의 동반자, 반려자가 되기에 딱 들어맞는 사람 같았다. 같은 곳을 바라보며 인생의 길을 함께 의지하며 걸어갈 수 있는 사람 같았다. 사랑하는 사람과 같은 방향, 같은 속도, 같은 보폭으로 어깨를 나란히 하며 걸어가는 인생길은 아무리 멀고 험해도 평화롭고 아름다울 것이다.

오고 가는 편지 속에 우리의 사랑은 점점 커져갔다. 동시에 처녀에 대한 나의 믿음은 확신이 되어갔다.

사하구 신평 고개 위 예비군 훈련장에서 훈련받다 휴식 시간이 되면 저 아래 펼쳐진 수많은 집과 건물을 내려다보며 나는 자주 상념에 젖었다.

'저렇게 많은 집과 건물들이 많건만 내 땅, 내 건물은 하나도 없구나. 내 나이도 머지않아 서른을 바라보게 되는데 언제까지 저녁에 편히 쉴 방 한 칸 없이 살아야 하는가.'

'결혼한다고 해도 집에서 내게 물려 줄 것이라곤 논 두서너 마지기가 전부일 텐데 나를 믿고 시집올 아내를 실망하게 해서는 안되는데, 또한 고생시켜서는 안되는데, 결혼하면 아들딸이 태어날 것인데 어떻게든 후회하지 않도록 좀 더 뛰어야겠다고 다짐했다.

'용달차 사업을 할까, 아니면 철물점을 할까.'

'몇 개월도 아니고, 몇 년을 기다려 준 처녀를 데려와 집도 없이 결혼생활을 하는 것이 과연 타당한 일일까.'

나는 저 아래 펼쳐진 시가지를 내려다보며 눈에 보이는 현실과 눈에 보이지 않는 미래 사이에서 깊은 고뇌와 번민을 거듭했다.

이즈음 부모님은 부쩍 혼인을 재촉했다. 아버지가 나날이 쇠약해지시는 데다 처녀 쪽에서도 혼기가 차 더 미루기 곤란

하다는 이유였다. 사실 대구에서 외출 나와 처녀와 맞선을 본 지도 벌써 2년이 다 되어갔다.

'건물이나 땅만이 자산은 아니다. 나에게는 비록 건물이나 땅은 없지만 부모에게 물려받은 건강한 육신과 성실함, 그리고 백절불굴의 정신력과 무쇠도 녹일 수 있는 열정이 있다. 내가 가지고 있는 이 무한한 자산을 이용하여 내가 가지고 싶은 것과 바꾸어 나가면 된다. 결국 내가 가진 건강한 육신과 정신력이 곧 건물이요, 땅이다. 내가 여기서 중도 포기만 하지 않는다면 나는 나 자신과의 약속을 반드시 지켜 낼 수 있을 것이다. 남들이 놀 때 나는 일을 열심히 하고, 남들이 잘 때 나는 공부해서 남들보다 행복의 양을 키워야 한다.'

달리 생각해 보면 내가 총각이고 단신이기 때문에 더 많은 고충이 따르는 것인지도 모른다는 생각도 들었다. 모든 것을 다 갖추어서 결혼하는 것만이 능사는 아닐 것이었다. 같은 방향을 바라보면서 같은 속도, 같은 보폭으로 걸어갈 동반자가 옆에 있다면 훨씬 더 빨리 꿈을 완성할 수 있을 것도 같았다.

사랑하는 사람과 함께 고난과 역경을 극복하면서 조금씩 발전해 나가는 과정을 공유하는 것도 의미 있는 일이라는 생각이 들었다.

17

하늘이 장차
큰일을 맡기려 할 때는

직장생활 하면서 돈 안 벌면 고향에 가지 않겠다는 마음으로 고향을 5년 동안 가지 않았다. "너는 부모 형제도 없느냐. 많은 사람들이 추석 명절이 되면 고향을 찾는데 너는, 부산 돈 너 혼자서 다 버느냐. 돈에 무슨 포언이 졌느냐" 하시면서 어머님이 눈물을 흘리시며 쓰신 얼룩진 편지를 받고 눈시울을 붉히며 어떤 역경이 있더라도 참고 견디며 성공해야겠다는 굳은 결심을 하곤 했다.

동명목재 5년 근무한 후 공군에 입대하여 공군기술학교를 졸업한 후 대구 K-2 군수 사령부 운영실에 배속받아 만 3년 근무하고 제대 몇 개월을 앞두고는 제대 후에 해야 할 일들에 대해 고민이 많이 되었다. 동명목재 직장생활에서 얻은 경험과 군 생활에서 얻은 인내와 빈틈없는 섬세함으로 무장하여 무엇

그저 열심히 살았습니다

이든 할 수 있다는 자신감과 용기는 충만했다.

예비군 훈련받으러 산에 올라가면 훈련 중 휴식 시간에 시내를 내려다보며 수많은 건물과 넓은 땅들이 많지만 내 건물 내 땅은 하나 없는 나로서 내가 어떻게 해야 날 믿고 시집오는 아내 될 사람 고생시키지 않고 실망시키지 않을까? 또한 아들딸 낳아 남과 같이 공부시킬 수 있겠는가를 고민하였다. 그러나 돈만 자산이 아니다. 내가 가지고 있는 건강한 육체와 강인한 정신력과 용광로와 같은 열정 그리고 부모님으로부터 물려받은 성실함을 큰 자산으로 생각하고 이 네 가지를 돈으로 만들기 위해서는 부단한 노력밖에 없다는 생각으로 남들이 놀 때 일하고 남들이 잘 때 공부하며 남과 같이해서는 남보다 더 잘살 수 없다는 것을 깨닫고 좀 더 강한 마음으로 나 자신에게 다짐하며 직장생활 10년을 채웠다. 이후 나는 무슨 사업이라도 해야겠다고 생각하고 어떤 업종을 선택해야 할지를 고민하며 꿈을 그리기 시작하였다.

결혼 일자를 받아놓고 결혼식과 예물은 서로 간소화하기로 협의한 후 절약한 돈은 사업을 할 때나 내 집 마련 시 요긴하게 사용키 위해 통장에 넣기로 하였다. 나를 선택한 것을 후회하지 않도록 하겠다고 다짐 다짐을 하곤 하였다.

1975년 1월 3일에 결혼하여 부산에서 15만 원 전세 단칸방 하나 얻어 신접살림을 차렸고, 큰아들이 태어난 지 몇 개월 안 되었을 때 연탄가스가 문틈으로 새 들어와 죽을 고비를 넘기기도 하였다.

그때 나는 아내에게 말했다. "지금 당장 만원 한 장 사고 싶은 것 아끼고 절약하면 늦어도 5년 후에는 당신 마음대로 백만 원, 이백만 원 쓸 수 있게 하겠으니 내가 당신에게 하는 약속 지키는지 못 지키는지 두고 보라" 하며 아내를 설득시켰고 불평불만 없이 나의 제의를 잘 따라준 아내가 고맙고 감사했다.

봉급은 10원 한 장 축내지 않고 아내에게 꼬박꼬박 갖다주었으며 한 달 부식비 얼마를 제외하고는 아내 이름으로 정기적금을 넣었다. 결혼 3년째 도로 옆 반듯한 63평 집 지을 땅을 구입하여 도로 쪽으로 점포 3개를 넣고 안에 있는 땅에 우리들이 살 보금자리 집을 지었으며, 아내는 단칸방 전세로 살다가 아담한 양옥으로 우리가 살 집을 짓는다고 좋아하며 떡집에 떡을 시켜 시루째 음료수와 참으로 가져왔었지만, 90%가 될 무렵 하단 5거리와 에덴공원 사이 시멘트 블록, 벽돌공장 사업을 하기 위해 짓던 집을 저렴하게 매도하고 그 돈으로 결혼 3년 8개월 만에 1978년 8월 15일 봉급생활 10년을 마감하고 32살에 첫 사업으로 시멘트 블록, 벽돌공장을 창업 오픈하였다.

36개월의 군 생활에 입대 전 힘들었던 사회생활이 큰 밑천이 되어주었듯이 36개월의 힘든 군대 생활은 앞으로의 내 인생에 또 큰 밑천이 되어줄 것이라고 생각했다.

　사람은 누구에게서라도 배워야 하고, 또한 어떤 장소 어떤 상황에서도 배워야 한다. 나는 사회생활에서 배운 것을 바탕으로 군에서도 성실하고 부지런하게 맡은 소임을 다했고, 군에서 배운 절도와 질서, 인내심을 바탕으로 앞날을 살아가면 능히 어떤 시련도 이겨낼 수 있으리라 믿었다.

　나는 군 생활 동안 내 몫으로 지급해 주는 치약이나, 비누, 화랑담배 등 각종 보급품을 최대한으로 아껴 휴가나 외출, 외박을 갈 때 집에 가져다 모아 두었다. 화랑담배는 비흡연 사병들에게 얻어 모아서 가져다 놓았다.

　나는 일찍이 남들과 똑같이 해서는 남보다 더 잘살 수 없다는 진리를 어느 정도 간파하고 있었다. 남들보다 더 부지런하고 더 절약해야 남들보다 더 잘살 수 있다고 확신하고 있었던 것이다.

　"피는 물보다 진하다는 말이 있지 않느냐, 형님은 남에게 월급 줘 가면서 일 시키고, 너는 남에게 월급 받으면서 남의 일 해 주느니보다 형님과 서로 도와주면서 살아라. 형님이 잘 살아야 너희들도 다 잘살게 되는 것이다."

　제대해서 집에 가니 역시나 부모님은 내게 목재소와 건축자재상을 하는 형님의 사업을 거들어 주면서 살라고 적극 권하셨다.

입대 전 근무하던 동명목재로 복귀하게 되면 형님 공장에서 일하는 것보다 세상 물정에도 어두울 것 같았다. 정해진 일만 하다 보면 이런저런 세상사에 어두운 것은 물론, 융통성이 부족할 수밖에 없을 것 같았다. 어차피 한 5년 하고 그만둘 직장생활을 형님 밑에서 이것저것 다양한 일을 현장에서 직접 부딪혀 보는 것도 나쁘지 않겠다고 생각한 나는, 부모님 말씀을 따라 형님이 운영하는 양일목재에서 일을 시작했다.

형님이 운영하는 공장에서 동생이 일을 하게 되면 책임감도, 절박감도 없는 사람이 되기 십상이다. 주인도 아니고 주인이 아닌 것도 아니고, 직원도 아니고 직원이 아닌 것도 아닌, 정체성이 애매한 사람이 되기 딱 좋은 조건인 것이다. 그러면 회사는 회사대로 손해고, 사람은 사람대로 망가지게 돼 있다.

나는 그런 함정에 빠지지 않았다. 건축자재 구매는 물론 판매에도 적극 나섰고 블록, 벽돌, 배달 같은 말단 일까지도 소매 걷어붙이고 해내었다.

가끔 친구나 거래처 사람이 찾아와도 사무실에서 잠깐 차한 잔 대접하는 것으로 모든 인사를 대신했다. 일 분, 일 초라도 허투루 소비하지 않고 일을 하기 위해서였다. 가까운 사람이나 친구가 찾아와 식당에서 점심 먹고, 다방에서 차를 마시고 하면 아무리 형님이 사장이어도 좋아할 리 없다. 다른 직원들이 눈을 흘기지 않아도 내 성품이 그것을 용납하지 않았다. 형님 회사이기 때문에 오히려 남들보다 더 각별히 자신에게 엄격하고자 했던 것이다.

이 무렵 나의 한 달 용돈은 고작 3, 4천 원 정도였다. 그나마 한 달에 1개씩 구입한 담배 파이프 값 500원과 월간 〈여성중앙〉 책 값과 소포 대금 포함해서 한 달 용돈 4천 원 정도였다. 파이프는 군 생활 하면서 집에 가져다 두었던 화랑담배를 피우기 위한 것이었고, 〈여성중앙〉은 대구에서 맞선 본 처녀에게 보내는 나의 선물이었다. 나는 매달 꼬박꼬박 처녀에게 〈여성중앙〉 책을 선물하는 것으로 내 마음을 표현하고 전달했던 것이다.

나는 이런저런 사람들과 어울려 식사하고 차 마시고 담배 피우며 잡담이나 하면서 노닥거리는 행동은 철저히 경계했다. 그것은 내 성격과도 맞지 않았고 무엇보다 사장인 형님을 믿고 빈둥거리는 모습을 다른 사람들에게 보일 수는 없었다. 그러다 보니 쓸데없는 지출을 하지 않게 되는 효과까지 있었다.

입대 전 동명목재라고 하는 대기업에서의 죽기 살기 식의 강도 높은 노동 경험과 체계적인 업무 경험은 큰 도움이 되어 주었다. 게다가 철저한 통제와 규율 속에서 보낸 공군 군 생활도 큰 자산이 되어주었다.

이때 나의 머릿속을 차지한 것은 '경우와 원칙'이었다. 어떤 일을 하기 전에 내가 가장 먼저 생각하는 것은 '이 일은 경우에 맞는 일인가?', '이것은 원칙에 어긋나지 않는가?' 하는 것이었다. 만약 조금이라도 '경우와 원칙'이라고 하는 기준에서 어긋나면 아무리 궁색해도 예외를 두지 않았다.

공장 한쪽 이층 올라가는 계단 및 창고에 사람 하나 누우면 딱 맞는 관 속 같은 창고에 들어가 잠을 자고, 아침에 일어나면 일찌감치 공장 문을 열어 손님을 맞이했고, 저녁에는 어두워서 더 이상 할 수 없을 때까지 일을 했다.

첫째, 셋째 일요일은 휴무일이었지만 나는 항상 공장 대문을 활짝 열어 놓았다. 내게는 휴무일이 없었던 셈이다. 오전엔 일을 하고 오후 늦게 손님이 없으면 그제야 대문을 닫고 일을 마쳤다. 누가 시킨 일도 아니었고, 누구 보라고 한 일도 아니었다. 그저 내 마음 속의 어떤 책임감이랄까, 열정이랄까 그 알 수 없는 무엇이 나로 하여금 그렇게 하게 만들었다.

늦은 시각에 잠이 들었다가도 이쪽으로 몸을 뒤치면 이쪽 벽에 부딪히고, 저쪽으로 몸을 뒤치면 저쪽 벽에 부딪혀 잠이 깨기 일쑤였다.

그저 열심히 살았습니다

목재소 사무실 옆 계단 아래 조그만 창고를 비우고 방으로 쓰는 그곳은 대낮에도 문만 닫으면 햇빛 한 점 없는 깜깜 절벽이었다. 햇빛만 차단된 곳이 아니었다. 자다가 산소부족으로 호흡장애가 온 적도 한두 번이 아니었다. 그럴 때마다 내가 꿈꾸는 미래가 너무나 멀어져 가는 기분이었고, 그럴 때마다 현실이 얼마나 가까이 있으며, 얼마나 구체적이며, 얼마나 차가운 것인지를 자각하기도 했다.

그러나 나는 가난한 이 현실을 계속 멍에처럼 짊어지고 살고 싶지 않았다. 평생 고생하며 살아도 고스란히 가난을 다음 세대로 물려주는 삶을 살 수는 없었다.

열일곱 살에 어머니로부터 쌀 3되를 받아 들고 고향 성주 땅을 떠나올 때 '멋진 자가용 타고 돌아오겠다'라고 스스로 다짐한 약속을 지켜야 했고, '내 처자식들에게는 가난을 물려주지 않겠다'라는 약속도 지켜야 했다.

가난은 이토록 깜깜하게 어두운 것이고, 가난은 이토록 숨 쉬기 어렵게 답답한 것이고, 가난은 이토록 외로운 것이고, 가난은 이토록 질긴 것이어서, 적당히 부지런하고 적당히 노력한다고 철새 떼처럼 적당히 물러가지는 않을 것이었다.

나는 그 가난과 싸워 이길 백절불굴의 강한 정신력만은 흔들림 없이 유지하고 싶었다. 마치 일자진(一字陣)이나 학익진(鶴

翼陣)을 펼치고 적을 맞는 장수의 심정으로 나는 나의 질긴 가난과 운명에 맞서 장렬하게 싸우고 싶었다.

　개와 가난과 삶에는 공통점이 있다. 등을 돌리면 사정없이 덤벼든다는 것이다. 나는 개에게도, 가난에도, 삶에도 결코 내 등을 보여주고 싶지 않았다. 나는 그것들을 정면으로 직시하고자 했다.

　나는 가난이 싫었지만 가난을 두려워하지는 않았다. 나는 삶이 버거웠지만 삶을 두려워하지는 않았다. 내가 두려워한 것은 오직 내가 두려움을 느낄까, 그것이 두려울 뿐이었다.

　햇빛과 산소마저 차단된 관 속 같은 방 안에 누워서도 나는 나의 미래를 꿈꾸었다. 비록 지금 내 몸은 이 좁디좁은 공간에 갇혀 있지만 그 어떤 것도 나의 꿈과 의지와 노력을 가둘 수 없다고 믿었다. 나는 오히려 이런 시련과 역경이야말로 미래를 향한 도약의 뜀틀이 되어줄 것이라고 스스로를 다독였다.

　즉 하늘이 장차 큰일을 어떤 사람에게 맡기려 할 때는 반드시 먼저 그 마음을 괴롭히고, 그 몸을 수고롭게 하고, 그 육체를 굶주리게 하고, 그 생활을 곤궁하게 해서 행하는 일이 뜻과 같지 않게 한다. 이것은 그들의 마음을 움직여서 그 성질을 참게 하여 일찍이 할 수 없었던 일을 할 수 있도록 하기 위

　　　　　　　　　　그저 열심히 살았습니다

함이란 의미다.

그때는 몰랐지만 지금 와서 생각해 보면 역시 옛 선인의 말
씀에는 삶의 깊은 지혜가 담겨 있는 것 같다.

한국콘크리트 사업 시 찍은 사진(전경일부)

18

평생의 반려자
아내를 맞이하다

나는 결혼을 결심했다. 양가는 결혼식 날짜를 잡고 준비에 들어갔다.

예물을 하기로 한 날 대구 서문시장 입구 다방에서 신랑 측에서는 나 한 사람, 신부 측에서는 예비신부와 부친, 그리고 신부의 사촌 올케 이렇게 셋이 나왔다.

나는 장인어른 될 분에게 정중히 인사드리고 그동안 혼자 마음속에서 정리한 내용들을 풀어 놓았다. 체면이나 염치가 중요한 것이 아니었기에 나는 정직하게 내 생각을 밝혔다.

"저는 시계도, 반지도, 양복도 다 있으니 아무것도 하지 않아도 됩니다. 앞으로도 더 달라는 말 절대로 하지 않을 터이니 예물 할 돈을 예금통장에 넣어 주시면 저희가 집을 장만할 때 보태든지 아니면 조만간 제 사업을 하게 되면 그때 요긴하게 사용하도록 하겠습니다.

신부예물도 꼭 할 것은 하되 양장은 하지 않았으면 합니다.

그저 열심히 살았습니다

아기 낳고 몸이 불어 입지 못하기도 하고, 금방 유행이 지나 입지 못하기도 합니다. 특히 부산은 유행에 민감해서 거기서 조금만 살다 보면 옷을 보는 눈부터 달라지니 지금 하는 것보다 차라리 그 돈을 신부 이름의 통장에 넣어 두었다가 천천히 해 입으면 좋겠습니다."

신부 될 사람과 부친은 내 의견에 공감을 표하면서 나의 제안을 일부 받아들였다. 꼭 해야 할 기본적인 신부예물만 하고 내 예물과 다른 것들은 하지 않기로 의견을 모았다. 고마운 일이었다. 그런데 막상 시장 안으로 들어가 예단을 볼 때는 사촌 처남댁 될 사람이 예비신부의 옆구리를 쿡쿡 찌르면서 이것저것 다 하라는 듯이 바람을 넣는 것이었다. 실컷 설득해서 어느 정도 의견 일치를 보았는데 옆에서 자꾸 바람을 넣으니, 한편으로는 섭섭하면서도 다른 한편으로는 이해가 되기도 하였다. 특히나 여자의 입장에서 일생에 단 한 번 하는 결혼식 때만이라도 좋은 옷 입어 보고 싶은 생각은 누구나 할 것 같았다.

나의 진실한 마음을 있는 그대로 100퍼센트 이해하고 받아들여 주기를 바라는 것은 욕심일 것이다. 예비신부와 부친이 나의 큰 원칙에 동의하고 상당 부분 내 의견대로 해 준 것만 해도 고마운 일이었다.

1975년 1월 3일 우리는 전통 혼례 방식으로 신부집 마당에서 결혼식을 올리고 경주 불국사로 신혼여행을 떠났다. 승용차를 타고 경주로 가는 중에 함박눈이 펑펑 쏟아졌다. 결혼식 날 눈이 오면 잘산다는 속설이 떠올라 새신랑인 나의 마음은 이래저래 설레고 부풀었다.

함박눈이 순식간에 도로를 덮는 통에 겨우 승용차를 움직여 경주에 도착해 하룻밤을 보내고 아내와 나는 시외버스를 타고 다산 처가댁으로 향했다. 화원쯤 가다가 결국 시외버스가 눈 때문에 더 이상 가지 못한다며 승객들을 다 내려놓았다. 덕분에 우리는 화원 근처에서부터 20~30리 눈길을 걸어서 가야 했다.

우리는 아무도 걷지 않은 하얀 눈길을, 같은 목적지를 향해 서로 속도와 보폭을 맞추며 걸었다. 마치 가장 이상적인 결혼 생활을 상징적으로 보여주기라도 하듯 우리는 같은 방향, 같은 속도, 같은 보폭으로 나란히 걸어갔다.

나는 우리 부부의 인생길도 오늘 같기를 기원했다. 서로가 서로를 배려하며 한 발 두 발 앞날을 향해 걸어가게 되기를, 어떠한 어려움이 있더라도 나란히 찍히는 두 사람의 발자국이 서로 떨어지는 일 없이 언제까지나 이어지기를, 그리하여 먼 훗날 우리가 함께 걸어온 길을 돌아보며 '그래도 우리가 참 잘 살아온 것 같다'라며 마주 웃게 되기를 나는 진심으로 빌었다.

서로의 머리와 어깨에 내려앉는 눈송이를 털어주며 우리는 별것도 아닌 말에 까르르, 하하하 웃음을 터뜨렸다. 그날 아내의 얼굴에 피어난 함박웃음은 하늘에서 내리는 함박눈보다 훨씬 아름답고 고왔다. 게다가 아내의 함박웃음은 더없이 따뜻하기까지 했다.

아무것도 가진 것 없는 나를 믿고 시집온 신부가 너무나 고맙고 사랑스러웠다. 나는 사랑스러운 신부의 함박웃음을 보며 '지금은 비록 가진 것 없지만 이 세상 누구보다 행복한 아내로 만들어 주겠다'라며 다짐에 다짐을 거듭했다.

나는 정말 다정다감하고 멋진 남편이 되어주고 싶었다. 나와 결혼한 것을 두고두고 잘한 결정이라고 생각할 수 있도록 행복하게 해 주고 싶었다. 어렸을 적 가끔 부모님이 아무것도 아닌 걸로 티격태격하시는 것을 보면서 나는 절대로 저렇게 하지 말아야지 했던 그 약속을 꼭 지켜서 의좋은 부부가 되고 싶었다.

그날 화원에서 다산 동암동(뎡길) 처가까지 30~40리 눈길은 전혀 멀지 않았다. 아무리 먼 길도 사랑하는 사람과 함께 걸으면 바로 그 길이 가장 빠른 길이라는 것을 나는 그때 진즉에 알 수 있었다.

우리가 걸어온 뒤쪽에는 서로의 발자국이 도란도란 얘기꽃을 피우며 끝도 없이 우리를 따르고 있었다.

밤늦게야 처가댁에 도착하니 걱정하며 기다리던 처가 식구들이 반색하며 맞아 주었다.

제3장

Courage

운명을
짊어질 수 있는
용기

19

절약으로 키운
미래

사하구 장림1동의 방 하나에 연탄 부엌이 딸린 전세를 얻어 신접살림을 차렸다. 그동안 모은 얼마 안 되는 월급과 예물을 하지 않고 모은 돈 15만 원으로 얻은 전세방이었다.

신접살림이라고 해 봐야 아내가 장만해 온 이불과 그릇 몇 점, 그리고 작은 찬장 하나가 전부였다. '당장 필요한 것이 아닌 물건은 불필요한 물건'이라는 것이 내 생각이었기에 그것만으로도 부족함은 전혀 느끼지 않았다. 부부에게 필요한 것은 물건이 아니라 사랑이고, 집에 필요한 것은 살림이 아니라 웃음이라고 나는 생각한다. 그런 점에서 그때 우리의 신혼생활은 가난하지도 않았고 힘들지도 않았다. 서로에 대한 사랑과 믿음이 있었고, 미래에 대한 계획과 확신이 있었기에 그랬을 것이다.

나는 아내에게 가계부를 쓰자고 권했다. 아내는 흔쾌히 그러자고 했다. 일요일 저녁이 되면 우리는 이불밑에 누워 지난 일주일간 작성한 가계부를 펼쳐놓고 품평회를 가졌다.

어떤 것에 얼마가 지출되었는지, 지난주와 비교해서 얼마

116   그저 열심히 살았습니다

나 증감되었는지 함께 가계부를 보면서 서로의 생각과 의견을 주고받다 보면 앞으로 어떻게 지출해야 할지 정리가 되었다. 지출이라 해 봐야 하루에 한 번 콩나물 20원, 4, 5일마다 오이 30원 정도가 전부였다.

가을 추수 후에는 어머님이 보내 주신 쌀과 반찬들, 처가에서 쌀 한 가마를 가끔 보내왔기에 소액의 생선 반찬값 외에는 크게 돈이 지출될 일도 없었다.

없는 살림에 맞춰 알뜰하게 가계를 꾸려가는 아내가 대견하고 고마우면서도 나는 늘 아내가 애처로웠다. 좋은 화장품도 바르고 싶고, 철마다 예쁜 옷도 입고 싶을 텐데 한 번도 내색하지 않는 아내가 한없이 고맙고 사랑스러웠다.

"아쉬운 것도 많고 필요한 것도 많을 텐데 형편이 넉넉하지 못한 살림을 살게 해서 미안해. 하지만 지금 당신이 갖고 싶은 것 참고 1만 원을 아끼면 5년 후에는 100만 원, 200만 원을 당신 마음껏 쓸 수 있도록 해 줄게. 내가 그렇게 해 주는지 못하는지 지켜봐."

나는 이런 약속을 지키기 위해 적은 월급이지만 매달 10원 한 푼도 빼지 않고 아내에게 전해 주었고 아내는 약간의 부식비를 제외하고는 아내 이름으로 적금을 부었다. 부식비도 일주일 분만 집에 두고 나머지는 보통예금 통장에 넣어 단 몇

푼이라도 이자가 붙게 하였고, 매일 가는 시장을 이틀에 한 번 가서 이틀분 찬거리를 구입하도록 했다. 결혼 한 달 후부터는 사흘에 한 번씩 장보기를 권했다. 하루에 장 보는 비용이 20원인데 이틀에 한 번 가서 40원어치 장을 보는 것보다 사흘에 60원어치 장을 보는 것이 아내의 마인드를 키우는 한편 여러 모로 이득이 많았기 때문이다.

우선은 자주 장을 안 가니 사고 싶은 것을 보면서도 사지 못하는 아쉬움을 덜 느낄 것이니 좋고, 20원이나 40원씩 장을 보는 것보다 한꺼번에 60원씩 장을 보면 그에 따라 아내의 스케일도 조금은 키울 수 있으니, 그것도 좋았다.

이런 나의 권유를 흔쾌히 받아주는 아내를 보면서 나는 정말 좋은 아내를 얻었다는 뿌듯함과 함께 반드시 성공할 수 있겠다는 확신을 가질 수 있었다. 만약 그때 아내가 조금이라도 싫은 기색을 보였거나 알뜰한 생활 태도를 보이지 못했다면 나는 미래에 대한 자신감을 가지지 못했을 것이고 결국은 오늘날과 같은 결실은 이루기 어려웠을 것이다. 부창부수(夫唱婦隨)라는 옛말처럼 남편이 노래를 부를 때 아내도 함께 불러주는 여기에서 가정사와 세상만사가 비롯되는 것이라는 것을 아내는 실천적으로 보여주었던 것이다.

따라서 오늘날 내가 이루어 놓은 것이 열이라면 그중 대여섯은 내 아내의 몫이라고 해도 지나치지 않을 것이다. 언제나

그저 열심히 살았습니다

나를 신뢰하고 지지해 준 아내가 있었기에 오늘의 내가 존재할 수 있었으니 내게 아내만큼 소중한 존재는 없다고 해도 과언이 아닐 것이다.

70년대 중반 무렵은 월부판매가 대유행이었다. 전집 책에서부터 미싱, 그릇 세트, 냄비, 솥 등이 마구 쏟아져 소비자들을 현혹했다. 요즘이야 할부구입이나 일시불구입이 별 차이가 없지만 당시의 월부판매는 전형적인 조삼모사(朝三暮四)식의 판매 수단이었다. 그런데도 사람들은 다달이 들어가는 금액의 총합은 생각하지 않고 한 달에 들어가는 적은 액수에 현혹되어 너도 나도 월부구입에 나서는 풍토가 있었다.

나는 아내에게 월부제품이 훨씬 비싸게 먹힌다며 꼭 필요한 것은 차라리 일시불로 현금 구입하라고 단단히 일러두었다. 아내는 철저히 내 말을 따라주었다.

여름 휴일날 한 때 아내와 함께

20

새 생명의 무게와
아버지의 책임

결혼한 지 한 달도 되지 않아 아내가 큰아들 상우를 임신했다. 입덧이 얼마나 심했던지 아무것도 먹지도 못하고 나날이 야위어 갔다.

임신하면 입맛이 없어지거나 달라지기도 한다는 것을 무심한 남편은 알지도 못하고 그저 일에만 매달린 채 '빨리 돈을 모아 내 사업을 해야 한다'라는 일념만으로 살아가고 있을 뿐이었다.

나는 점심시간이 되면 매일 집에 와 아내가 해 주는 따뜻한 밥을 먹고 회사로 가곤 했다. 그때 내가 조금이라도 마음의 여유가 있었더라면 아내가 좋아하는 과일 한 봉지라도 사 들고 들어갔을 텐데 지금 생각하면 무척 아쉽고 미안하다.

일이 많아 잔업을 하는 날에는 늦은 저녁에 퇴근해 오면 아내는 그제야 먹는 둥 마는 둥 함께 저녁을 때우곤 했다.

어찌 보면 내가 무딘 탓만도 아니었다. 만약 아내가 가벼운 투정이라도 부렸다면 나는 아차! 하고 정신을 차렸을 것이다.

그러나 아내는 단 한 번도 투정을 부리거나 핀잔을 주지 않았고 그 덕분에 나는 뒤늦게 '무심한 남편'이었다는 자책이나 하는 처지가 되고 말았으니… 아내여, 무심한 이 남편을 용서하시라….

1975년 10월 15일 이른 아침 아내가 산기를 느꼈다. 나는 급히 택시를 불렀다. 아내를 태우고 대신동 베드로 산부인과로 갔다. 나는 분만실로 들어가는 아내를 보고 서둘러 회사로 출근했다. 어떤 경우에도 공과 사를 엄격히 해야 했다. 형님 회사라 하여도 사적인 이유로 출근 시간을 늦출 수는 없었다. '경우와 원칙'은 모든 사람에게 동등하게 적용되어야 하는 가치이기 때문이었다.

아내를 병원에 데려다 놓고 회사로 와서 일하고 있는데 오전 일과가 끝나기 직전인 11시 55분 병원 간호사가 회사로 전화를 걸어왔다. 건강한 사내아이를 순산하고 산모도 건강하다는 소식이었다. 한 여자의 지아비가 된 지 일 년도 지나지 않아 한 아이의 아비가 된 것이다. 나는 나와 아내 사이에 자식으로 온 그 새로운 생명에게 경이로움을 느끼면서도 그 경이와 기쁨의 크기만큼 책임감도 느꼈다.

돌아보면 나는 아내와 결혼할 때도 그랬던 것 같다. 그저 기쁘고 행복하기만 한 것은 아니었다. 아내에게 가난을 짐 지우지 않기 위해 어떻게 할 것인가를 생각하느라 아내를 맞이한다는 온전한 기쁨을 누려보지 못했다.

첫 아이를 얻어 난생처음 아버지가 된 순간에도 나는 기쁨보다 무거운 책임감을 느꼈다. 이 아이를 어떻게 먹이고 입힐 것이며, 이 아이를 어떻게 잘 가르쳐서 나와 같은 고생을 하지 않으면서 이 세상을 살아가게 할 수 있을까. 내 의식은 오로지 '어떻게 살 것인가'에 매몰돼 있었다.

삶이란 지엄(至嚴)한 것이다. 삶이란 또한 불인(不仁)한 것이다. 삶이란 지엄하고 불인한 것이어서 그 시퍼렇게 예리한 칼날에 숱한 사람들이 몸과 마음을 상한 채 울음을 삼켜도 삶은 언제나 그 날카로움과 냉기를 덜어내지 않는다. 오직 내가 나를 도모하고 오직 내가 내 식구를 도모하지 않으면 삶은 점점 그 날카로움과 서늘함을 더해 갈 것이다. 새 생명이 태어났다고 해서, 어린 자식이 생겨났다고 해서 삶은 내게 특별한 온정을 베풀지 않았다. 지엄하고 불인한 삶은 내게 사랑스러운 자식을 안게 된 아비의 기쁨과 행복을 만끽하게 해 주지 않았다.

아이는 태어나자마자 겨울 찬바람이 거칠게 달려드는 부실한 방에서 인생을 시작한 것이었다. 아이는 제대로 먹지도 못한 제 어미의 젖을 먹으며 생명을 유지해 나가려고 할 것이고, 어미와 아비는 그 아이를 보며 또 어떻게든 살아가게 될 것이다.

　　　　　　　그저 열심히 살았습니다

내게 아름답고 평화로운 세상을 만들어 놓을 책임은 없다. 그러나 내게 따뜻하고 행복한 가정을 만들어 놓을 책임은 있다. 나는 내 아이를 누구보다 잘 먹이고, 잘 입히고 잘 가르쳐서 그가 온전히 홀로 세상과 맞서고, 삶과 맞서게 될 때 아비처럼 헐벗고 굶주린 몸으로 맞서게 하고 싶지 않았다. 나는 아이를 얻은 기쁨 속에서 비장한 책임감을 온몸으로 느껴야 했다.

아내가 아이를 낳을 때 곁을 지켜 주지 못한 미안함은 미안함으로 그치지만 아내와 자식의 삶을 평생 동안 지켜 주지 못하는 미안함은 미안함을 넘어 죄책감이 되어 나를 짓누를 것이 분명했다. 나는 그런 죄책감을 느끼는 삶은 살고 싶지 않았다. 지금의 미안함은 훗날 갚을 수 있지만 훗날의 죄책감은 지금에도 훗날에도 어찌할 도리가 없는 것이란 것을 나는 잘 알고 있었다.

아내는 홀로 상우를 낳고, 홀로 상우를 키웠다. 내가 매일 저녁 땀과 기름으로 얼룩진 작업복을 벗어 놓으면 아내는 방망이로 두드려 가며 맨손으로 작업복을 빨았다.

우리 집에는 수도가 없었다.

사람들은 며칠에 한 번씩 아랫동네 공동 급수장에서 수돗물을 길어다 사용했다.

아내는 칭얼대는 아이를 들쳐업고 급수 시간에 맞춰 하루에 몇 번씩 물동이를 이고 오르내렸다. 그 시절에는 쌀과 연탄, 그

리고 물만 가득 있으면 잠시나마 세상 부러울 게 없었다. 아
내는 한 번이라도 더 길어 오려고 악착같이 가파른 계단을 오
르내렸다.

낮에 그렇게 힘들여서 채운 물통에서 퍼낸 물로 아내는 매
일 저녁 손으로 내 작업복을 빨았다. 아내는 마치 신성한 종
교의식이라도 치르는 듯이 정성을 다해 빨래를 했다.

부산 사하청년회의소 회장 재임 시(1987년도)

그저 열심히 살았습니다

21

연탄가스와 황토물,
그리고 내 집 한 채

　한참 혼곤한 잠에 빠진 상태에서도 자지러지게 울어대는 큰아들 상우의 울음소리는 희미한 내 의식을 붙들어 깨어나게 해 주었다. 전에 없던 일이라 잠에서 깬 나는 잠시 모자를 살펴보니 아내도 의아해하며 아기에게 젖을 물렸다. 배가 고파서 보채는 평소의 울음과는 다르다 싶으면서도 습관적으로 젖을 물린 것이다. 그러자 아이는 물려준 젖을 물어뜯어 버렸다. 잠결에 깜짝 놀란 아내가 "애가 왜 이러노?" 하며 일어나는가 싶더니 픽 하고 정신을 잃고 한쪽으로 고꾸라졌다. 나는 깜짝 놀라 아내를 흔들었다. 그때 아기가 보고 싶다며 우리 집에 며칠 와 있던 처제가 우는 아이를 들쳐업으려다가 장롱 쪽으로 쿵 하며 나뒹굴어 버렸다.

　그제야 나는 연탄가스에 중독되었다는 사실을 알아챘다. 나는 급히 문을 활짝 열어젖히고 아내와 처제에게 동치미 국물을 갖다 먹였다. 온 방 안을 잠식하고 있던 연탄가스가 바깥 찬바람에 쫓겨 나가자 아내와 처제의 정신이 차츰 돌아왔다. 아이도 제 할 일 다 했다는 듯이 어느새 새근새근 잠이 들었다.

그날 아이가 그렇게 자지러지게 울어대지 않았더라면 필경 우리는 끔찍한 변을 당했을지도 모른다. 그 당시 연탄가스 중독으로 인한 사망사고는 뉴스거리도 아니었다. 다행히 하늘이 아이를 울려 주시고, 아이가 제 부모를 깨워 준 덕에 우리는 살아남을 수 있었다.

연탄가스 중독으로 큰 고비를 넘긴 이듬해 여름날이었다. 이번엔 물난리가 내가 세들어 사는 방을 덮쳤다.

며칠간 내리는 비가 예사롭지 않다 싶더니 그날 밤 기어이 사고가 나고야 말았다. 많은 비에 우리 집 뒤 축대가 무너지면서 배수용 고랑을 막아 버렸다. 고랑이 막히자 제 길을 찾지 못한 붉은 황토물이 금이 간 벽 사이로 새어 들어왔다. 방에 물이 들어차기 시작했다. 요와 이불이 순식간에 다 젖어 버렸다.

집 뒤로 돌아가 비가 쏟아지는 어둠 속에서 막힌 고랑을 터주려 안간힘을 써 봤으나 역부족이었다. 물고랑을 터 놓고 나는 다시 방으로 돌아와 아내와 함께 밤새도록 집 안에 들어온 물을 퍼내느라 사투를 벌여야 했다. 물은 퍼내도 퍼내도 끝이 없었다. 몰아내도 몰아내도 끈질기게 남아 있으려 하는 가난처럼 물은 쉬 물러나려 하지 않았다. 그래도 처음에는 쓰레받기나 바가지로 퍼내던 것을 중간에는 걸레와 수건으로 밀어내고, 나중에는 닦아내게 되더니 마침내 그 일에도 끝은 찾아왔다. 이 가난에도 끝은 있을 것이다. 아내여, 그러니 우리 굴복하지 말자!

그렇게 '산전수전(山戰水戰)' 다 겪는 와중에도 새 생명은 또 태어났다. 이번엔 차남 현우가 우리를 찾아온 것이다.

1977년 11월 29일 아내는 갑자기 한밤에 산기를 호소했다. 병원으로 가고 어쩌고 할 시간도 없었다. 나는 불이라도 난 듯이 옆방 할머니와 아내 또래 미선이 엄마를 급히 불러왔다.

하지만 금방 세상 밖으로 나올 것 같던 아기는 쉽게 나오지 않았다. 아내는 엄청난 산통을 호소했고, 옆방 할머니와 미선이 엄마는 애를 먹고 있었다. 나는 애간장을 태우며 지켜보다가 의사를 부르러 냅다 뛰어나갔다.

헐레벌떡 산부인과를 찾아가 의사와 연결이 되긴 했으나 "산모를 데리고 병원으로 오라"는 것이었다. 나는 급히 다시 집으로 왔다.

뜻밖에도 집은 고요했다. 문을 열고 들어서니 그새 아내가 둘째를 순산해 있었다. 나는 안도의 숨을 몰아쉬었다. 그간의 고통을 다 잊은 듯 평화로운 아내와 아기의 얼굴을 번갈아 보며 나는 내가 네 식구의 가장이 되었음을 자각했다. 그야말로 먹는 입[食口]이 네 개로 늘었으니 내 책임감도 그만큼 더 늘어난 것이다.

얼마 후 형님 집 부근의 큰 도로 옆에 63평짜리 밭이 매매로 나와 있다는 것을 우연히 알게 되었다. 가진 돈을 보니 그 밭 가격의 절반 수준이었다.

하지만 평소 저런 땅에 살림집 아담하게 한 채 지어 도로 쪽으로 점포와 방을 넣어 전세나 달세를 놓고 살면 얼마나 좋을까 상상해 왔던 나는 지금이 상상을 현실로 만들어야 할 때라는 것을 직감하고 매수를 결정했다. 단, 잔금 지급일은 조금 여유 있게 잡아 두었다.

한 달 후 중도금을 지불하고 그 땅을 은행에 담보로 잡히고 대출을 받아 잔금을 지급하려 했으나 형님이 땅의 절반을 매입하고 싶다고 해 내가 매입한 가격으로 형님에게 떼어주었다. 형님에게 받은 돈으로 잔금을 지급하고 도로 쪽으로는 점포를 세 개 넣고 안쪽으로는 살림을 살 수 있는 1층 단독주택을 짓기 시작했다.

그렇게 멀게만 느껴지던 아담한 내 집 한 채의 꿈을 마침내 이루게 된다는 생각에 아내와 나는 구름 위에 앉은 기분이었다.

　　　　　　　　그저 열심히 살았습니다

특히 아내는 셋방 한 칸에서 살다가 이제 내 집을 갖게 되었다며 연신 기쁨을 감추지 못했다. 나는 아내가 마음껏 기쁨을 누리기를 바랬다. 그동안 누리지 못하고 기약 없는 내일로 미루고만 살아왔으니, 이제라도 마음껏 내 집 장만의 기쁨을 누리도록 하고 싶었다.

아내의 기쁨은 만면의 웃음으로 나타났다가 내게 언제 집이 다 지어지느냐고 묻고 또 묻는 것으로 나타나기도 하고, 뜬금없이 나를 보고 고맙다고 하는 것으로 나타나기도 했다. 어느 날은 아내의 기쁨이 떡으로 나타났다. 커다란 솥에 시루떡을 찐 아내는 솥째로 음료수와 함께 가져와 현장 인부들을 대접하기도 하였다.

아내는 하루하루 형태를 갖춰가는 '우리 집'을 보며 행복해했고, 나는 그런 아내의 모습을 보며 행복해했다. 그때 나는 사랑하는 사람이 행복해하는 모습을 바라보는 것이 최고의 행복이라는 사실을 깨달았다. 나는 그런 행복을 누구보다 오래 누리고 싶었고 그렇게 할 자신도 있었다.

'이건 아직 약과야. 당신을 세상에서 가장 행복한 아내로 만들어 주겠다는 내 약속은 아직 완성되지 않았어. 이것이 시작이라는 것만 기억해' 하며 마음속으로 다짐하고 또 다짐하였다.

아무 사고 없이 순조롭게 진행되어 공사는 마무리 단계에 접어들 무렵 그렇게 갈망했던 창업 기회가 내 앞에 찾아왔다.

드디어 가진 것이라곤 63평의 1/2인 전 재산을 팔아 아내와 의논하여 다 되어가던 살 집을 형님에게 넘겨주고, 주는 대로 받아 창업을 하기로 하였다. 집이 생긴다며 하루하루를 구름 위에 앉은 사람처럼 들떠 있는 아내가 얼마나 실망할지 걱정됐지만, '저런 집보다 더 좋은 집을 곧장 지을 테니 서운하게 생각지 말라'고 아내를 달래며 설득하고 그렇게 하기로 결정했다.

다정한 친구 부부, 김태규, 박숙희 내외와 외국 여행 시

그저 열심히 살았습니다

22

창업일을 맞이하다

1978년 8월 15일 마침내 32살에 첫 사업으로 시멘트 블록 벽돌공장을 창업 오픈했다. 하단 5거리와 에덴공원 사이에 자리 잡은 '낙동건재'라는 상호로 창업을 시작했다.

1년여 전, 그러니까 직장생활 9년차 때부터 나는 일요일만 되면 짬을 내어 내가 사업을 시작할 공장 부지로 적합한 장소를 물색하기 위해 부산의 여러 외곽지역을 둘러보았지만, 행복은 아주 가까운 곳에서 발견할 수 있다는 것을 새삼 느꼈다.

발전 가능성 있는 곳을 물색… 창원, 김해, 생림, 돈은 얼마 없고 문을 열면 점포가 되고 닫으면 창고가 될 수 있는 곳. 철물점을 할 것인가, 용달차 운수사업을 할 것인가….

일요일에도 나 홀로 출근해서 물건 팔고… 일요일 오후에는 손님이 뜸하면 문 닫고 점심때 집에 들러 밥 한 술 뜨고 부지 물색한 지 몇 년….

아내와의 약속대로 동명목재 5년, 양일목재 5년, 꼭 10년 간의 직장생활 후에 무엇이든 내 사업을 하기로 결심한 끝에 마침내 내 사업을 시작하게 되었다. 그러나 꿈에도 그리던 내 사업을 시작했다고 해서 달라질 것은 없었다. 남의 월급 받으면서 일할 때와 내 일을 할 때 달라진다면 그건 내가 아니다. 그저 날이 밝으면 일어나 일을 시작하고 날이 어두워 일을 할 수 없으면 일을 마치는 것이 나 김윤기의 모습이자 일상이었다.

날이 희붐하게 밝아오면 삼륜차를 몰고 현장에 블록, 벽돌을 배달해 주고 틈이 나면 하단 전 동산유지 앞의 신내 모래장으로 가 낙동강 모래를 싣고 왔다. 벽돌 만들 때 굵은 일반 모래만 사용하면 벽돌이 거칠어 부드러운 강모래를 조금씩 섞어야 제품이 매끈하게 잘 나오기 때문이었다.

삼륜차가 작다고는 하지만 혼자 모래를 하차하는 일은 쉬운 일이 아니었다. 아침 밥도 먹지 않은 채 모래를 한두 차 싣고 나면 허리가 잘 펴지지 않을 정도로 고되었다. 회사 마당에 모래를 퍼 내려놓고 또 가서 한 차 더 싣고 와서 모래를 부려 놓을 때쯤 기사가 출근했다. 그러면 나는 그제야 기사에게 차 열쇠를 넘겨주고 아침밥을 먹으러 들어갔다.

밥을 먹다가도 손님이 오면 수저를 놓고 나가 제품을 상차해 준 다음 들어와 다시 수저를 들었다. 국에 말아 먹던 밥이 마치 꿀꿀이죽처럼 불어 터져 있을 때도 '손님이 왕인데 이 정도 쯤이야' 하는 마음으로 기분 좋게 그 밥을 먹었다.

그저 열심히 살았습니다

이 무렵 나는 동아대 A.M.P 최고경영자 과정 1년 코스를 시작했다. 일주일에 두 번, 하루에 4시간씩 과정을 밟는 동안 이용달 원장님, 김용대 교수님, 조병태 교수님 등을 알게 된 것은 각별한 인연이었다.

내가 하는 일이 막노동에 가까운 일이라 몸은 항상 힘이 들었지만, 평소 배움에 대한 갈증이 컸던 터여서 하나하나 알아나가는 기쁨은 말로 표현하기 어려웠다.

나는 신천지 백화점 3층에 있는 한문학원에 등록하여 한문 공부도 병행해 나갔다. 평소 어머니께서 "사람이 어디 가도 제 앞길을 닦기 위해서는 무엇이든지 배워야 한다. 특히 한문은 꼭 필요하니 반드시 한문공부해 둬라"고 당부하신 것도 있고 해서 시작했다.

배움에 대한 나의 갈증은 멈추지 않았다. 나는 전봇대에 붙은 검은 글씨의 '검정고시' 전단을 통해 중·고등학교 과정 검정고시에 대한 내용을 보고 고등학교 검정고시에 도전했다.

부산역 옆 중앙고시학원에 등록했다. 일주일에 2, 3일에 걸쳐 2, 3시간씩 수학, 영어를 대학 재학 중인 아르바이트생들의 지도를 받아 공부했다.

몸이 무겁거나 몸살 기운이 있어서 하루 정도 푹 쉬고 싶은 마음이 굴뚝같은 날도 '이렇게 약한 정신력으로 어떻게 남들보다 더 잘살 수 있겠는가' 하고 스스로를 책망하며 자리를 털고 일어났다.

하루 중 새벽부터 저녁까지는 몸이 부서져라 일을 했고, 저녁부터 한밤중까지는 머리가 터져라 한문 공부와 고등학교 검정고시 공부에 몰두했다.

마침내 5년 만에 고등학교 전 과정에 합격한 나는 동주대학 세무회계학과에 진학했다. 늦게 다시 시작한 공부가 재미있었다. 어린 학생들과 함께 공부하는 것을 부끄러워하지도 않았다. 오히려 내가 스스럼없이 다가가자 학교도 학생들도 모두 나를 좋게 바라봐 주었다. 조퇴, 지각, 결석 한 번 없이 수업에 충실하자 학교에서 학생들의 귀감이 되어주어서 고맙다며 졸업반 학생들을 상대로 특강을 해 달라고 요청해 특강도 했다. 공부도 열심히 해서 장학금을 받아 반 회비에 보태라고 전액을 내어놓기도 했다.

2, 3시까지 리포트를 작성하거나 공부를 했다. 공자님이 논어 첫 편인 학이(學而) 편에서 "배우고 때때로 익히면 또한 기쁘지 아니한가[學而時習之不亦說乎]"라고 한 말씀이 가슴 깊숙이 와 닿았던 시간들이었다.

나는 남들과 같이해서는 남보다 더 잘살 수 없다고 믿었다. 남들이 놀 때 일을 해야 내가 남들보다 더 잘살 수 있고, 남들이 잘 때 나는 공부를 해야 남들보다 더 앞서갈 수 있다고 믿었다.

그저 열심히 살았습니다

그래서 아무리 힘이 들어도 내가 하는 일이 고통스럽지는 않았고, 아무리 힘들어도 내가 하는 공부가 싫지는 않았다. 일이든 공부든 힘들어도 노력할 때 사람은 한 단계 더 성장하고 성숙할 수 있다고 나는 믿는다. 사람은 배신해도 노력은 배신하지 않는다.

동주대학교 시절 재단 이사장님과 정재휘 교수님, 교무과 정건용 선생님, 박재용 교수님과 동료 신영태, 이총대 장사장, 김혁동 등 여러 학우들과 교유하게 된 것은 큰 행운이었다.

동주대학시절

제조 공정도

② 재료개량
① 재료

③ 혼 합

④ 성 형

⑪ 출

⑤ 증기양생

⑩ 제품검사

⑨ 야

⑥ 중간검사

⑦ 탈 형

⑧ 수

자동 성형기 JL 50장, HD 42장 성형기 및 품질관리실 강도시험, 제품검사 및 상차장면

그저 열심히 살았습니다

23

삶과 죽음의
경계

1979년 가을이었다. 하단에서 시멘트 블록, 벽돌 공장(낙동건재)을 오픈한 지 1년이 조금 지났을 무렵이었다. 블록, 벽돌 사업을 하는 대표자들 모임에서 합천 해인사로 가을 야유회를 가기로 했으나 나는 도저히 시간을 내기 어려워 불참을 통보하고 급한 일을 하고 있었다.

정신없이 일에 빠져 있는데 뜻밖에도 야유회 버스가 우리 공장 입구에 와서는 막무가내로 함께 가자고 강권하는 것이었다. 나는 밀린 일을 처리해야 하는 상황임을 밝히고 거듭 양해를 구했으나 대표자들은 요지부동이었다. 한참 실랑이를 벌이다 보니 나 때문에 출발하지 못하는 다른 사람들에게 도저히 할 도리가 아니라는 생각이 들었다. 나는 급히 집으로 들어가 대충 세수를 하고 옷을 갈아입은 후 아침밥도 뜨지 못한 채 버스에 올랐다.

관광버스가 출발하자 이 사람 저 사람이 맥주를 한 잔씩 권하기 시작했다. 못 먹는 술을 그것도 식전 공복에 마지못해 조금씩 받아 마신 술이라 빈혈인가, 하는 생각이 들 정도로 어지럼증이 일었다.

현풍 휴게소에서 일행과 함께 화장실로 가 소변을 보던 도중 핑 하고 정신을 잃어버렸다.

나중에 들어보니 내가 정신을 잃고 쓰러지자 박성태 남도 사장이 급히 관광버스에 사람을 보내 맥주병을 가져오게 하여 그 병을 깨어 내 손가락을 사정없이 그어 피를 흘리게 하자 위로 뒤집어져 있던 눈동자가 바로 돌아오더라고 했다.

일단 급한 불은 껐다고 생각한 일행은 나를 현풍읍 소재 병원으로 데려갔다. 그러나 병원 측은 대구나 부산 큰 병원으로 가라고 했다.

관광버스는 목적지인 해인사를 향해 가고 나는 택시에 실려 다시 부산으로 향했다.

대건블록 한상대 사장은 우리 공장과 인접해 있는 이웃이라는 이유로 단풍놀이도 못 가고 나의 임시 보호자가 되어주었다. 한 사장은 우선 급한 대로 나를 괴정의 김신우 신경외과 JC 선배님 병원에 입원시켰다.

내가 정신을 차렸을 때는 쓰러지고 2, 3일이 지난 다음이었다. 병원에서는 뇌를 좀 다쳤다면서 큰 병원으로 옮기라고 했다.

초량 송두호 신경외과로 가 X-레이 판독 결과 뇌에 금이 갔다며 뇌수술을 권했다. 빈혈로 쓰러지면서 머리를 부딪친 탓이었다.

불규칙한 식사와 과로, 거기다 늦게 시작한 공부에 대한 욕심이 불러온 결과였다. 더구나 그날은 급히 집을 나서느라 아침밥도 뜨지 못한 터여서 여러 가지 요인이 겹쳤던 탓에 벌어진 일이었다.

살아보려고 했던 일들이 결과적으로 내 건강을 갉아먹게 만들었다고 생각하니 허탈하고 어이가 없었다. 게다가 아직 한창 젊은 나인데 뇌수술이라니….

나는 받아들일 수 없는 현실 앞에서 혼란스러웠다. 그러나 아무리 생각해 봐도 뇌수술을 받는다는 건 내키지 않았다. 주위의 뇌수술을 받은 사람이 조금만 높은 곳에서도 뛰어내리지 못하고 큰 소리로 노래도 못 부르는 것을 보았던 터라 뇌수술은 하지 않는 것으로 결심했다.

나는 '시간이 아무리 많이 걸리더라도 수술이 아닌 다른 방법으로 치료해 달라'고 간절히 호소했다. 병원 측은 내 뜻을 받아들여 주었다.

치료는 순조롭게 진행되었고 나는 하루가 다르게 호전 되어갔다. 불행 중 다행이었다. 몸이 재산인데 그나마 뇌수술하지 않고 회복할 수 있다는 것이 천운이었다. 천하를 다 얻어도 건강을 잃으면 전부를 잃는 것인데 나는 잃어버릴 뻔했던 건강을 회복해 가고 있으니 얼마나 다행인가…. 나는 하늘이 내게 잠시 쉬어 가면서 몸과 마음을 추스르고 다시 시작할 기회를 주었다고 여겼다.

가난을 벗어나 보겠다는 일념 하나로 살아온 내게 병상에서의 시간은 참으로 소중한 성찰과 모색의 시간이 되어주었다. 나는 다시 일어나 열심히 일할 생각에 가슴이 부풀어 올랐다.

10월 27일 새벽 한창 깊은 잠을 자고 있는 새벽에 간호사가 체온을 재러 들어왔다. 잠이 들 만하면 혈압 체크나 체온 체크다 해서 수시로 간호사들이 드나들었는데 그날도 여느 날처럼 간호사가 들어오더니 "긴급 뉴스가 있다"라고 말했다. 내가 미처 묻기도 전에 간호사가 덧붙였다.

"박정희 대통령이 암살당했대요."

믿기지 않아 몇 번을 되물었지만 돌아오는 대답은 똑같았다. 세상에 끝이 없는 것은 없다더니 영원히 대통령으로 남아 있을 것 같던 박정희 대통령이 하룻밤 새에 세상을 떠났다고 하니 만감이 교차했다. 게다가 병상에 누운 환자의 입장에서 대통령의 서거 소식을 접하다 보니 더욱 묘한 기분이 들었다.

그저 열심히 살았습니다

삶과 죽음의 경계는 도대체 어디인지, 산다는 것은 무엇이며, 죽음은 또한 무엇인지 머릿속이 온통 뿌연 안개로 가득 채워진 느낌이 들었다.

돌이켜 보면 그와 나는 같은 해 1961년 각각 한강과 성주 군계를 넘었다. 목적도 같았다. 그도, 나도 가난을 극복해 보겠다는 일념으로 한강과 성주 군계를 넘었다. 오로지 잘살아 보자는 의지 하나로 모든 것을 희생시키며 피와 땀으로 살림을 일구었다.

그런데 어느 정도 길이 열리면서 저 멀리 장밋빛 미래가 보일 때쯤 같은 해 같은 목적으로 출발한 두 사람이 꼭 18년 만에 한 사람은 부하의 총탄에, 한 사람은 병마에 쓰러진 것이다. 기연(奇緣)이라면 기연이었다. 차이가 있다면 그는 가고 나는 남았다는 것이다.

아내는 셋째를 가져 만삭의 몸으로 낮에는 나를 대신해서 공장 일을 하고 저녁에는 둘째를 등에 업은 채 큰 아이 손을 잡고 내가 먹을 밥을 지어 병원으로 왔다.

지금 생각해 봐도 여자의 몸으로 그렇게 힘든 시간을 겪는다는 것은 기적 같은 일이었다. 어쩌면 한 남자의 아내이자 세 아이의 엄마이기에 그 험난한 계곡을 통과해 올 수 있었는지도 모른다.

아내가 초인적인 역할을 해낼수록 나는 생애 가장 고통스럽고 힘든 시간을 보내야 했다. 한없이 미안하고 참담했다. 그러나 나는 당장 어떻게 할 도리가 없는 환자였다. 가슴 아팠지만 내 의지만으로 해결될 일이 아니라는 점 때문에는 나는 더 견디기 힘들었다.

다행히 회복이 빨라 한 달여 만에 퇴원했으니 망정이지 병원에 더 있었더라면 자칫 마음의 병을 얻었을지도 모를 일이었다.

재부, 성주군 향우회 회장 재임 시 임원들과

그저 열심히 살았습니다

24

드디어 이룬
내 집 장만의 꿈

나는 틈만 나면 공사 현장을 방문하여 계약을 따오는 재미에 더운 줄도, 추운 줄도, 배고픈 줄도 모르고 살았다.

창업한 즉시 시멘트 400포 구입할 목돈이 부족해 200포씩 나누어 수시구입 하는 식으로 운영했다. 그렇게 찍어낸 제품들은 또 금방 내 손을 떠났다. 그날 생산되어 양생(養生)도 되지 않은 제품을 건재상에서 선금까지 줘가면서 실어 가기도 했다.

이익은 크지 않았지만 첫 사업임을 감안하면 일에 대한 재미와 희망을 얻은 것만으로도 보람과 의미가 있었다.

사업장 부지는 몇 사람 소유의 땅을 임대했다. 부지 일부는 전세로 계약했지만 일부는 달세로 계약했는데 나는 달세 지급일을 하루도 넘기지 않고 약속을 지켰다. 아무리 늦은 밤이라도 장전동, 하단동 등 임차인 집 문을 두드려 달세와 함께 과일이나 빵, 소고기 등을 사 가져가 전하며 신의와 친분을 다졌다.

임차인들 중에는 계약기간을 6개월이나 1년밖에 안 해 주는 사람, 달세 내는 날만 되면 어김없이 찾아와 돈을 달라는 사람도 있었다. 그래도 부지런히 노력하는 나를 보고 격려와 칭찬을 아끼지 않는 임차인들도 있었다.

이 무렵 아내의 고생도 보통이 아니었다. 셋째를 가져 만삭의 몸으로 두 아이 키우랴, 일꾼들 밥해 먹이랴, 남편 내조하랴… 몸이 몇 개라도 모자랄 지경이었다. 더구나 두 아이가 산더미처럼 쌓여있는 모래를 놀이터로 삼아 거기서 뒹굴고 뛰며 놀다 들어오면 엉망진창인 옷을 하루에 몇 번씩 갈아입히고 매일같이 손빨래를 해야 했다.

그때 아내는 막내 희우를 가진 상태에서도 임신 전과 다름없는 고된 일상을 이어갔다. 피곤에 못 이긴 아내가 어쩌다 짬을 내 잠깐 낮잠을 자기라도 하면 누가 업어 가도 모를 정도로 곯아떨어지기 일쑤였다.

1980년 1월 2일 세째 막내아들 희우가 태어났다.

나는 낮에는 삼륜 용달차에 제품을 실어 공사 현장에 납품하고, 다섯 시가 되면 학교로 등교하고 저녁 늦게 그날 판매한 매출 대장을 정리하며 꼼꼼히 기록했다. 거래처별 원장에는 외상과 현금 입금을 명확히 구별되게 기록하고 현금을 확인했다.

1980년엔 드디어 내 집을 장만해 입주했다.

공장 옆 길가에 땅을 사 그곳에 2층 양옥집을 지었다. 아래층 2/3는 살림집 1가구를 넣어 전세를 주고, 나머지 1/3에는 점포 1개와 방 1칸을 넣어 달세를 받았다.

공장 전경을 볼 수 있는 2층은 우리 살림집으로 꾸몄다. 방 3개와 주방, 청마루를 넣고 욕실을 잘 갖춘 짜임새 있는 양옥집이었다. 드디어 2년 6개월 만에 셋방 신세를 벗어나 내 집을 가지게 된 것이다.

시멘트 가공 협동조합원들과 해외 여행 시

자동성형기 및 보일러. 양생. 건조실. 전자동판넬 등

그저 열심히 살았습니다

제품 야적장 및 강도시험. 완제품 출하장면

제4장

Humility

스스로를 낮추면
더 높이 날 수 있다

25

석분 벽돌의
원조가 되다

82년 무렵이었다.

어느 날 자갈을 생산해서 동양 레미콘에 납품하는 산양산업에서 근무하는 나이가 지긋한 최 부장이라는 사람이 신발주머니 같은 것을 들고 와서는 내게 문득 물었다.

"김 사장님, 우리 공장에서 돌가루 석분이 많이 나오는데 우리는 처치 곤란이지만 혹시 블록 만들 때 필요하지 않습니까?"

가만히 듣고 보니 강모래보다 더 결이 거칠고 곱고 부드러운 석분(石粉)이 들어가면 훨씬 제품이 매끈하게 나올 수도 있을 것 같으며 양생이 잘 될 것 같은 생각이 들었다.

"그러면 석분을 가져다주면 제가 실험 제조를 한번 해 보겠습니다."

그러자 최 부장은 기다렸다는 듯이 들고 온 신발주머니를

그저 열심히 살았습니다

내게 건네주었다. 돌을 깨고 나온 석분이었다.

"이걸로는 너무 적어서 실험이 안 됩니다. 차 한 대 정도 양은 돼야지요."

"그럼 당장 차를 보내 주시오."

나는 곧바로 2.5톤 타이탄을 보내 석분을 한 차 가득 실어와 실험에 들어갔다.

먼저 한 믹서에 석분 다섯 삽을 넣어서 블록을 제조한 다음 그 제품을 따로 전시해 놓고, 석분 열 삽을 넣어 만든 제품을 그 옆에 전시해 두고, 석분 열다섯 삽, 스무 삽을 섞어 제조한 제품을 그 옆에 두고…. 그렇게 해서 한 믹서당 석분 비율이 얼마일 때 최적의 제품이 생산되는지를 비교 분석해 보았다.

석분 다섯 삽을 넣었을 때는 전혀 가시적인 효과가 없었다. 열 삽은 조금 표가 나긴 했으나 그렇다고 시선을 끌 정도로 특별해 보이지는 않았다. 그런데 열다섯 삽, 스무 삽을 넣은 제품은 확연하게 달라 보였다. 굵은 모래와 강모래만 섞은 제품보다 표면이 훨씬 매끄러운 것은 물론이고 각이 아주 예리하고 날렵하게 나왔다.

무엇보다도 양생도 빨리 이루어졌다. 물량이 딸려서 양생도 채 되지 않은 제품을 가져가는 경우가 허다한 차에 양생이 빠른 제품을 생산해 공급하면 우리와 거래하는 현장에서도 크게 환영할 것 같았다. 나는 나대로 모래보다 훨씬 저렴하게 구입한 석분을 넣어 제품을 생산하면 재료비가 절감되니 마다할 이유가 없었다.

　건물주 입장에서도 그만큼 건물이 튼튼하게 지어지는 것이라 그야말로 일석삼조에 누이 좋고 매부 좋은 일이 따로 없었다.

　다만 한 가지 문제는 있었다. 일반제품보다 무게가 더 나갔다. 당시에는 건물을 지으려면 사람이 일일이 벽돌을 지게에 짊어지고 올라가야 했는데 현장의 인부들 입장에서는 아주 달갑잖은 일이 아닐 수 없었다.

　아나나 다를까, 거래처에서 이구동성으로 "좋기는 정말 좋은데 무거워서 힘이 너무 많이 든다"라는 볼멘소리를 하는 것이었다. 충분히 예상했던 반응이라 나는 당황하지 않았다.

　나는 5만 원을 넣은 봉투 열 개, 10만 원을 넣은 봉투 다섯 개, 15만 원, 20만 원을 넣은 봉투 각각 두어 개를 준비해서 거래 규모에 따라 걸맞은 봉투를 현장 '오야붕'에게 들이밀며 석분이 섞인 제품의 장점을 강조했다.

　"조금 무겁기는 하지만 일반제품과 같은 가격인데도 제품이 단단한 데다 양생도 잘 돼서 부서지는 제품이 없으니, 일의 진행도 더 잘 됩니다. 우리 제품 애용해 주십시오. 이건 인부들이랑 막걸리나 한잔하시는 데 보태십시오."

　사실 당시에는 수요에 비해 공급이 턱없이 부족한 바람에 현장에서는 건재상에 선금을 주고 제품이 채 양생도 되지 않은 것을 가져가 건물을 짓는 일이 다반사이다 보니 작업 중에 블록이 부서지는 경우가 비일비재했다. 손실도 손실이지만 작업의 능률도 오르지 않고 여간 번거로운 일이 아니었다. 그러니 같은 가격에 석분이 들어간 우리 제품을 사용하는 것은 여러모로 현명한 선택인 셈이었다.

그렇게 해서 석분이 들어간 우리 제품이 공사 현장에서 각광받기 시작하자 많은 벽돌 제조업체에서 너도나도 석분을 넣기 시작했다. 누가 봐도 기존의 벽돌과는 비교할 수 없을 만큼 품질이 좋다 보니 경쟁에서 뒤처지지 않으려면 우리를 모방할 수밖에 없었던 것이다. 내가 석분 벽돌의 원조인 셈이다.

모든 업체에서 제품에 석분을 넣기 시작하자 이번엔 석산의 석분이 부족할 지경이 되었다. 석분 더미에 쌓일 정도로 처치 곤란이었던 석분이 부리나케 팔려 나가자 석산 측에서도 덩달아 신이 났다. 석분을 실으러 오는 차들이 전표를 받고 줄을 서서 기다리는 진풍경이 펼쳐지기도 했다. 우리 차도 전표를 받고 기다리기는 했지만 어음 거래를 할 수 있게 해 주었다.

26

업계 최초의
'상차 실명제'

어려운 점도 많았다. 매출액이 조금씩 늘어나자 결제를 받지 못하는 악성 거래처도 생겨났다. 경영이 어려워서 미루는 곳도 있었던 반면 경영 상태가 양호한데도 이유 없이 차일피일하는 업자들도 있었다.

낙동건재 공장 부지를 임대로 얻어 사용하는 처지다 보니 어쩌다 지주가 갑자기 찾아오기라도 하면 자신이 사용하겠다며 자리를 비워달라고 요구하지나 않을까, 가슴이 철렁 내려앉기도 했다.

보다 안정적인 사업을 위해서는 내 땅에 내 공장을 지어야 한다는 생각이 간절했다. 나는 매월 적금을 붓는 한편 수시로 예금을 넣으며 부지런히 내일의 꿈을 키워나갔다.

그러던 중 기회가 왔다. 부산토지개발공사에서 장림신평공단 공장용지를 분양하는 공고가 났다. 나는 토지개발공사 부산지사로 가 사거리 코너에 1,534평을 분양받아 '낙동유압'을 창립했다.

직원 10세대가 거주할 연립주택을 2층으로 건립하는 한편 한 채는 빨간 벽돌로 단독주택을 지어 1층은 사무실, 2층은 살림집으로 지었다.

공장을 완공한 날 대신동 운동장 옆 보타원 스님을 모셔서 아무런 사건 사고 없이 발전할 수 있도록 안전기원불사를 올렸다.

가족의 건강과 사업 발전을 위해 아내는 지극한 정성을 쏟았다. 내가 눈에 보이는 현실적인 노력을 했다면 아내는 그렇게 눈에는 보이지 않지만 든든한 정신적 토양을 마련해 주었다. 결혼하기 전 친정어머니의 영향으로 성실한 불자가 된 아내는 불철주야 가정과 회사를 위해 많은 공덕을 쌓았다.

나도 어린 시절부터 어머니의 영향으로 불교적인 정서를 가지고 있었다. 중학교 시절엔 부처님 오신 날 절에 가서 정성껏 108배를 올리기도 했던 어엿한 불자였다. 결혼 후 아내의 영향으로 나도 자연스럽게 보타원에 가끔 드나들었던 것이다.

주지스님의 축원에 힘입어 든든한 마음으로 '낙동유압'이라는 이름으로 새로운 출발을 하게 되었다.

얼마 후 제일 50 전자동 성형기 및 큐빙기와 스팀으로 쪄서 양생시키는 시스템을 설치하여 수년간 운영했다. 그러나 그것으로는 여전히 미흡한 부분이 많다고 여겨 성능이 더욱 향상된 한덕기계 최신기 42장 오토매틱 큐빙기까지 설치하여 스팀으로 블록, 벽돌, 인터로킹 등을 생산해 냈다.

정직하고 겸손한 마음으로 제2공장을 현대식으로 건립한 덕분에 생산량을 몇 배로 증대시킬 수 있었다. 딸딸이 기계로 수동 생산하다가 전 자동으로 대량생산을 하니 사람도 한 단계 성숙한 기분이었다.

부산에서 규모가 큰 현대산업개발, 현대건설 아파트 현장, 조양개발 주식회사 보수동 상가, 감천 조양아파트, 영도 동상동 조양 아파트, 명장동 세신실업대지아파트 현장, 주례 조양 아파트, 강변현대산업개발 아파트 현장, 부산대학병원, 동아대학병원, 고신의대병원 현장, 주례주공아파트 등 제법 크다고 하는 현장은 모두 우리 회사 제품을 납품하게 되었다.

당시 벽돌 한 장 가격은 22원이었다. 자잿값이 워낙 싸니까 그 가격에 판매해도 이문은 남았다. 현대건설과 큰 건설회사와 직접 거래를 많이 했다.

나는 업계 최초로 '상차 실명제'를 시행했다. '몇 년, 몇 월, 며칠 누구의 책임 하에, 회사명 어느 현장에 차량 넘버에는 무엇을, 몇 장을 상차했다…' 하는 것을 기록으로 남겼다. 상차 책임자는 나중에 문제가 될 수 없도록 한 장이라도 더도 덜도 정확하게 한 장도 속이지 않고 물건을 신도록 하였다. 나는 절대로 개수를 속이는 일이 없도록 직원들을 철저히 교육하고 감독했다.

당시 납품업체들은 개수를 속여 상차해 보내는 경우가 허다했다. 요즘 말로 하자면 '업계의 관행' 같은 악습이었다. 대규모 공사에는 세 군데 정도 업체에서 납품을 했다. 업체들은 아랫부분은 듬성듬성 깔아놓고 눈에 띄는 윗부분만 촘촘하게 쌓아 눈을 속였다. 차 한 대에 벽돌 200, 300장 정도 속이는 회사도 있었다.

조양개발이 보수동에 건설하는 조양맨션 상가아파트의 경우 대규모 공사라 공기도 일 년 이상으로 길었는데 매월 한 번씩 결제를 받으면서 납품했다. 당시 조양개발도 세 군데에서 벽돌을 공급받았다.

나는 "공사 기간 중에 한 번이라도 벽돌이 부족하면 그만큼의 금액을 되돌려 주겠다"라고 약속했다.

가령 일 년 공사 기간에 납품한 차량 중 단 한 대라도 벽돌이 100장 모자란 것이 확인되면 지금까지 납품한 모든 차량에서 100장씩 부족한 것으로 간주해서 부족한 벽돌만큼의 금액을 되돌려 주겠다고 했다.

그만큼 나는 자신 있었던 것이다. 물론 단 한 번도 그런 일
은 발생하지 않았다.

제5회 콘크리트, 진동제품 KS협의회. 최고경영자 QM 세미나
(1993.12.2～12.4 (속리산 관광호텔)

그저 열심히 살았습니다

27

잊을 수 없는
사람들

당시 조양개발주식회사는 삼익건설보다 더 많은 아파트를
짓는 업체로 유명했다. 그런 조양개발의 손기열 사장은 자신
의 계매가 모래를 납품하고 싶어 하는데도 이 사업은 촌각을
다투는 경우가 많은데 조금이라도 삐끗하면 안 되는 일이라
면서 "용돈은 얼마든지 줄 수 있어도 거래는 절대로 안 된다"
라고 거절할 정도로 공과 사의 구별이 철저한 분이었다. 그렇
게 공사 구분이 엄격한 분이 나와의 거래를 이어가 주니 내가
신뢰받는 기분이 들어서 좋았다.

사업을 하면서 내가 도움을 준 사람도 있었고 내게 도움을
받은 사람도 많았지만, 조양개발 손 사장은 잊을 수 없는 분
이다. 내 사업 초창기에 큰 은혜를 입었고 그 덕분에 나는 더
욱 자신감을 가지고 사업에 박차를 가할 수 있었기에 조양개
발 손 사장은 내게 둘도 없는 은인이라고 해도 과언이 아닐

분이다.

그런 분이었기에 조양개발이 자금 사정이 순환이 안 된다는 말이 있을 때는 내 주머니를 털어서 자금을 대주기도 했고 그것도 모자랄 때는 빚을 내 거액을 빌려주기도 했다.

조양개발 손 사장은 보수상가 감천조양개발 270세대, 명장동 380세대, 영도 동삼동 630세대, 주례조양개발 260세대 등을 내게 납품권을 주었다. 덕분에 시멘트, 블록, 벽돌 미장용 모래까지 납품하게 되었다. 나는 모래 물량이 달려 모래장에서 모래를 너무 적게 줄 때는 0.5~1㎥를 더 실어 손해를 감수하면서까지 모래를 한 줌이라도 더 실어 보내는 것으로 내 마음을 표현했다.

조양개발 손 사장은 좋은 의미로 잊을 수 없는 분이었고, 또한 손 회장님 역시 늦게 부도로 가슴 아픈 일로 잊을 수 없는 분이다.

1990년 낙동유압에서 불의의 사고가 발생하고 말았다.

영도 동삼동 조양개발 630세대 공사 현장 납품을 위해 상차할 때였다. 8.5톤 덤프트럭 기사가 차 키를 꽂아놓은 상태에서 아침 식사를 하기 위해 자리를 뜬 사이 인부 한 사람이 차에 올라 무심코 차 키를 돌려 시동을 거는 바람에 차 뒤에 있던 인부가 차에 치어버린 것이다. 쌓아놓은 벽돌과 덤프트력 사이에서 인부는 크게 다쳤다.

아침 식전에 해야 할 일을 대충 마무리 짓고 집에 들어와 씻고 막 수저를 드는 중에 직원 하나가 헐레벌떡 달려오더니 "사장님, 큰일 났습니다. 인사 사고가 났습니다" 하는 것이었다.

달려 나가 보니 택시에 환자가 실려 있었다. 부랴부랴 택시에 타고 하단 성모병원으로 달려갔다. 그러나 너무 이른 시간이라 병원이 정상적으로 가동이 되지 않아 급히 앰뷸런스에 환자를 옮겨 부산대학병원으로 향했다.

그러나 불행하게도 인부는 부산대학병원으로 후송되어 가는 도중 그만 사망하고 말았다. 사고를 낸 사람은 도망을 가버려 책임의 일부라도 물을 수 없는 상황이 되고 말았다. 가뜩이나 그는 우리 회사 직원도 아니었다. 내 차에 의해 내 사업장에서 일을 하던 사람이 생명을 잃은 사고라 내가 전적인 책임을 질 수밖에 없었다.

사람의 목숨을 돈으로 환산할 수는 없는 일이지만 이미 발생한 일이라 내가 할 수 있는 일은 돈으로 보상해 주는 것밖에 없었다. 그러나 유가족과의 합의는 잘 이루어지지 않았다.

나는 연립주택 두 채를 제공하는 것으로 보상하려 했으나 피해자의 배우자가 거절하는 바람에 성사되지 못했다. 오히려 소송을 제기하는 것이었다. 알고 보니 피해자의 배우자가 변호사의 부추김에 따라 과욕을 부린 것이었다.

결국 법원의 판결에 따라 피해자 유가족에게 피해보상을 해 주었다. 보상액이 내가 제시했던 연립주택 두 채 정도에도 미치지 못하는 액수였다. 유가족은 애초 내가 제안한 보상액보다 적은 보상금을 받은 데다 변호사비용까지 지출하게 되어 결과적으로는 더 적은 보상을 받은 셈이 되고 말았다.

유가족이 결과적으로 쥔 보상금은 얼마 되지 못한다는 말을 듣고 나도 마음이 편치 않았다. 더구나 피해자의 미망인이 안정적인 삶을 이어가지 못한다는 후문을 듣고 오랫동안 안타까운 마음을 지우지 못했다.

재부 성주군 향우회장 시 정기총회 및 송년의 밤 축하 지인분들과 함께

그저 열심히 살았습니다

28

산업의 흐름을 따라, 벽돌에서 레미콘으로

그 무렵에는 건축경기도 좋아 저렴한 벽돌이 많이 판매되었다. 단독주택 중심의 주거문화가 아파트 중심으로 변화해가면서 아파트 건설 붐이 일어났다. 이어 아파트 하자 방지법이 생기고 아파트 관리가 성숙해지자 아파트 하자 보증기간이 의무화되었다.

그러자 하자를 줄이기 위해 시멘트, 벽돌, 블록으로 칸막이하던 작업이 레미콘으로 바뀌기 시작했다. 레미콘은 벽돌보다 수명도 길고 견고하고 빠르게 작업이 진행되어 하자 발생의 우려가 없었던 것이다.

벽돌 수요가 줄어들면서 대신 레미콘 사업이 활기를 띠기시작했다. 머잖아 벽돌 사업이 하향세를 면치 못할 것으로 보였다. 빨리 시대적, 사회적 변화의 흐름을 따라잡지 못하면 안 되겠다는 생각이 들었다.

그러나 엄청난 시설투자비와 기술진, 영업력, 운송차량 등 내가 감당해 내기에는 너무 벅찬 사업이라 업종전환의 필요성을 절감하면서도 선뜻 실행에 옮기지 못하다가 강서구 화전동에 레미콘 부지를 매입하였다.

이곳은 바다를 매립한 간척지였다. 녹산 어촌계에서 경남도청으로부터 보상을 받은 것을 어촌계장을 찾아가 부지를 매입한 것이었다. 평당 20만 원 가까이 주고 약 3,500평을 매입했다.

그런데 몇 년이 지나자 그 일대가 그린벨트로 묶여버리고 말았다. 낭패였다. 그린벨트로 묶이기 전에도 허가가 나지 않아 가뜩이나 애를 먹고 있는 터여서 첩첩산중에서 길을 잃은 기분이었다.

사실 부지를 매입할 때도 곧바로 허가가 나지는 않을 것이라고 알고는 있었지만 워낙 지가도 저렴하고 접근성도 좋아서 조금 허가가 늦어지더라도 감수할 작정이었다. 그런데 당시엔 그 간척지 일대가 경남에 속한 지역이었는데 부산으로 편입되는 의외의 변수가 생기면서 허가가 더욱 어려워지고 말았던 것이다.

그런 차에 그린벨트로 묶여버리기까지 했으니 설상가상이었다.

그린벨트 해지를 위해 동분서주해 뛰어 보았지만 길이 보이지 않았다. 답답한 마음에 송두호 강서구 국회의원을 찾아가 호소도 해 보았으나 헛일이었다.

나는 결국 새 부지를 찾기로 했다. 회사 업무를 처리하다가 시간만 나면 레미콘 공장 부지를 물색하러 다녔다.
부동산 사무실마다 찾아가 명함을 건네고 수많은 나대지를

동아대 경영대학원 동원회 회원 동기부부와 해외여행

둘러보았으나 레미콘 공장 허가가 나지 않는 부지거나, 일대가 첨단공장 지대여서 레미콘 공장이 들어서면 생산품에 나쁜 영향을 주게 되므로 다른 곳으로 이전할 수 있는 비용을 부담하라는 등 저항이 심하기 짝이 없었다.

부지가 마음에 쏙 들고 아무 하자가 없는 경우에는 내가 도저히 감당할 수 없는 가격이었다. 내 경제력에 맞추어 변두리로 나가봐도 걸리는 문제가 한두 가지가 아니었다.

직원들의 출퇴근 문제, 레미콘 운송 문제, 추후 공장 부지 값 상승 문제 등 모두가 간단치 않은 문제들이었다.

결국 궁리에 궁리를 거듭한 끝에 내가 내린 결정은 지금의 낙동유압 부지에 레미콘 공장을 짓는다는 것이었다.

제 40회 저축의 날, 저축대상 국무총리상 수상 시 아내와 함께(한국은행 주관)

그저 열심히 살았습니다

29
시련의
시간들

일단 결정을 내리자 서둘렀다. JC 활동을 하면서 알게 된 정성규 설계사무소 소장을 불러서 레미콘 공장 설계를 의뢰했다. 공장 부지가 지반이 약하니 특별히 튼튼하게 설계해 달라고 부탁했다.

우선 재고 물량부터 빨리 출하하도록 했다. 재고품이 차지하고 있는 공간을 확보해 한쪽으로는 콘크리트 사업을 계속해 나가면서 다른 한편으로 조금씩 레미콘 공장으로 변신시켜 나가기 위해서였다.

블록, 벽돌 사업을 하면서 한쪽에서 레미콘 공장을 짓겠다는 계획은 막상 일을 시작하고 보니 이만저만 어려운 일이 아니었다. 좁은 공간에서 제품 생산과 시설 공사를 병행하는 일이 수월할 리가 만무했다.

그 후 법인을 설립하여 '주식회사 한국 레미콘'이라는 상호로 1년 정도의 세월 속에 현대 중공업 배차 플랜트를 설치하여 레미콘 생산 KS 허가를 득하여 제품을 생산하였다. 1994년 4월이었다.

그동안 나는 동아대 A.M.P 과정을 밟았었는데 동기인 22기 모임에서 1주일 일정으로 캐나다 및 인근 몇 개 국가를 여행가게 되었다. 1년 전부터 계획된 외유인 데다 내가 회장을 맡고 있어서 가지 않을 수가 없었다. 레미콘 공장을 지은 지 얼마 되지도 않아 아직 마음의 여유가 없을 때라 썩 내키지 않아 회사 임원들에게 의견을 물었다.

임원들은 레미콘 공장 짓느라 고생했으니 마음 놓고 다녀오라고 해 가벼운 마음으로 출국했다.

캐나다 여행 4일째쯤이었다. 회사로 전화했더니 전화를 받는 여직원의 목소리가 예전 같지 않게 어딘가 이상했다.

"무슨 일이라도 있는 거야? 전화받는 자세가 왜 그래?"

나는 여직원이 누구에게 야단을 맞았거나 기분 나쁜 일이 있는 것 아닌가 하는 마음에 거듭 그 이유를 물었다.

"아니에요. 그런 게 아니고…."

여직원은 여전히 쭈뼛쭈뼛 말을 하지 않았다. 살짝 불길한 느낌이 전신을 훑고 지나갔다.

"무슨 말이든지 괜찮으니 속 시원히 말해 봐. 혹시 회사에 무슨 일이 생긴 거야?"

만약 먼 외국에 나와 있는 동안 회사에 나쁜 일이라도 생겼다면 당장 달려가지도 못할 처지인데 이보다 큰 낭패가 있을까. 나는 불안한 마음에 여직원의 대답을 초조하게 기다렸다.

이윽고 조심스럽게 여직원이 입을 열었다.

"사장님, 우리 회사에 노조가 생겼어요…."

"공장을 새로 지어 오픈한 지 4개월밖에 안 되었는데 노조를 만들었다고?"

나는 노조라는 말에 조금 놀라긴 했지만 큰 걱정은 하지 않았다. 오히려 다른 나쁜 일들이 아니라는 점에 안도감마저 들었다.

내가 크게 걱정하지 않은 이유가 있었다. 노조라는 조직은 사용자로부터 노동자의 권익을 보호하는 것을 목적으로 하는 단체인데 나는 그동안 노동자들의 임금도 결코 동 업종 타 업체보다 박하게 주지 않았고 인격적으로 하대하거나 무시하지도 않았기 때문이다.

나는 사실 낙동유압 시절부터 명절 때가 되면 동종업체들로부터 수많은 항의 전화를 받는 사람이었다. 어떤 업체 사장들은 직접 전화를 걸어와서 내게 대뜸 "거기는 이번 명절에 보너스를 얼마를 줬느냐?"고 노골적으로 물어왔다. 내가 영문도 모른 채 얼마를 줬다고 대답하면 "그러니까 우리 직원들이 그 야단이구먼. 거 다른 업체 입장도 좀 생각해 주면서 보너스 지급합시다" 하고 사정했다.

자기 회사 직원들이 소문을 듣고 상대적 박탈감을 느끼고 회사에 무리한 보너스를 요구해 너무 힘들다는 하소연이었다.

나는 직원들이 1년 더 근무할 때마다 10%씩 보너스를 인상해서 지급해 주기도 했다. 5년 더 근무하면 50%, 10년 근무하면 100%의 보너스를 더 지급해 왔다. 기껏 10만 원, 20만 원 주는 타 업체와는 비교가 안 될 정도의 액수였다.

그러다 보니 직원들은 열과 성을 다해 일을 해 주었고 사장인 나와도 아무런 불편한 마음 갖지 않았다. 직원들끼리 다툼이 있어서 회사를 그만두는 경우는 있었어도, 나와의 관계가 나빠 퇴사한 직원은 아무도 없었던 것이 좋은 방증이 될 것이다.

나는 내 사업을 시작하면서부터 블록, 벽돌 등 제품은 없어서 못 팔 지경인데도 일꾼을 잘 못 다스려 힘들어하는 경영자들을 자주 보아왔다. 나로서는 그런 현상이 좀처럼 이해되지 않았다.

물론 나도 초창기 콘크리트 사업을 할 때 전과자나 우범자들을 상대하는 게 쉽지는 않았다. 그러나 사람은 누구나 비슷하다. 인지상정(人之常情)이라는 말과 역지사지(易地思之)라는 말만 기억해 두면 사람을 쓰는 일이 그렇게 어렵지만은 않다고 나는 확신했다.

그저 열심히 살았습니다

공자님도 "기소불욕 물시어인(己所不欲 勿施於人)"이라 하셨다. "자신이 하고자 하는 일이 아니라면 남에게도 억지로 시키지 말아야 한다"라는 말씀대로 상대의 입장에서 생각해 보면 내가 상대를 어떻게 대하는 것이 현명한 것인지 답이 나온다고 나는 믿고 있었다.

나는 매사에 사원들의 입장에서 먼저 생각해 보는 경영자가 되려고 노력했다. 그리고 그 노력이 결코 헛되지 않다고 느끼고 있었다. 내가 상대방을 생각해 주면 상대방도 나를 생각해 주게 되어 있다. 이것이 인지상정이고 세상사는 법칙이요, 이치라고 생각했다.

그런 마인드로 경영해 온 나였기에 노조가 설립되었다고는 해도 노조원들이 회사 측을 상대로 특별히 요구할 내용이 없을 것이라고 여긴 것이다. 오히려 나는 노조를 만들어야 할 만큼 내가 직원들 처우를 나쁘게 하지 않았다는 생각에 인간적으로 조금은 서운한 마음마저 들었다.

여하튼 귀국 이튿날, 직원들과 직접 대화를 나눠보면 어렵잖게 풀릴 일이라고 여기고 나는 비교적 편안한 마음으로 남은 일정을 정상적으로 소화했다.

30

노조의 그림자
-신생 기업의 갈림길

귀국한 다음 날 9시에 출근해서 여직원 3~4명을 불렀다.

"공장을 오픈한 지 4개월이 채 되지 않은 시점이라 적자를 면치 못하고 있는 형편인데 노조를 설립하고 나와 가장 지근거리에서 일하는 김 양마저 노조에 가입하면 어떡하나…. 오늘 퇴근해서 집에 가거든 부모님이나 일가친척들에게 노조에 가입했다고 말씀드리고 계속 노조활동을 하는 게 좋을지 그만두는 게 좋을지를 여쭈어봐라. 그만두는 게 좋다는 반응이 많으면 노조에 탈퇴서를 제출하기를 바란다."

나는 솔직한 내 마음을 밝혔다. 여직원은 기어들어 가는 목소리를 그러겠다고 답변했다.

이어 팀장들을 소집했다. 팀장들이 굳은 표정으로 들어와 자리에 앉았다. 나는 최대한 차분한 표정으로 노조결성의 이유와 목적을 물어보았다.

그러자 팀장들은 근무 시간 8시간 준수, 체육시설 제공, 자녀 장학금 지급 등 세 가지를 들었다.

근로계약서에 "첫째 주와 셋째 주 일요일을 휴무일로 한다", "비가 와서 작업을 하지 못할 경우 일찍 퇴근한다", "동 업종 타 업체와 동일한 근무 시간을 적용한다" 등의 조항이 있는데 채 6개월도 지나지 않은 시점에 8시간 근무를 요구하고 나서는 사원들이 야속하고 야박하긴 했으나 나는 흔쾌히 8시간을 준수하겠다고 약속했다. 문제는 체육시설과 자녀 장학금 지급 건이었다.

"체육시설과 자녀 장학금을 요구한 취지는 충분히 공감합니다. 그러나 회사 사장이 시설 부지나 건물을 팔아 돈이나 챙기려고 할 때 이야기지 지금 우리 회사는 임직원 여러분들의 월급도 자체 해결할 형편이 되지 못합니다. 한마디로 적자라는 말입니다. 여러분들도 아시다시피 타 업체에서 수확하고 나면 후발주자인 우리는 이삭이나 줍는 형편인데 이게 가능하겠습니까?"

나는 가급적 회사의 속사정을 소상히 밝혀 직원들이 역지사지의 심정으로 노조 활동을 심각하게 재고해 주기를 바라는 마음에 계속해서 말을 이어갔다.

"한 달에 18,000㎥~20,000㎥ 이상 생산 출하하고 제값다 받고 불실이 없을 때 비로소 손익분기점입니다. 그런데 한 달에 겨우 10,000㎥에서 약간의 증감이 있는 현 실정으로는 체육시설과 자녀 장학금 지급은 불가능합니다. 특히 장학금 은 회사의 영업 이익금이 많아 대출 빚도 없고 사원들의 복지 시설도 잘 갖추고 있을 경우에 직원들의 생산 활동에 대한 보 상 차원에서 사장이 지급하는 것이지 의무 사항이 아닙니다. 더욱이 유서 깊은 상장업체들도 자녀 장학금을 지급하는 곳 은 없는 것으로 압니다. 쌍용, 동양, 부산산업, 한일 레미콘 공장 직원들에게 자녀 장학금 제도가 있는지 알아보셔도 좋 습니다. 시멘트 공장과 함께 전국에 레미콘 공장을 수십 개 소유한 사업체도 사원 자녀들에게 장학금을 지급하지는 않는 것으로 압니다. 저는 저 한 사람만 돈을 벌어 가기 위해 이 회 사를 설립한 것이 아닙니다. 저는 여러분들과 함께 이 회사 를 키워서 함께 발전하기 위해 시작했습니다. 제가 이 자리에 서 여러분들에게 제안합니다. 앞으로 1년 동안 노조는 유보 해 두고 열심히 노력해서 회사를 정상화시킨 후에 노조에 대 해 긍정적으로 재론하도록 합시다."

나는 평소의 내 정성을 잘 아는 직원들이 어느 정도 나의 진정 성을 이해하고 노조에 대해 진지한 검토를 해 줄 것으로 기대했 다. 하지만 막무가내였다. 섭섭했으나 도리 없는 일이었다.

그러나 그 후 여직원들은 모두 노조를 탈퇴했고, 남자 직원들도 하나둘 노조를 탈퇴하기 시작했다. 진솔한 나의 이야기가 어느 정도 직원들의 마음에 가닿았던 모양이었다.

나중에 알고 보니 정년퇴임 후 나에게 수차례 전화해서는 "월급도 많이 주지 않아도 좋다. 신설법인으로서 해야 할 일들이 많으니 제게 일할 기회를 주시면 회사에 없어서는 안 될 사람이 되겠다"라며 통사정해서 재입사한 남 모라는 영감님이 부추겨 노조를 설립하게 된 것이었다. 노조설립 자체보다 인간에 대한 최소한의 신뢰가 무너지는 것 같아서 마음이 더 아팠던 것 같다.

얼마 후 민노총 부산지부, 서울지부 임원들이 회사를 찾아와 단체협약을 하자고 요구했다.

나는 "우리 회사는 오픈한 지 얼마 되지 않은 처지라 동 업종 타 회사와 하루빨리 경쟁력을 갖추어야 하는 시기이다. 레미콘을 운송할 수 있는 믹서트럭 자가차 현대 믹서트럭 22대, 지입 23대, 총 45대가 놀지 않고 일하도록 하는 것이 급하다. 일과 마치고 단체협약에 응하겠다"라고 했다.

그러나 민노총 측은 받아들이지 않았다. 어쩔 수 없이 단체협약에 응했다. 그들은 노조 사무실을 만들어 달라고 하는 한편 일주일에 한 번씩 오후 4~5시에 단체협약을 하자고 요구했다.

나는 "이제 겨우 오픈하여 한 달에 수천만 원의 적자를 기록하고 있는 회사를 연 수십억씩 수익을 창출하는 중견 회사로 취급하면서 노조 사무실을 제공하고 단체협약에 응하라고 하는 것은 경우와 원칙이 없는 처사다. 내일부터 단체협상 못한다"라고 반발했다.

단체협상을 거부하자 노조 측에서 노동위원회에 나를 고발하는 바람에 나는 노조불인정 및 단체교섭 회피 등 부당노동행위를 한 혐의로 행정적 심판 대상이 되었다.

가만히 당할 수는 없었다. 내가 사익이나 추구하는 악덕 사업자가 된 기분이어서 불쾌하기 짝이 없었다.

나는 노무사를 찾아가 자문을 얻어 8시간 근무를 요구하는 노조원들에게는 8시간만 일하도록 하고, 비노조원들은 일을 마칠 때까지 일을 하도록 했다. 그렇게 2, 3개월이 지나자 노조원들이 이번엔 8시간 근무 제한을 풀어 달라고 요구해 왔다. 잔업을 하지 않은 자신들의 월급이 상대적으로 너무 적었던 탓이었다.

나는 "노조를 탈퇴한다면 그렇게 하겠지만 탈퇴하지 않으면 그렇게 못하겠다. 회사를 상대로 달면 삼키고 쓰면 뱉는 식으로 나오니 나도 어쩔 수 없다"라고 버텼다. 말이야 바른 말이었다.

노조원들도 내심 고민이 되는 눈치였다. 다음 날부터 상당 수

그저 열심히 살았습니다

의 직원들이 노조를 탈퇴하기 시작해 대부분이 비노조원으로 돌아왔다. 그러나 소수의 사람들은 끝끝내 노조를 고수했다.

나는 기사가 회사를 그만두는 대로 '한국 레미콘'과는 별개로 '한콘 운수회사'를 별도로 만들어 기사들을 분리해 보았지만, 한 사업장 내 회사 명칭이 다르더라도 동일 노조에서 활동할 수 있다는 노동위원회의 유권해석에 따라 지출하지 않아도 될 취득세라든지 등록세 등을 헛되이 지출하는 것이 안타까울 따름이었다. 노무사의 제안대로 쓴 고육책이었지만 백약이 무효였다. 10여 년에 걸쳐 10억 정도의 비용을 치르고 노조 문제는 완전히 해결되었으니 값비싼 수업료를 낸 셈이라고 해야 할 것 같다.

석동현 지검장 초청 간담회 (중소기업중앙회 부산, 울산 지역회장 재임 시)

31

세무조사의
교훈

2005년경 동생 천기가 사촌형님의 동서인 사람과 동업으로 차를 몇 대 구입해서 우리 회사에 자재를 납품하는 사업을 하면서 우리 회사의 전무를 맡고 있을 때였다.

어느 날 회사에 세무조사가 나왔다. 세무조사 요원이 동생의 손가방을 보자고 했다. 손가방 안에는 사업장부와 차량 사업일지와 차량운행으로 벌어들인 현금이 들어 있었다. 동생은 다른 사업을 하면서 우리 회사의 전무로 근무하는 것이 발각되면 많은 세금을 추징받을 것을 우려하여 끝끝내 가방을 열지 않았다. 직장을 이중으로 가지고 있으면 이중 납세를 해야 하는데 그게 발각될까봐 동생은 가방을 내어놓을 수 없었던 것이다.

결국 동생은 세무서 직원으로부터 괘씸죄를 적용받았고 나는 세무서장과 납세국장에게 자문을 받는 처지라 세무직원들에게 고분고분하지 않았다는 이유로 많은 세금을 이중 삼중으로 추징당하는 것은 부당하다고 생각했다.

23억 6천8백만 원을 추징받은 후 국제심판원에 이의신청을 내어 세무사를 선임해서 9억 8천만 원을 환급받았다.

이 일로 많은 교훈을 얻었다. 사업을 하면 세무조사를 받는 것은 당연한 것이므로 어떤 경우에라도 세무조사에는 순순히 응하고 추징된 세금은 반드시 기간 내에 납부해야 한다는 것이었다.

중소기업 중앙회 부산, 울산중소기업 회장 재임 시 기관장 간담회

32

나의 아버지,
어머니

아버님은 1975년 내가 처가에서 전통혼례식을 올릴 때도 식장에 오지 못하셨다. 6·25 당시에 입은 부상 후유증을 안고도 평생 논밭에 나가 일만 하시던 아버님은 당시 몸져누워 계셨다. 부지런하고 정직하고, 매사에 빈틈없는 아버님도 당신의 몸이 망가지는 것을 막을 수는 없었다.

아버님이 돌아가신 것은 내가 결혼한 지 불과 얼마 지나지 않았을 때였다. 그때는 형님 회사에서 일할 때였는데 어느 날 형님으로부터 부보(訃報)를 전해 받고 허둥지둥 형님과 함께 고향 집으로 달려가 장례를 치렀다.

자식으로서 아버님의 마지막 길을 임종하지 못했다는 자책감에 애통하고 비통하기 그지없었다.

"수욕정이풍부지 자욕양이친부대(樹欲靜而風不止 子欲養而親不待)"라.

"나무는 가만히 있으려 하나 바람이 내버려 두지 않고 자식이

그저 열심히 살았습니다

효도하려고 하나 부모는 기다려 주지 않는다"더니 참으로 한스럽고 후회가 되었지만 이미 돌이킬 수 없는 일이 되고 말았다.

오랫동안 건강이 나빠 고생하시는데도 언제까지나 살아 계실 것으로 생각했던 내 자신의 어리석음이 한스러웠고, 평생을 일만 하시다가 이렇게 고통 속에서 허망하게 일생을 마감하신 아버님의 삶이 허무해서 또 한스러웠다.

부상 후유증에 류머티즘 관절염과 변비 등이 겹쳐 돌아가실 때까지 아버님은 고생하셨다. 변비는 관장까지 해봤는데도 별 효과를 얻지 못했다. 내가 여건이 되었으면 어떻게 해서라도 해결해 보았겠지만 그렇게 하지 못한 것이 아직도 한으로 남아 있다.

어린 시절부터 부모님은 내가 꼭 편히 모셔서 은혜에 보답하리라 다짐해 왔던 나로서는 참으로 죄스럽고 허망한 일이었다. 평생 고생하신 아버님을 이렇게 황망하게 보내드릴 수밖에 없는 현실이 야속했다.

그래서 홀로 남으신 어머니에 대한 나의 마음은 늘 애틋했다. 아버지에 못다 한 효도를 어머니께 다 해 드려야 한다는 생각이 늘 나를 지배했다.

형님이 모시고 계시는 어머니는 늘 나의 마음 한쪽을 무겁게 했다. 어릴 때부터 '나는 둘째지만 나중에 반드시 부모님을 모시고 살겠다'라고 다짐해 온 것을 한시도 잊은 적이 없었던 까닭이다.

아내에게 속마음을 털어놓기로 했다. "나는 지차지만 어릴 때부터 항상 부모님을 모시고자 했다. 아버님은 이미 돌아가셨고 이제 어머님만 계시는데 어머님만이라도 더 늦기 전에 모시고 싶다. 나는 결혼 할 때부터 당신이라면 이런 내 마음을 잘 헤아려서 받아들여 줄 사람이라는 믿음이 있었다"라는 말로 아내의 뜻을 물었다.

아내는 시어머니를 모시는 원칙에 대해서는 동의하면서도 조금 조심스러워했다. 우선 형님이 나름대로는 최선을 다해서 어머니를 모시고 계신데 지차가 나서는 모양새가 좋지 않게 보일 수도 있다는 것이었다. 게다가 큰댁에서 잘 지내시던 어머니가 우리가 모시고 온 후 혹여나 조금이라도 불편한 기색을 보이시면 형님네와 우리가 서로 어색해질 수 있는 미묘한 문제라는 것이었다.

듣고 보니 아내의 생각이 나보다 깊었다. 나는 형님과 의논하여 대신동 구덕운동장 앞 33평짜리 구덕아파트를 마련해 어머니를 모시기로 했다. 어머니가 연로하신 것을 감안하여 일찍 남편을 잃고 자녀들과 외롭게 살던 누님을 설득해 어머니를 모시고 함께 살도록 했다. 어머니도 누님도 좋아해서 마음이 흡족했다.

그저 열심히 살았습니다

그쪽 방면으로 외근을 나갈 때는 꼭 들러 어머니를 뵙고 회사로 돌아오곤 했고, 외근이 없는 날에는 퇴근길에라도 들러 어머니 문안을 여쭙고 귀가했다.

우리가 먹는 것은 모두 어머니도 드실 수 있도록 가져다드렸다. 부모는 자신의 입에 들었던 것도 자식에게 내어 주며 키우지만, 부모가 늙으면 자식은 제 입에 들어가는 것만 생각하는 것이 나는 늘 못마땅했다. 자신은 좋은 음식을 먹으면서 자식에게 그 음식을 먹이지 못하는 부모는 죄책감에 괴로워하지만, 자신은 좋은 음식을 먹으면서 부모에게 그 음식을 드리지 못할 때 죄책감을 느끼는 자식은 없다는 것도 나는 납득하기 어려웠다.

나는 우리가 먹는 음식은 빠짐없이 어머니도 드실 수 있도록 꼼꼼히 챙겨 가져다 드렸다. 그것이 자식으로서 당연히 해야 할 도리라고 여겼던 것이다. 특히나 어릴 때부터 객지에 나간 자식들을 위해 평생 일구월심 노심초사하신 그 은혜는 어떤 방법으로도 보답하기 어려웠다.

어머님이 둘째인 나와 아내를 만만하게 여기며 저희집에 가끔 오실 때면 연세가 많아 화장실을 자주 노크 하셔야 함으로 늦게까지 공부할 때 불빛이 출입문 밑으로 새어 나오는 것을 보시고 어머니가 "누가 불을 켜놓고 자나?" 하며 문을 열어 보시고는 "네가 새벽까지 공부하고 있어. 그렇게 하고 싶은 공부 부모 잘못 만나 늦은 나이에 이른 새벽 2, 3시까지 공부하고 날이 밝으면 회사 일에 바쁜 네가…” 하며 울먹이셨던 적이 한두 번이 아니었다.

넉넉치 않은 가정에도 불구하고 어떻게 해서든 공부를 할 수 있도록 해 주시고 온갖 인생의 힘든 고비를 넘기면서도 자식 걱정을 일시도 놓아본 적이 없는 어머니였다.

특히나 나는 군 입대 전까지 객지 생활 5, 6년 동안 한 번도 고향 부모님을 찾아뵙지 못해 얼마나 애간장을 태워 드렸던가. 남의 자식들은 명절 때마다 선물 보따리 들고 부모를 찾아오는데 내 자식은 그림자도 비치지 않을 때 그 심정을 어찌 말로 형언할 수 있겠는가.

눈물로 얼룩진 어머니의 편지를 읽으며 ‘어머니, 이 아들 꼭 성공해서 고향으로 돌아가겠습니다.’ 다짐에 다짐을 거듭하면서 나는 나중에 꼭 부모님을 모시고 살겠노라 스스로 약속하지 않았던가.

아버님께 못한 효도까지 어머니께 해 드리려면 아직 한참 부족했다.

또 한 번은 어느 해 여름 블록, 벽돌공장 할 때였다. 형수님의 전화가 와서 “형님은 출근 후부터 골프 치러 갔는지 전화가 되지 않는다”면서 “어머니께서 집에서 가까운 구덕산에 아침 등산을 다녀오신 후 아침식사 하시다가 속이 안 좋다고 방

그저 열심히 살았습니다

에 들어가시더니 복통을 호소하신다"라고 하는 것이었다.

그때 나는 서울에서 현대산업개발 간부가 벽돌 구입을 위해 나를 만나겠다고 비행기로 내려오는 중이어서 자리를 뜨기 곤란하여 회사에서 나를 도와 일을 하던 동생을 급히 불렀다. 동생에게 "어머니께서 담석증이 재발한 듯하니 빨리 형님 댁으로 가서 메리놀 병원으로 모시고 가라"고 이르고 손님을 맞이했다.

당시 현대산업개발은 전국 곳곳에 수많은 아파트를 짓고 있었다. 그러다 보니 물량확보에 어려움이 많았던 모양이었다. 부산까지 내려온 것을 보면 급하긴 급한 모양이었다.

그는 벽돌 선금 4억을 건넸다. 선금은 주는 쪽에서는 조금이라도 적게 주려고 하고, 받는 쪽에서는 나중에는 어떻게 될지언정 일단은 조금이라도 더 받고 보려고 하는 것이 일반적이다. 그런데 나는 1억만 받겠다며 3억은 되돌려 주자 그가 깜짝 놀라는 표정으로 물었다.

"김 사장님, 왜 그러십니까?"

"다른 이유가 아니라, 최선을 다해서 제품을 생산해 내어도 돈 받아놓고 제때 납품을 못 하기라도 하면 얼마나 미안한 일입니까? 나는 그게 부담스러워 많은 선금을 받을 수 없습니다."

그동안 정직하게 살아왔고, 앞으로도 변함없이 정직하게 살아가고자 한 나로서는 특별한 일이 아니었으나 상대방은

신선한 충격을 받은 눈치였다.

서로 '더 받아라', '조금만 받겠다' 하며 이상한 흥정을 하다가 우리는 결국 공평하게 합의하게 되었다. 2억은 받고 2억은 돌려주는 것으로 한 것이다.

그는 "당신 같은 사람 처음 봤다"며 혀를 끌끌 차며 돌아갔다.

손님을 배웅하고 병원으로 달려갔다. 그런데 그때까지도 간호사들이 환자의 혈관을 못 찾아 쩔쩔매고 있었다. 병원 측에서는 환자의 상태에 따라 가끔 이런 일이 발생하기도 한다면서 이 상태로는 수술이 불가능하다고 했다.

병원 측은 입원 사흘째가 되어도 혈관을 찾지 못했다. 그동안 어머니는 극심한 통증에 시달려야 했다. 워낙 고통이 심해 호흡마저 힘들어하자, 산소마스크까지 씌워야 했다. 약물과 음식물은 삼키자마자 토해 버리기 일쑤였다.

입원 사흘째 의사는 결국 "이대로는 수술은 물론 어떤 치료도 하기 어렵다. 이 상태라면 환자가 2, 3일을 넘기기 어렵다. 집으로 모시고 가라"고 했다. 기가 막혔다. 팔순이 넘은 연세였지만 며칠 전까지만 해도 멀쩡하게 가까운 산에 등산까지 다니시던 분이 2, 3일 내에 돌아가신다니 믿기지 않았다.

그때 부산대학병원 영선실에 근무하고 있는 군대 후배 이철재씨가 떠올랐다. 그의 아내도 부산대학병원 수간호사로 근무하고 있었기에 도움을 청해 보기로 했다.

전화로 상황 설명을 하고 "응급실로 모시고 갈 테니 좋은 교수님 연결해 달라"고 부탁했다. 부산대학병원 응급실에 도착하니 이철재 후배의 조치에 따라 교수 한 분이 대기하고 있다가 어머니의 배에 머큐로크롬을 많이 발라 오랫동안 소독을 하기 시작했다.

한참을 꼼꼼하게 소독한 의사는 대형 주사기로 어머니의 배에서 링거병으로 두 병 분량의 먹물처럼 시커먼 이물질을 뽑아내었다. 한 병원에서는 손쓸 수 있는 일이 없다며 집으로 모시고 가라고 한 환자에게 망설임 없는 조치를 하는 부산대학병원 의사를 보면서 한편으로는 허탈감이, 다른 한편으로는 안도감과 기대감이 교차했다.

이튿날이 되자 어머니는 거짓말처럼 미음을 드시기 시작했다. 얼굴에도 화색이 돌았다. 극심한 통증에 시달리던 어머니의 얼굴에 언제 그랬냐는 듯이 평온이 찾아오자 나는 안도의 한숨을 내쉴 수 있었다.

내가 결혼 직후에 돌아가신 아버지에게 못다 한 효도를 어머니께 다 해 드리겠다는 마음으로 지내오다가 덜컥 이런 일이 생기니 무척 당황스러웠다. 어머니도 언제든지 세상을 떠나실 수 있는 연세라는 사실이 다시 한번 나를 긴장시켰다.

메리놀 병원에서 어머니를 집으로 모시고 가라고 했을 때 주위에서는 모두 어머니가 돌아가신다는 것을 이미 기정사실로 받아들였다. 연세도 칠순을 넘었고 산소 호흡기에 의지해야 할 정도로 극심한 통증에 시달리고 의식마저 오락가락하는 지경인데 혈관조차 찾지 못할 정도로 손을 쓰지 못하고 있었으니 그럴 만도 했다.

심지어 집안에서는 부산대학병원 응급실로 향하는 내게 "기학사촌 형님은 저에게 자식으로서 정성은 갸륵하나 어머니를 너무 고생시키는 일이다"라며 저에게 꾸중을 하였고 상복까지 준비했을 정도였다.

그런 어머니가 이튿날부터 미음을 드시기 시작하고 회복기에 접어들자 깜짝 놀라지 않는 사람이 없었다. 내가 생각해도 놀라운 일이었다.

열흘 만에 퇴원하신 어머니는 그 후 20여 년을 더 사시고 아흔넷에 돌아가셨으니 그때 지레 포기하지 않고 부산대학병원으로 모시고 간 것은 정말 잘한 결정이었던 셈이다.

이렇게 두 번에 걸친 어머니의 위기 상황을 넘길 수 있었던 데는 하늘이 내게 못다 한 효도를 다하라는 뜻이 반영되었기 때문이 아닐까 하는 생각을 하지 않을 수 없었다.

(주)한국레미콘에서 약 500m 떨어져있는 골프연습장 1800평에다 철탑 및 건물을 ○○씨가 경영하다 부도가 나 공

그저 열심히 살았습니다

매로 나왔다는 정보를 입수하고 내가 적극적으로 참여하여 6명이 참여했지만 내가 약 2억 많은 가격으로 1위로 낙찰받아 새롭게 리모델링 해서 오픈식을 가졌다.

코리아골프 오픈식때 어머니와 전 김재경 동아대학장님과 함께

제5장

Management

원칙과
정도경영

뜻밖의 도전,
최장수 조합이사장

1998년, 레미콘 사업을 몇 년 하자 기라성 같은 업계 선배들이 많이 있는데도 부산레미콘협동조합 이사장에 많은 사람들이 나를 적극 지지하는 한편 3, 4명만 모이면 나를 불러 이사장에 출마하라고 권유했다.

레미콘 일이라는 것이 원래 그렇기도 하지만 막노동에서부

중소기업 중앙회 부산지역회장 재임 시 허남식 시장님과

터 사장 일까지 닥치는 대로 해내야 하는 터라 조합이사장이라는 직책은 어울리지도 않고 시간도 부족하다고 생각해 완강히 반대 의사를 표명했다. 경륜과 인품을 갖춘 선배들도 많아 내가 나서고 싶은 마음은 손톱만큼도 없었다.

수차례나 고사하는데도 주위의 분위기는 달랐다. 결국 후보 등록 마감일에 7명의 지지자의 등쌀에 떠밀려 부산레미콘공업협동조합 이사장에 입후보하게 되었다.

입후보했음에도 주위에 의해 마지못해 나선 터라 꼭 당선돼야 한다는 절실함도, 절박감도 없었다. 그렇다 보니 어느 누구에게도 지지를 부탁하는 전화 한 통도 하지 않았다. 선거운동 자체를 아예 하지 않았던 것이다.

다만 자의 반 타의 반으로 입후보하기는 했으니 간단한 정견 발표를 위해 늦게까지 내 공부방에서 정견 발표문을 쓰고 있는데 아내가 "당신 자지 않고 뭐 합니까?" 하고 물어 "내일 10시에 부산레미콘 조합이사장 정견 발표문 쓰는 중이다. 다 써간다"라고 대답했다. 나는 정견 발표 때 평소에 느낀 소회를 바탕으로 몇 가지 약속을 했다.

첫째, 업계의 발전을 위해 조합 행정의 혁신과 개혁을 주도하겠다.

둘째, 권위적이고 불투명한 행정이 되지 않도록 정직하고 투명한 리더십을 구현하겠다.

셋째, 민주적인 운영을 위해 전 조합원의 의견을 최대한 수용하는 행정을 펴겠다.

넷째, 업계의 권익과 조합사의 채산성 확보에 전심전력하겠다.

이어 투표가 진행되었다. 개표 결과 업계 대선배인 상대 후보를 누르고 내가 근소한 표 차로 당선됐다.

결과를 접하고 보니 사람의 마음이 참 묘했다. 나는 전혀 기대하지도 않았는데도 거의 대부분의 회원사 대표들이 떠밀다시피 출마를 종용할 때는 만장일치라도 될 듯하더니 막상 근소한 표 차이로 당선이 되고 보니 묘한 감정이 일었다. 득표율이 낮았다는 점에 대한 실망감이 아니라 사람이 면전에서 하는 말과 정작 행동으로 옮기는 것에는 많은 간극과 괴리가 있다는 점을 알게 됨으로써 갖게 되는 일종의 허탈감 같은 것이라고 할까.

그래도 끝까지 마음 변하지 않고 투표장까지 가져가 준 지지자들에 대한 고마움과 경쟁자인 업계 대선배에 대한 송구스러움이 더 컸다.

중소기업 중앙회 각 지역 회장단 합동간담회

　나는 기왕 당선되었으니 조합원사의 기대에 어긋나지 않는 조합이사장이 되고 싶었다. 타 지역보다 낮은 제품가격의 정상화와 대물 및 덤핑 근절을 위해 팔을 걷어붙였고, 일요일 휴무제 시행에도 힘을 쏟았다.

　그동안 협회와 조합으로 이원화되어 있는 기구도 통합하여 불필요한 지출을 줄여 연 1억 이상의 경비절감 효과를 가져오기도 했다. 두 기구의 통합이 쉽지는 않았다. 먼저 통합의 필요성을 충분히 설명하고 조합원들의 동의를 구한 후 내가 단일화추진위원회 위원장을 맡아 많은 의견을 수렴하면서 서서히 연착륙하는 방식을 취해 충격을 최소화하면서 통합하는

데 성공할 수 있었다.

이어 부산경남레미콘협회 총회에서 협회 회장이 되었다.

나는 먼저 조합 사무실과 협회 사무실을 초량 지역으로 옮기는 일부터 진행했다. 기존의 사무실은 접근성이 나빠 회의 불참률이 높다는 점을 파악한 후 내린 결정이었다.

교통이 좋은 초량동에 사무실이 있는 만큼 불참하는 회원사에 대해서는 과감한 패널티를 주어 참석률을 끌어올릴 수 있었다. 최대한 많은 회원사가 회의에 참석해야 공동체 의식과 책임감, 소속감, 상호 간의 신뢰감 형성 등이 가능할 것으로 보았기 때문이다. 회의에 참석하지 않는다는 것은 관심이 적다는 것이고 회원들의 관심이 적은 조직은 절대로 발전을 기약할 수 없다고 보았다.

아니나 다를까, 회의 참석률이 올라가면서 자연스럽게 회원사 간의 친목은 물론이고 회의 안건들에 대한 심도 있는 의견과 대안들이 쏟아졌다. 회원사 간에 뿌리 깊게 드리워져 있던 상호 간의 불신의 벽이 조금씩 허물어져 가는 것이 보이자 자신감이 생겼다.

나는 보다 더 적극적으로 다가가기로 했다. 집행부에 대한 어느 정도의 신뢰와 지지를 확인한 나는 회원사들을 하나하나 찾아가 격려도 하고 의견도 들으며 일체감을 형성해 나갔다.

명절이 다가오면 어떤 회원사도 차별하지 않고 마음을 담

그저 열심히 살았습니다

은 선물을 전달하곤 했다. 열 사람의 친구를 얻는 것보다 한 사람의 적을 만들지 않아야 한다는 생각을 한순간도 잊지 않으려고 했다. 비록 나를 지지하지 않는 회원사라 할지라도 진심을 가지고 대했다.

조합의 이사장이라는 공적인 자리를 이용해 사적인 이익을 추구하지 않기 위해 늘 스스로를 경계했다.

세상에는 알량한 감투 하나를 이용해 사익을 추구하다 망신당하는 사람들이 얼마나 많은가. 나는 그런 어리석은 사람이 되고 싶지는 않았다. 오직 경우와 원칙에 입각하여 투명하고 정직하게 업계의 공익만을 추구하는 이사장이 되고자 노력했다.

그동안 전국에서 제품값이 낮은 것을 높은 수준으로 올리고 관급 배정을 4개 사가 3개월간 로테이션으로 돌아가며 배정심의의원을 하게 하여 공평 정대하게 하였다.

3년의 임기가 어떻게 지나갔는지 모를 정도로 눈 깜짝할 새에 지나갔다. 양심껏 봉사하고 임기가 끝났으니 홀가분하게 짐을 벗는구나, 했으나 적당한 후임자가 나서지 않아 본의 아니게 연임하게 되었다.

다음에도 마찬가지였다. 나는 내게 주어진 잔이라면 기꺼이 마시겠다는 자세로 회원사들의 뜻을 받들어 최선을 다해 조합을 운영하는 것으로 보답했다.

부산 레미콘 조합이사장 시 연합회장 유재필 회장 내외분 및 지방조합 이사장부부
해외연수

 2007년 4월에는 중소기업중앙회 부산울산지역 이사장협
의회 회장에 당선되었다.

 나는 가장 먼저 각 부산 업종별 조합에서 회원조합으로 가
입한 업종별 이사장에 한 해 매월 5만 원의 회비를 받아 집행
하는 재정으로는 단체를 활성화할 수 없음을 간파하고, 지역
기관장 간담회를 통해 업종별 어려운 사항들을 건의하고 정
보를 공유하며 규제와 규정들이 잘못된 점을 건의하여 중앙
부서에 건의하도록 2개월에 한 번씩 기관장 간담회를 열도록
유도하였다. 찬조금 1천만 원을 내어놓으며 부회장 및 이사
들의 적극적인 찬조를 유도하였으나 별반 호응이 없었다.

그저 열심히 살았습니다

그래도 간담회 때마다 작은 선물이라도 일일이 챙기는 등 지속적인 관심을 보이자 조금씩 반응이 오기 시작했다.

때맞춰서 몇몇 매스컴에 나의 기사가 나가면서 나의 노력하는 모습을 보고 업종 이사장들이 협조하기 시작했고, 매월 또는 2개월이 멀다 하고 기관장들과 간담회를 자주 하고, 업종별 이사장들의 어려움을 받아 중소기업중앙회 김기문 회장에게 건의하여 하나하나 어려움이 적도록 만들었다.

2년의 임기를 마치고도 연속해서 두 번 더 회장을 맡았다. 모두 6년간 중임을 수행하게 된 것은 업종을 불문하고 중소기업의 이모저모를 정직하게 열심히 하며 각 기관장 간담회

중소기업 중앙회 각 지역 회장들과 청와대 녹지원에서 이명박 대통령님과 함께

를 통해 중소기업들이 아프고 가려운 부분을 긁어주도록 적극 노력하니까 나는 새로운 중소기업상을 보여주자는 새로운 이미지를 내세우고 각 업종 조합이사장들과 실무상무협의회의 적극적인 협조에 힘입어 중소기업중앙회 부산울산지역 이사장협의회를 조직다운 조직으로 거듭나게 할 수 있었다.

미욱한 내가 그런대로 성과를 낼 수 있었던 것은 중소기업중앙회 부산지회 김한수 본부장, 부산 레미콘 조합 정두철 상무, 가구조합 허남뇨 이사장, 상무협의회 회장단 등 주위의 많은 분들이 나를 적극 도와준 덕분이었다.

그저 열심히 살았습니다

34

또다시 찾아온
병마

　내 사업체 운영에다 중소기업중앙회 부산울산지역 이사장
협의회 회장 소임을 맡아 동분서주하다 보면 하루가 어떻게
지나가는지 모를 지경이었다. 게다가 서울중소기업중앙회의
크고 작은 행사에 오가다 보니 어머니 문안도 제대로 챙기지
못할 지경이었다.

　하루는 작정하고 어머니를 뵈러 가기로 했다. 구덕운동장
앞 어머니가 계시는 집으로 가는 길에 부산대학병원에 들러
정기검사를 받기로 했다. 검사를 받고 며칠 후 결과가 나왔다.
간에서 좋지 못한 세포가 발견되었다고 했다. 이건 또 무슨
일인가…. 참담하다기보다 당혹스러웠다. 병원 측에서는 고
주파로 지져야 한다고 했다.

　나는 중소기업중앙회 부산울산지역 이사장협의회의 큰 행
사 일정에 지장이 없는 날로 일정을 잡아 서울삼성병원에서
간 절제 수술을 하기로 예약해 놓고, 중소기업중앙회 하계 리

더스 포럼을 제주도에서 마친 직후 입원하여 수술을 받았다.

간단하게 잘라내는 것이 앞으로 재발하지 않고 후유증도 없을 것이라는 유병철 교수의 말을 믿고 간 절제수술을 결정한 것이다. 수술은 잘 끝났지만 수술 후에 찾아오는 통증이 이만저만이 아니었다. 링거 호스에 연결된 진통제를 통증이 올 때마다 수시로 투약해도 통증은 모기처럼 집요하게 덤벼들었다.

진통제를 교체한 지 얼마 되지 않아 다시 교체해야 할 정도로 극심한 통증에 시달리다 보니 '내가 무슨 죄를 지었기에 이런 고통을 겪는가?' 하는 생각이 저절로 들었다. 내가 살아온 세월을 아무리 뒤져 보아도 이런 극심한 고통을 겪어야 할 만큼 나쁜 일을 한 것은 떠오르지 않았다.

그저 가난을 벗어나고 싶어서, 남보다 더 공부하고 싶어서, 남들보다 더 노력하고 더 인내하면서 살아왔을 뿐인데 어디서 무엇이 잘못된 것인지 도무지 알 수 없었다. 현풍 휴게소에서 쓰러져 생사의 고비를 넘긴 것도 모자라 이번에는 간이 말썽을 부렸으니 나는 하늘이 야속하다고 생각하지 않을 수 없었다.

그래도 차츰차츰 몸이 회복되어 퇴원하게 되니 그동안 가라앉았던 마음도 많이 밝아지고 의욕도 회복되었다. 역시 색심불이(色心不二)라고 하듯이 육신과 마음은 둘이 아니라는 말이 맞는 것 같았다. 몸이 병들면 마음도 병들고, 마음이 병들어

그저 열심히 살았습니다

도 몸이 병들지만, 반대로 몸이 건강하면 마음도 건강해지고 마음이 건강해지면 몸도 덩달아 건강해지는 원리가 참 묘하게 와 닿았다.

그토록 지독한 통증과 고통에 시달렸는데도 2, 3년의 시간이 지나자 언제 그랬냐는 듯이 나는 그 고통에 대한 기억을 차츰 잊어갔고 수시로 서울삼성병원으로 가서 검사받고 오는 것도 번거로워지기 시작했다. 주치의에게 검사받기 위해 장거리를 오가다 보니 힘이 많이 든다며 부산대학병원에서 검진받을 수 있게 해달라고 해 허락을 받고 부산대학병원에서 3개월마다 정기검사를 받았다.

중소기업중앙회 각 지역 회장들과 김기문 회장 및 이명박 대통령님과 함께(청와대녹지원)

2009.5 이명박 대통령 표창 시

중소기업 중앙회 각 지역 회장들과 법제관 출범식 때

　　　　　　　　　　그저 열심히 살았습니다

35

하늘을 원망하고
인생을 한탄하다

삼성병원에서 간 절제 수술을 받은 지 5년이 넘었을 무렵 일상생활에 전혀 무리가 없었기에 3개월마다 하던 검사를 5~6개월마다 검사하기로 하고 부산대 양산병원 조몽 교수에게 검사를 받았다. 결과를 보기 위해 병원에 갔더니 0.2㎜, 0.4㎜ 세포가 두 개 생겼다고 색전술을 권했다.

평생을 가난과 싸워 온 내가 언제부턴가 가난을 어느 정도 밀어냈더니 이제 병마가 집요하게 나를 따라붙기 시작한 것이다. '그토록 질긴 가난의 고리를 끊어냈다 싶었더니 이번엔 병마가 나를 괴롭히는구나…' 하는 생각에 하늘이 원망스럽고 내 인생이 한탄스러울 지경이었다. 도대체 언제까지 내가 이런 고통에 시달려야 하는지 답답하고 막막했다.

색전술이란 암세포가 혈액에 의존하는 점에 착안하여 영양분을 공급하는 혈관을 화학 물질을 이용하여 차단하는 방법이다. 암세포만을 선택적으로 괴사시킬 수 있기 때문에 수술보다 효과적이라며 색전술을 권하는 의사의 말을 듣지 않을 수 없었다.

어느 정도 각오를 한 다음인데도 색전술 역시 고통스럽기 그지없었다. 3, 4일간 물 한 모금 마시지 못하다가 겨우 한 모금 마시면 10분도 지나지 않아 토해 버리는 것이었다.

5, 6년 전 처음 좋지 못한 세포가 발견되었다고 했을 때 간단한 절제수술만 하면 괜찮다고, 그 방법이 가장 현명한 길이라고 해서 그대로 따랐는데 이렇게 재발해서 다시 사람을 고통스럽게 하는 것은 무엇이며, 색전술로 환자를 이렇게 고통스럽게 하는데도 암세포가 죽지 않는 것은 또 무엇인가.

환자를 실험 도구로 여기는 듯한 병원과 의사의 비양심적인 의료행위에 병원과 의사에 대한 신뢰가 송두리째 무너지는 느낌이었다.

아무리 물질 만능 사회라지만 인술을 펼쳐야 하는 의사들마저 환자를 돈으로 보는 현상을 직접 겪어보니 나의 병보다 우리 사회의 병이 더 고질적인 것 같다는 생각까지 들었다.

병원에서는 색전술을 다시 한 번 더 하든지 간 이식수술을 받든지 해야 한다고 했다. 기왕이면 한 번 해 본 색전술보다는 간 이식수술을 받는 것이 좋을 것 같다고 했다. 나는 "그렇다면 건강한 간을 구해 달라"고 했다. 병원 측은 장기 밀매는 엄연히 불법이니 불가하므로 가족 중에 이식받을 수 있는 사람이 있으면 좋다고 했다. 간을 이식해 준 사람도 간이 잘 자

그저 열심히 살았습니다

라고 수술할 때의 고통만 잘 이겨내면 후유증도 없을 것이라고 장담했다.

나는 평소에 언젠가는 간 이식을 받을 입장이 되면 이식을 받으려고 생각했었지만, 아들의 간을 이식받는다는 생각은 추호도 해 보지 않았었다. 아비가 수명을 잇기 위해 건강한 자식의 배를 갈라 간을 잘라내어 이식받는다는 것은 상상할 수도 없는 일이었다.

나는 어떡하든 자식의 간을 이식받는 일은 피해 보려고 중국, 인도 등에서 간 기증을 받아 이식수술을 한 환자들을 수소문해 보다가 정보도 부족하고 확실한 연결도 되지 않아 포기했다.

간 이식수술에 대한 근본적인 의문도 들었다. 병원에서는 심각하다고 말하지만 나는 여전히 일상생활에 아무런 불편도 장애도 없이 살아가고 있었다. 뿐만 아니라 틈틈이 골프할 때도 아무런 문제가 없었다. 처음부터 별것 아니라고 색전술을 하면 된다고 하다가 이제 와 간 이식수술을 받아야 한다는 병원 측의 태도도 통 믿음이 가지 않았다.

좀 더 많은 정보가 필요했다. 나는 부산대학병원에서 검사한 결과물을 가지고 현대아산병원으로 갔다. 간에 관한 세계적인 권위를 인정받는다는 이승규 박사를 찾아갔다.

이 박사는 의사 소견서와 영상물을 보더니 "전염성 경화도 아니고 심한 상태도 아니니 걱정할 것 없다"라면서도 "기왕 여기까지 왔으니 일주일 정도 입원하여 종합검사를 해 보자"라고 권했다.

사양할 수 없어 종합건강검진을 8일간 받고 내일 퇴원한다고 생각하고 있는데 이승규 박사 밑에 일하는 의사가 저녁 늦게 찾와와 "지금 수술 일자를 받아 수술하는 것이 좋겠다"라면서 "아들의 간 건강 상태와 내 간과의 합의가 좋다"고 하였다. 내 소견으로는 일정 기간마다 검사해 보면서 한 일 년 정도 지켜본 다음에 신중하게 결정하는 것이 좋을 것 같았다. 하지만 전문가인 의사의 말을 무시할 수도 없어 혼란스러웠다.

허남식 시장님 초청 간담회 (해운대 누리마루에서)

그저 열심히 살았습니다

아무리 간이 '침묵의 장기'라고 하지만 이렇게도 성성한 내가 간 이식을 받아야 할 정도로 심각한 상태라는 진단을 믿고 받아들이기가 쉽지 않았다.

병원 측은 나의 최종 결단만을 기다리는 눈치였다. 나는 부산대학병원 백승완 원장님과 관음사 해주 지현스님의 조언을 구했다. 두 분은 불안정한 내 심리상태를 안정시키고 평정심을 유지하도록 많은 도움을 주셨다.

해야 할 수술이라면 하루라도 빨리 하는 것이 좋다는 조언을 받고 가족들이 모여 최종 상의를 했다. 한결같이 가급적 빠른 시일 안에 간 이식수술을 하자는 쪽이었다.

세 아들 서로 자신의 간을 내놓겠다고 내 간 드릴게요. 내

중소기업 중앙회에서 산업포장 수훈 시 포상자들과 함께

간 드릴게요. 내 간 드릴게요. 나섰다. 병든 아비를 위해 제 간을
내어놓겠다고 나서는 세 아들을 보는 마음은 참으로 참담했다.
부모는 자식을 위해 주어도 주어도 더 주고 싶은 존재일진대
나는 도리어 자식으로부터 받아야 한다니, 그것도 간을 이식
받아야 한다니 참으로 만감이 교차하는 순간이었다.

모래수급 대책 궐기대회, 세종시 국토부, 해수부 청사 앞에서
(울산 김성대 이사장, 부산레미콘 이사장 김윤기, 경남레미콘 진종식 이사장)

모래수급 대책 궐기대회 참가자들분

그저 열심히 살았습니다

36

자식의 목숨을
담보 잡고

세 아들과 아내 나와 5명이 현대아산병원에 가서 아들 세 명
모두 검사를 받았더니 세 아들 중 막내 희우가 가장 적합하다는
검사 결과가 나왔다. 이제 막내아들 배를 갈라 간을 떼어 내게
로 이식하는 일만 남았다. 가족회의 결과 내린 결론이고 서로
자기 간을 내어놓겠다고 하는 아들들의 의지에 따른 절차지
만 내 마음은 안정되지 않았다. 과연 이것이 옳은 결정인가,
머릿속이 복잡하기만 했다.

아무리 현대의술이 뛰어나다고는 하지만 자식에게 후유증
이라도 있다면 그것을 지켜보는 아비의 마음은 천 갈래 만 갈
래 찢어질 것이 자명한 일이었다. 아비가 살기 위해 자식의
건강을 담보하는 것 같아 마음이 납덩이처럼 무거웠다.

급기야 지속적인 편두통이 오더니 기침과 가래까지 끓었다.
불안한 심리와 스트레스가 원인이었을 것이다. 동네병원에

다니며 치료하던 중 현대아산병원 수술 팀으로부터 수술 날짜가 잡혔다는 전화가 왔다. 수술 예정일이 2016년 2월 26일이라며 2월 23일 오후 2시까지 입원하라고 했다.

수술 전날 저녁부터 금식한 나는 수술 당일 새벽 온몸의 체모를 모조리 제거하고 마지막 관장상태를 확인했다. 아침 7시 나를 수술실로 데려갈 사람이 왔다.

'관세음보살, 관세음보살… 자식의 목숨과 내 목숨을 부처님께 맡깁니다. 부디 이 중생의 비원을 들으시어 자비의 손길을 베풀어 주소서. 관세음보살, 관세음보살….'

나는 간절한 마음으로 관세음보살님을 염했다. 핏기 하나 없이 하얗게 질린 아내의 얼굴을 보니 아무 생각도 떠오르지 않고 오로지 아내가 내게 일러준 대로 관세음보살만 떠올릴 따름이었다.

남편과 아들을 동시에 수술대로 보내는 얄궂은 운명 앞에 놓인 아내의 심정이 어떠했을까 생각해 보면 지금도 나는 아내에게 미안함 때문에 얼굴을 마주 보기 어려울 지경이다. 못난 남편 때문에 자식마저 수술대에 올려야 하는 아내의 심정을 내가 어찌 다 짐작할 수 있겠는가.

아내의 불안해하는 마음을 다독여 주고 이동 침대에 누운 채 수술실로 들어가는 순간 옆 수술실로 걸어 들어가던 막내

아들 희우가 내게로 다가왔다.

"아버지, 편안하게 수술 잘 받고 나오십시오."

애써 불안한 마음을 감추며 살짝 미소를 머금은 희우의 얼굴을 바라보자 형언할 수 없는 감정이 일었다.

"그래, 고맙다…. 너도 수술 잘 받고 이겨내야 한다. 알겠지?"

그때 내가 막내아들 희우의 손을 잡아 주었는지 말았는지 기억이 나지 않는다. 만에 하나 수술이 잘못되더라도 늙은 나는 데려가도 애먼 자식만은 아무 탈 없게 지켜 주십사, 부처님께 간절한 마음으로 기도를 하고 또 했다.

수술실에 들어가자 한 무리의 의사들이 나를 에워쌌다.

'관세음보살, 관세음보살… 만중생의 고통을 보듬어 주시는 관세음보살님, 사바세계 병든 중생들 모두 병고해탈에 이르게 하시고 저 젊은 아들과 늙은 아비가 아무 탈 없이 병실 밖에서 웃으며 다시 만나게 해 주시….'

그러면서 나는 점점 의식을 잃어갔다. 수술 시간이 아침7시 부터 저녁 8시 반까지 13시간 반 동안 수술 후 중환자실로 옮겨져 있었다.

꿈결인 듯 현실인 듯 어렴풋이 누군가가 내 이름을 부르는 소리가 들리는 것 같았다. 의식을 모아 눈을 뜨니 낯선 얼굴이 조금씩 보이기 시작했다.

"제가 김윤기 환자님 담당 간호사입니다."

수술이 끝나고 깨어난 모양이었다.

희우는 무탈하게 잘 깨어났는지 걱정이 되어 물어보고 싶었는데 입이 떨어지지 않았다. 입 안이 바싹 말라 타들어 가는 느낌이었다. 주위를 둘러보니 내가 유리 칸막이 안에 누워 있었다. 1인 중환자실 같았다.

겨우 입술을 떼어 물을 달라고 "물, 물…" 소리를 내어 보았으나 간호사는 뭔가 다른 일을 하고 있을 뿐이었다. 물을 먹으면 안 되어 거즈에 습기가 있도록 해서 입에 물려 주었다.

몸은 천근만근이라 손끝 하나 까딱할 수 없는 데다 입 안은 가뭄 날 논바닥처럼 타들어 가는데 천정만 바라보며 누워 있자니 여간 고통스러운 게 아니었다. 게다가 목에는 가래가 끼어 있어 숨조차 쉬기 어려웠다.

내가 이렇게 힘든데 막내 희우는 얼마나 고통스러울까. 혹시라도 희우에게 나쁜 일이 일어날까 불안하기 짝이 없었다. 나 자신이 원망스럽기까지 했다. 내가 고통스러운 것도 모자라 자식에게까지 고통을 전가했다는 자책감 때문에 심리적 고통이 이만저만이 아니었다.

다행히 희우도 수술이 잘 이루어졌으나 힘겨운 투병을 하고 있다는 말을 전해 들어 아비로서 한없이 아들 희우와 막내 며느리에게 미안하고 면목이 없었다.

'관세음보살, 관세음보살… 아비 살려 보려고 제 간을 떼어

준 저 젊은 자식만이라도 고통에서 건져 주시고 가피를 내려 주소서…'

정성을 모아 불보살님들께 기도하는 것밖에는 내가 할 수 있는 일이 없었다.

두 번이나 큰 수술로 생사를 넘나들어야 하는 내 운명이 너무나도 기가 막혀 부모님이 생각났다. 이미 두 분 다 세상을 떠나셨지만 이럴 때 살아 계신다면 아버지, 어머니께서 내 손을 따뜻하게 잡아 주실 텐데, 하는 생각이 들자 돌아가신 부모님이 사무치게 그리워지기도 했다.

아내 이금태의 얼굴도 떠올랐다. 두 번이나 큰 수술을 받고 급기야 애먼 막내아들까지 수술대로 데리고 올라간 남편을 지켜보던 핏기 잃은 아내의 얼굴이 떠올라 한없이 미안한 마음을 감출 수 없었다.

2023년 1월1일 시무식 부산컨트리 CC (좌로부터 원충도 감사, 김영주 감사, 윤승호 전 이사장, 서정의 현 이사장, 신한춘 직전 이사장, 김윤기 부이사장, 이상찬 이사, 김창근 이사)

37

지옥에서 본
천국

중환자실 생활은 하루하루가 그야말로 지옥 생활이었다. 이렇게 아프고 고통스러운데도 죽지 않는 것을 보면 신기할 정도였다.

부산 관음사에서 호스피스 제 35기 수료식 축사 장면

그저 열심히 살았습니다

온몸이 포박당한 듯 무거운 데다 두 팔을 제외하고는 아프지 않은 곳이 없었고, 가래 때문에 호흡마저 불편해 산송장이 따로 없겠다는 생각마저 들었다. 기침이라도 나면 극심한 호흡곤란 탓에 금방이라도 절명하고 말 것 같은 공포심이 몰려왔다.

지독한 갈증에 시달리다가 어쩌다 물 한 모금 삼키면 금방 토해 버리기 일쑤였다. 그래도 아주 가끔은 물을 마셔도 속에서 잘 받아줄 때가 있는데 그럴 때는 물 한 모금 삼킬 수 있는 것만 해도 감사한 일이라는 생각이 저절로 들었다.

평상시에는 너무나 평범하고 일상적인 일에 지나지 않는 물 한 모금 마시는 일이 중환자실에서 투병하던 당시의 나에게는 너무도 특별하고 감사한 순간이었던 것을 생각해 보면 참 묘한 생각이 드는 것도 사실이다.

웬만한 것에도 고마운 줄 모르고 당연하게 누리는 일상이야말로 지옥이고, 사소한 것의 소중함을 느끼며 그 사소함에 고마워할 줄 아는 것이 바로 천국이요 극락이 아닐까. 그러니 나는 어쩌면 그 지옥 같은 중환자실에서 꼼짝하지 못하고 누워 있을 때 어쩌면 천국과 극락을 보았던 것인지 모를 일이다.

나는 투병의 고통 속에서도 건강하게 퇴원하게 된다면 삶이 얼마나 소중하고 아름다운가를 깨달은 만큼 여생은 덤으로 여기고 범사에 감사하면서 베풀며 살리라 다짐하곤 했다.

시간의 힘은 대단했다. 그렇게 압도적이던 통증도 시간의 힘에 밀려 차츰 잦아드는 것이 느껴지기 시작했다. 미친 듯이 기침이 나다가도 찬물로 가글 하고 가래를 뱉어내고 나면 한결 숨쉬기가 수월해졌다.

그래도 1분 1초라도 빨리 이곳을 벗어나고 싶었다. 주사와 약에 취한 채 죽은 것도 아니고 산 것도 아닌 채로 연명해 있는 상황이 너무 감당하기 어려웠다. 주사를 통해서, 입을 통해서 수많은 약물이 체내로 투입되면서부터 언제나 속은 말할 수 없이 괴로웠다. 억지로 음식을 먹어 보려고 애써 보았지만 도저히 먹을 수가 없었다.

TV에서 〈한국인의 밥상〉이라는 프로가 방영될 때는 평소에 아무 생각 없이 이런저런 음식들을 먹었던 것이 얼마나 특별하고 감사한 일인지 실감했다. 최불암 씨가 전국 각지를 돌아다니면서 소박한 토속 음식을 나누어 먹는 모습을 병상에 누워 지켜보면서 퇴원하면 아내와 함께 꼭 저 음식을 먹어 봐야지 하며 메모지에 적어 놓기도 했다.

평범한 일상도 누리지 못하는 바로 그것이 지옥이요, 평범한 일상을 마음껏 누리는 그것이 바로 극락임을 깨달을 기회를 얻었으니, 그래도 중환자실의 지옥 생활이 나름대로 의미 있는 시간이었다는 생각도 가져 본다.

아무것도 제대로 먹지 못하면서 독한 약만 계속 먹는다는

그저 열심히 살았습니다

것은 여간 고역이 아니었다. 음식을 먹지 못하는 고통에다 약을 먹어야 하는 고통이 더해지니 설상가상도 이런 설상가상이 있을까 싶을 정도였다. 그렇다고 신세 한탄이나 하고 누워 있을 수는 없었다. 지금까지 그렇게 살아오지 않았기에 병실에 누워 있다고 해서 하루아침에 그렇게 살아지지도 않았다.

어린 시절 부모님 곁을 떠나 낯선 타향에서 밤잠을 잊은 채 천둥벌거숭이로 세상과 맞서 싸워, 내 인생에서 한 번도 등을 돌리거나 고개 숙여 땅을 쳐다본 적은 없었다. 언제나 정면으로 맞섰고 언제나 하늘을 당당히 우러러보며 살아왔다.

2023년 6월 12일 부산 CC 제 63회 클럽선수권대회 기념

질긴 가난과도 그렇게 맞섰고, 사업을 하면서 고비를 만났을 때도 나는 결코 주저앉지 않았다. 일곱 번 넘어지면 여덟 번 일어선다는 각오로 살아온 내 인생이었다.

지금껏 그렇게 잘 헤쳐 온 내가 여기서 굴복한다는 것은 있을 수 없는 일이었다. 나답지 않은 일이었고, 스스로 용납할 수 없는 일이었다. 운명과의 싸움에서 패배할 수는 있어도 도망치고 싶지는 않았다.

부산컨트리크럽 서정의 이사장님, 김만석 회원, 김동백 회원, 본인 김윤기 라운딩 시

그저 열심히 살았습니다

38

관세음보살,
관세음보살

간호사가 가져다 준 흰 죽을 살기 위해 억지로라도 먹어야 했다. 음식은 곧 나의 생사를 쥐고 있는 셈이었다. 배고파서 먹는 음식이 아니라, 먹지 않으면 죽기 때문에 먹어야 하는 음식은 언제나 비장했다.

가난하게 살던 시절에도 나는 배가 고파서 먹었지, 살기 위해 먹지는 않았다. 그러나 지금은 배고픔을 달래기 위해서가 아니라 살기 위해서 먹어야 하는 것이다. 배고파서 먹는 밥은 맛이 나지만 살기 위해 먹는 밥은 눈물이 난다는 것을 알았다.

먹고 싶지 않은 음식을 죽지 않기 위해 먹어야 하는 괴로움은, 먹고 싶은 음식을 먹지 못하는 괴로움 못지않게 괴로웠다. 그것은 불교에서 말하는 4가지 괴로움 중에서 애별이고, 원증회고(怨憎會苦)에 비견될 만한 괴로움이었다. 먹고 싶은 음식을 먹지 못하는 괴로움이 사랑하는 사람과 헤어지는 괴로움[愛別離苦]에 비교할 수 있다면, 먹고 싶지 않은 음식을 먹어야 하는 괴로움은 미워하는 사람과 만나야 하는 괴로움[怨憎會苦]과 비교할 수 있을 것이다.

입맛을 돋우기 위해 일부러 굴비를 가져오게 해서 억지로 먹어 보기로 했다. 평소 같으면 당연히 맛있게 먹었을 굴비를 앞에 두고도 마음은 동하지 않았다. 그러나 살기 위해 먹는 절박함 앞에서는 아무것도 문제가 되지 못했다. 처음에는 도무지 받아주지 않던 속에서 조금씩 음식을 받아주기 시작하는 것이었다.

그래도 소화는 되지 않았다. 겨우 한두 술을 떴을 뿐인데도 속은 늘 거북하고 메스꺼웠다. 그럼에도 포기하지 않고 조금씩 음식량을 늘려가면서 자신과 싸워 나갔다.

음식을 섭취하고 난 후에는 아내의 도움을 받아 병원 복도를 걸었다. 고령자들은 며칠만 누워 지내도 체내 근육이 급격히 줄어들어 회복하려면 몇 배의 기간을 들여 재활훈련을 해야 한다. 그동안 얼마나 많은 근육 손실이 있었는지, 또 앞으로 얼마나 많은 근육 손실이 있을지 알 수 없었던 나는 가만히 있을 수만은 없었다.

가장 큰 사업자산은 돈이 아니라 건강임을, 가장 큰 행복은 거창한 것이 아니라 평범한 일상에 있음을 나는 그때 뼈아픈 각성을 할 수 있었다.

아내가 보행 기구를 가져다주면 나는 그것에 의지해 한두 번씩 병원 복도를 왕복했다. 가끔 컨디션이 좋을 땐 세 번씩 왕복하기도 했다. 그럴 때면 잘되지 않던 소화도 잘되었고 그

그저 열심히 살았습니다

토록 괴롭히던 고통도 많이 누그러지는 느낌이었다. 식사량도 조금씩 늘어나고 덩달아 몸에 활기도 돌았다.

희우도 점차 회복은 되고 있지만 통증 때문에 복도를 조금씩 걷던 운동을 중단한 상태라는 말을 듣자, 온몸의 힘이 다 빠져나가는 느낌이었다. 세상의 모든 부모는 자식만은 고통이나 아픔, 괴로움과 슬픔 같은 것들을 모르고 살아가기를 원한다. 그것이 얼마나 사람을 힘들게 하는지를 알기 때문이다.

그런데 지금 내 막내아들은 늙은 아비의 병든 몸을 치료하기 위해 젊은 자신의 간을 떼어 내주고 그로 인한 통증 때문에 걷지도 못할 지경에 놓여 있는 것이다.

'희우야, 정말 미안하구나. 내가 이렇게 아픈데 어디 한번 아파본 적 없는 너는 얼마나 고통이 심할까. 오죽했으면 걷지도 못할 지경이겠느냐. 못난 아비 때문에 네가 하지 않아도 될 고생을 하고 있으니 참으로 미안하구나.'

희우도 희우였지만 막내며느리에게도 미안하기는 마찬가지였다. 내 아내가 나 때문에 마음고생하는 것을 누구보다도 잘 아는 터에 그것도 모자라 자식의 아내에게까지 똑같은 고통을 전가했으니 이래저래 가족들에게 큰 빚을 지게 된 것 같아 너무나 괴로웠다.

그렇게 집요하게 들러붙던 가난을 쫓아내고 나니 어느 순간부터인가 병마가 나를 찾아왔다. 그렇게 가난이 차지하던 자리를 병마가 차지하더니 벌써 두 번이나 나를 생사의 기로에 서게 하고 이토록 잔인한 심신의 괴로움을 안겨 주고 있는 것이다.

부처님께서 4고(苦)와 8고(苦)를 말씀하셨다지만 그 어떤 괴로움도 부모 때문에 아파하고 고통받는 자식을 보는 괴로움보다 크지는 않을 것이다.

'관세음보살, 관세음보살… 부처님의 대자대비로 저 젊은 자식을 고통에서 건져 주시고 늙은 저도 다시 한번 일상으로 돌아갈 기회를 주시면 죽는 그날까지 가족을 위해서, 회사의 직원들과 이 사회를 위해서 나를 희생하고 봉사하겠습니다. 관세음보살, 관세음보살….'

부처님 오신날 내원, 불자님들께 인사말.

그저 열심히 살았습니다

39

성공적 리더십과
자기개발

퇴원 후 회사에 출근해서 보니 자재 입고량이 정량이 되지 못했다. 칼국수 집에 밀가루가 적정량 확보되어 있지 않은 것과 같은 현상이었다.

자갈의 시중 가격보다 회사 입고 단가가 매우 높았다. 질도 매우 떨어졌고 양도 부족했다. 뿐만 아니라 레미콘 업체 출하량 월별 및 합계 출하 순위가 너무 떨어져 있었다. 직원들과 관리자들이 많은데도 누구 한 사람 떨어지는 출하량을 심각하게 받아들이지 않았다는 얘기였다.

나는 항상 판매처를 같이한 레미콘사 약 40~45개사 중 5위권 내 진입을 목표로 회사를 운영해 왔다. 10% 내에 들어야 진정한 업계 강자라고 할 수 있다고 생각했기 때문이었다. 내가 입원하게 될 무렵에 회사는 거의 내 목표치에 육박한 실적을 기록하고 있었다. 좋을 때는 5~6위 순위에 들었고, 보통 때는 7~8위 실적으로 유지한 적이 많았다. 아무리 부진할 때라도 10위권 내의 출하량은 변함없이 유지하고 있었다.

나는 우선 중위권으로 추락한 출하량 순위를 10위권 내로 끌어 올리는 것을 1차 목표로 삼았다.

경쟁력을 회복하기 위해서는 입고되는 제품가격의 군살과 거품을 제거하고 중간 거래처가 납품하면서 중간 마진을 보는 가격과 운임 등의 과다 지출을 최대한 긴축하여 제품가격을 2~3% 저렴하게 공급함으로써 신규고객 창출과 거래처 고객을 저렴한 가격으로 마케팅하도록 특별히 당부하였다.

5월부터 현저한 변화가 나타났다. 오래된 미수금을 줄이기에 나서 최선을 다한 결과 6월 하반기에는 재정문제가 해소되기에 이르렀다.

남흥건설 산업용지 임야매수가 예정보다 늦어졌으나 8월부터는 골재생산이 가능할 것이라고 했는데, 아직도 그럴 기미가 보이지 않았다. 또한 최근 골재 상황도 예사롭지 않았다. 세척사와 부순 모래는 부족한 반면 자갈은 남아돌았다. 몇 년을 별러 마침내 골재 채취를 하려고 하니 이런 현상이 일어난 것이다. 걱정이었다.

하루라도 빨리 기계를 놓아 생산해야만 그 많은 골재를 잘 처리할 수 있을 텐데 남흥건설이 임야매수에 어려움을 겪으면서 한 달 한 달 늦어지고 있어 하루해가 안타까웠다.

퇴원하고 난 후부터 회사 정상화에 신경 쓰다 보니 몸에서 이상 신호를 보내오기 시작했다. 조금 늦게까지 일을 하다 퇴근할 무렵에는 다리가 쩌릿하고 장딴지가 단단해지고 발등이 붓는 등의 현상이 나타났다. 조금만 오래 앉아 있어도 피곤이 엄습해 왔다.

부산대학병원 주치의에게 물으니 "수술을 요긴하게 하기 위해 동맥을 잘라서 그런 것이니 혈액순환이 잘되도록 너무 장시간 앉아 있지 말고 가급적 편안하게 누워 있는 것이 좋다"라고 했다.

나도 건강의 소중함을 절감한 터여서 건강관리에 각별한 신경을 썼으나 그렇다고 의사 말대로 누워 있을 수는 없는 노릇이었다.

이후 나는 자기개발 역량리더십 조직인 JC 생활로 JC 회장을 역임하였고, 10주년 큰 행사를 성공적으로 잘 치렀다.

골프협회장 우방우 회장의 권유로 골프협회 이사로 입회하여 부회장을 10년 이상 맡았고, 골프를 좋아하다 보니 좋은 골프연습장을 1개 갖고 있다.

가난 때문에 하고 싶은 공부를 못 해 남들이 놀 때 나는 일하고, 남들이 잘 때 나는 공부해서 한국해양대학 경제학과를 졸업하고 석사 과정 2년을 우수한 성적으로 졸업하였고, 한 사람밖에 주지 않는 총장상을 수상하였다.

2008년 4월 2일 ～ 2011년 4월 1일 (13년전) 3년간 부산

100대 기업에 선정되어 부산시에서 기업인 예우 차원에서 제공하는 부산시 우수기업 인증 카드를 송영범 건설본부장으로부터 증정 받아 3년간 유효기간까지 광안대교 무료 통과 및 각 구청에서 운영하는 주차장 주차비 무료의 혜택을 받아 부산지방자치 단체의 우수기업인에게 예우하는 인센티브에 감사함과 부산시 지방자치 단체 및 부산시를 리드하는 허남식 시장, 배영길 행정부시장에게 감사함을 느꼈다.

지금으로부터 약 6~7년 전 서울 레미콘 연합회 이사회가 있어 김해공항에서 비행기를 탑승하니 기내에서 신한춘 회장을 만났다.

신한춘 회장은 나보다 1년 JC 회장을 먼저 한 분으로서 부산시장을 역임하는 허남식 시장 사돈으로 알고 있었다. 로칼은 다르지만 JC 회장을 1년 앞에 하셨으니 선배 회장이 틀림없었다. 기내 비즈니스석 같은 옆자리를 앉게 되어 일진이 좋은 듯했다. 더군다나 부산 컨트리 클럽 이사장을 역임하신 분

그저 열심히 살았습니다

이라 더욱 더 마음이 끌렸다. 신한춘 회장이 나에게 부산 CC 이사를 한번 하라고 권유하면서 어떨 때는 경선 하고 어떨 때는 경선 없이 이사를 할 때도 있다 하셨다. 나는 평소 골프를 좋아하는지라 경선이 있든 없든 이사로 출마하고 싶었다. 드디어 이사 출마자 신청 서류가 집으로 배달 되어 왔다.

학력이나 경력이 자신이 있었다. 서슴없이 지원 원서를 써 접수 시켰다.

5명 뽑는데 6명이 신청되어 부산컨트리클럽 선거 문화는 도저히 납득하기가 어려웠다. 선거관리위원회가 구성되어 이사에 처음 등록한 초보자라 선거 관리위원에게 유권자(회원)에게 선물을 돌려도 되느냐고 질문을 했다.

골프공 1BOX 정도 돌려도 괜찮다고 했다. '아, 이것만은 부산컨트리클럽 선배 회원님들이 선거문화를 깨끗하게 잘 하지 못했구나' 하면서 기호를 뽑았는데 4번을 뽑았다.

새벽 일찍 부산컨트리클럽에 5시~6시 되면 올라가 어깨띠 기호 4번을 매고 열심히 선거 운동을 한 후 1부가 운동하러 다 나가면 회사에 와 급한 일 봐 놓고 또다시 부산컨트리 클럽으로 가 2부 운동할 사람들에게 "잘 부탁드립니다. 기호 4번입니다." 하며 열심히 하는 데 이상한 정보가 날아 왔다.

김윤기는 겨우 턱걸이 하든지 아니면 떨어질 수도 있다는 불길한 말이 내 귀에 들어 왔다.

어느 누가 그런 말을 날리며 이유는 어디서 어떻게 그런말을 하느냐고 물으니 서정의 이사장과 이사장 선거에 패배한 무자회 이○○씨가 입소문을 퍼트렸고 부산 CC 서클도 하나밖에 없고 부산CC에 자주 운동하러 오지 않고 필드 매니저들이 회원들이 이야기 하는 귀동냥 듣고 한 말이다. 라고 하였다. 솔직히 말해서 나만큼 경력과 학력이 좋은 사람도 없었으며, 많은 회원들이 경력과 학력은 김윤기가 제일 우수하다는 말에 안도하고 선거 운동을 더욱 더 열심히 했다.

이사 3년 하고 재임 3년을 더 하기 위해 출마한 ○○○ 다른 서클에 원정가면 따라가고 써클 날 한 사람이라도 빠지면 총무나 회장에게 불러 달라 해서 평소 많은 부산 CC 회원들에게 면을 익혀 표를 다진 터라 그사람이 6명 중 1등 할 것이고, 저는 2~3등은 해야 할 것인데 하고 열심히 선거 운동을 했다. 수술을 한 지 얼마 되지 않아 하루 종일 오래 서 있으면 발과 장딴지가 부었고, 고통의 신호가 왔다.

그러나 한 표라도 더 얻기 위해 노력하였다. 양말을 벗어보니 발등이 많이 부었다. 그래도 좀 더 허리를 굽히며 선거 운동을 새벽 5시부터 2부 운동하러 다 나갈 때까지 열심히 하여 선거일이 다가왔다. 신평공단 원로이신 여인찬 회장님. 이남석 회장님. 조용국 회장님. 안갑원 회장님. 시명선 회장님. 황성일 회장님. 박수복 회장님. 김광규 회장님. 구문갑 회장님. 재

부대구경북향우회 우방우 회장님과 이윤희 수석 부회장님. 무
자회 갑장님들, 성한경 회장님, 장완석 회장님. 김일봉 선배님,
양관석 동기, 권길상 회장님, 김윤환 회장, JC 선배님 및 후배
강기성 회장님, 조용길 회장님, 김삼목, 이관수, 송수갑 회장,
김양수 회장, 김실곤 회장 및 신한춘 회장님과 사모님, 서정의
회장님과 사모님의 많은 도움 덕분과 신라회 및 해양대 선배님
등 많은 분들 도움으로 2등의 영광을 누릴 수 있었다. 3등과의 표
차이는 50표 차로 2등 하여 부산 컨트리 클럽 발전을 위해 노
력하시는 서정의 회장님을 적극 돕고 서정의 이사장님이 임기
를 성공적으로 잘 마칠 수 있도록 열심히 도와 드리고 골프를

한국해양대학교 석사학위 수여식에서 박한일 총장상 수상

사랑하는 나에게 기회가 와서 서정의 현 이사장님과 직전 이사
장 신한춘 회장님, 도해규 전무가 도와준다면 이사장에 도전해
봄직도 무리는 아닐 것이다. 라고 욕심을 부려본다.

그럭저럭 3년을 바쁘게 보낸 나는 마지막 임기 2번 이사
재임을 맞이하여 또다시 이사 선거에 도전하여 6명 중 1등을
하였다. 많은 분들의 도움을 받아 일일이 익명을 거론할 수는
없지만 몇 분만 거명하자면 서정의 이사장님과 사모님, 신한
춘 회장님과 사모님, 우방우, 이윤희, 황성일 회장님, 김만석,
김진규, 김정필, 김실곤, 이재훈 회장. 무자회, 신라회, 정록
산회, 동삼회, 재부대구경북향우회, 싱글회, JC 선배님과 동
료, 후배, 신평 장림 공단 이남석 회장님과 여러 선배님, 중소
기업 각 업종별 이사장, 지인으로 잘 도와 주신 김성용 회장
님과 권영호, 김상갑, 도상필, 박태복, 조세규, 원충도, 손효상,
배영성, 최순환, 편금식, 김일봉, 조효식, 정상준, 박형규, 박우
흠, 황규동, 정정수, 정현식, 이근철, 조복일, 도용복, 백운학
회장님들의 도움과 아내 친구분들의 적극적인 도움으로 많은
표를 얻었다.
　부산CC 회원님 중 나를 아시는 회원님들은 정직하게 살고
있는 나의 진실한 인간성을 알아 주겠지 하는 마음으로 선거
운동을 좀 더 열심히 했다. 이번 이사 선거에서도 기호는 4번

이였다.

어깨띠를 둘러 매고 5시, 늦어도 5시 30분에는 부산 CC에 도착하여 1부, 2부 회원들이 운동하러 다 나가면 차에 타고 회원들에게 좀 도와달라고 호소했다.

노력은 헛되지 않았다. 드디어 선거일이 되었다. 새벽 일찍 부터 하루 종일 유종의 미를 위해 열심히 노력했다.

총무분과 위원장, 부이사장직을 주신 서정의 이사장님! 정말 감사하고 고마웠습니다. 이 고맙고 감사함 오래도록 기억하며 좀 더 존경하며 공경하겠습니다.

서정의 이사장님에게는 내가 방탄조끼가 되어 드리겠다고 마음속으로 다짐을 했다.

재부, 대구 경북 우방우 회장님과 이윤희 수석부회장, 황성일 회장님
경북도청 수해지원금 전달식 때 이철우 경북도지사와 함께

서정의 이사장님이 갑자기 건강이 좋지 않아 운동하시다 구급차에 실러 해운대 부민병원으로 가셔서 입원해 계시는데, 암세포가 많이 퍼져 위독하시다고 해, 아침 일찍 일어나 식사도 하지 않고 간단하게 세면 후 해운대 부민병원에 도착, 20~30분 있으니까 신한춘 회장님이 오셔셔 전 부산대 총장님을 역임하신 김인세 이사장님 만나 보니 암세포가 간으로 많이 퍼져서 좀 어렵겠다 하셨다.

개인적으로 에너지를 좀 비축하셔서 부산대학으로 옮기시고 근력을 좀 올려 서울로 가시기를 바랐고 어떻게 하든 하루속히 쾌유하시도록 밤낮 없이 기도했다. 아내도 나도 서정의 이사장님 용기 잃지 말고 꼭 병마와 싸워 쾌차하시기를 두 손 모아 빌고 빌었다. 아내와 나는 집에서나 절에 가서도 순수하고 성실한 서정의 이사장님의 쾌유를 위해 기도하며 방생을 몇 번 하였고, 서정의 이사장님이 마음을 강하게 먹고 병마와 싸워 병마를 물리치고 건강을 찾으셔야 제가 이사장이 되도록 도와 주실 수도 있고, 제가 이사장에 오르면 좀 더 공경하고 정성껏 잘 뫼실 수 있는 저의 진실함을 읽으실 건데, 하며 진심으로 마음을 담아 쾌차하시기를 간절히 기도했습니다.

장순녀 사모님도 인자하시고, 정이 아주 많은 분이라 사람 냄새가 물씬 풍기는 분이어서 좋은 분과 마음을 나누고 생각을 나누며, 형님.형수처럼 잘 뫼시면서 오래도록 같이 좋

　　　　　　　　그저 열심히 살았습니다

은 세상을 살고 싶은 마음이 가식 없이 많다. 좋은 사람과 세상을 서로 협력하며 살아간다는 것이야말로 축복이고 행복이 아니겠느냐? 인간 수양 역시 나보다는 높고 넓으시고 수양이 많이 된 분으로서 배울 것이 많았다. 서울대 병원에 가서서 전문의 교수님을 잘 만나 그렇게 많이 퍼져 있는 암 세포를 집중적으로 치료 받으셔서 차도가 좋다는 기쁜 소식을 들으니 기뻐서 당장 뛰어가고 싶었다.

얼마 후 병환이 많이 호전되어 해운대 자택으로 오셔서 휴양하시면서 며칠마다 서울대 병원에 가셔서 검진을 받는데, 암 세포가 다 제거되어 혈색도 좋으시다고 부산 컨트리 클럽에 올라 오셔서 점심식사를 거뜬히 밥 한 그릇을 다 잡수셨다는 말을 듣고 내가 날아 오를 듯이 기뻤다.

"몸이 편찮으시면서도 이사회에 억지로 나오셔서 각 분과위원장 임명과 더불어 부이사장을 다시 맡게끔 해 주신 서정의 이사장님! 오래도록 잊지 않고 기억하겠습니다.

제가 꼭 지켜드릴께요. 아무 걱정 하지 마시고 건강만 챙기시고 무리하시지 마시고 병마를 완전히 잔존 없이 건강을 되찾으셔야 합니다."

며칠마다 뵙지만 뵐 때마다 얼굴 혈색이 좋아지시는 것을 보며 내가 큰 수술을 두 번이나 했던 사람으로서 감개무량할 정도로 기쁨 마음 한량 없으며 장순녀 사모님이 서정의 이사장님

건강이 회복되면 생기가 나고 삶이 활력을 찾으시는 것을 본 아내 역시 무척 기뻐하는 것을 보니 내가 마냥 즐거웠다.

내가 사업을 하고 있는 곳이 부산시 사하구 신평장림산업 관리공단이며 내가 한국콘크리트 상호로 토지개발 공사로부터 공장 용지를 분양 받아 한덕기계와 제일기계를 설치하여 신평.장림공단 관리 사무소에 이사 및 부회장. 수석부회장을 맡아 소임을 다하고 있는데, 현 이사장이신 구문갑 이사장 임기가 6년을 마치고 공장 규모가 크고 사장이 젊은 사람을 이사장을 시킨다는 소문이 나돌았다. 하지만 나보다 서열이 빠른 정화섭 회장 외에는 내가 어느 누구에게도 양보할 수 없었다. 다행히도 원로이신 이남석 회장님과 박수복 회장님이 김윤기가 이사장을 맡는 것이 순리다 하여 임시 이사회와 정기 이사회를 개최하여 내가 제14대 신평 장림 산업단지 관리공단 이사장을 맡게 되었음은 다행 중 다행이었다.

신평, 장림 산업단지 제 14대 이사장으로 2024년 3월 1일부로 많은 사람들의 축하를 받으며 취임하게 되었다.

신평, 장림공단 임원 친선골프. 수석 부회장 재임 시

제 57회 이사장배 골프대회 기념 부산 컨트리클럽

• 관음사 특강
• 정초기도 특별 법문 강의
• 정초기도 7일째 법문 강의

부록

한국레미콘 연합회 각 지방 조합 이사장들과 해외연수 시

그저 열심히 살았습니다

중소기업인 대회에서 문재인 대통령 산업포장수훈

한국해양대학교 석사학위 졸업식 때 동기 친구들과 함께

부산레미콘 조합 이사장 재임 시 조합원들과 원전경기 (일본 북해도)

관음사 특강

관음사 연초 특강

여러분! 반갑습니다.

하루 업무를 마치고 댁으로 돌아가셔야 할 시간인데 저의 강의를 듣기 위해 참석해 주신 여러분께 감사드립니다.

▶ 훌륭한 분들 모셔 놓고 제가 그 값을 할지 긴장이 됩니다.

저도 여러분들과 같이 성공을 향해 열심히 노력하고 있는 한 사람입니다. 제가 성장하면서 잘 살기 위한 마음가짐과 남들보다 좀 더 인내하고 노력한 경험담과 저의 멘토가 되어준 책 속에서 도움이 된 귀중한 대목들을 모은 글을 리포트 식으

그저 열심히 살았습니다

로 준비했습니다.

여러분들이 어떤 부분에서라도 영감을 얻어 잠자는 열정을 깨워 파이팅하셔서 좀 더 풍요롭고 행복한 삶을 살기를 바랍니다.

⦿ 저는 시골 중농 농부의 6남매 중 둘째 아들로 다복한 가정에서 태어났습니다. 그 무렵은 초등학교도 안 시키고 부모님 밑에서 농사일하는 마을 친구들이 많았습니다. 또한 초등학교를 한 마을 남녀 친구들이 18명이 졸업을 하였지만 중학교 진학하는 학생은 여학생 1명(면장 딸)과 남학생 3명, 4명만이 중학교 진학을 했었습니다.(김재련, 수환, 정호, 그리고 저)

저희 집은 조금 부족한 중머슴은 있었지만 논이 그리 많지 않았으며 논이 2,400평 밭이 800평 정도 된 중농이었습니다. 아버지 어머니께서 무척 부지런하시어 농한기에는 밭을 논으로 만드는 일을 위해 밤낮을 가리지 않고 곡괭이와 삽으로 하는 힘겨운 일을 하셨습니다. 학교 갔다 오면 아버지가 일하시는 논밭으로 찾아가 일을 도왔습니다. 평소 부모님은 저희 형제들에게 논 몇 마지기 더 줘서 살림 내놓는 것보다 머리에 넣어 줘야 어디 가서라도 자기 앞을 닦는다 하시며 자식들에게는 좀 더 가르칠 것이라고 생각하신 부모님이 존경스럽고 감사하고 고마웠습니다.

그러나, 제가 중학교를 졸업할 무렵, 아버님이 많이 편찮으셔서 일레우스라는 병과 6·25 전쟁 때 복대로 강제 징집되어 군에서 탄피를 맞아 다치신 것이 재발되어 대구 경대의대 부속병원에 장기 입원해야 하는 불운으로 저는 중머슴과 같이 집안을 돌보며 어머님과 교대로 아버지 병간호와 집안일을 번갈아 해야 했으므로 고등학교 진학은 포기해야만 하였습니다.

몇 개월 후 아버지께서 건강이 점차 회복되시어 농사가 천하지대본이라 하지만 해가 떠 있을 때만 몸으로 움직여 노동으로 얻는 대가만을 가지고는 저의 장래가 어떻게 될지 훤히 보이는 것 같아 적성에 맞지도 않고 해서 제가 직장을 구해 장래 희망이 있는 일을 찾아보겠다고 말씀을 드렸지만 "너는 차남이지만 부모님 모시고 같이 살자" 하시며 허락하지 않으셨습니다. 그래도 저는 포기하지 않고 대구와 부산을 뛰어다니며 낮에는 일을 하고 밤에는 야간 고등학교라도 다닐 수 있는 일자리를 찾아보았으나 그 무렵 그런 자리를 구할 수가 없었습니다. 1961년 그 무렵 중학교를 시키는 것은 지금 대학을 시키는 것보다 더 어려웠을 것으로 생각합니다.

저희 집보다 잘사는 집 친구들도 중학교마저 시키지 않고 농사를 짓게 하는 동네 사람들을 볼 때마다 저는 늘 부모님이 존경스럽고 고맙고 감사했습니다. 그래서 저는 둘째 아들이지만 나중에 부모님은 제가 효도하며 따뜻하게 잘 모셔야 되겠다는 마음을 먹기도 하였습니다. 저에게 살림 내놓을 때 논 몇 마지기 안 주어도 좋으니 고등학교만 꼭 시켜 달라고 부모님께 말씀드리려고 하였지만 몸이 불편하신 아버님 병상에서 마음 아프게 떼를 써서 고등학교에 가겠다고 투정을 부릴 수도 없었습니다.

⊙ 1997년 부산레미콘 공업협동조합 이사장에 출마하라는 많은 분들의 권유로 출마하여 레미콘 업계 거부이신 ㅇㅇ레미콘 ㅇ회장님과 경선하여 몇 표 차로 당선되어 이사장의 기득권을 내려놓고 관급 배정은 배정 위원을 4개 사 3개월 로테이션으로 돌아가면서 하도록 하여 공명정대하게 운영하고 조합 이사회 시 전 회원사 참석시켜 차별 없이 조합 업무를 청렴하게 OPEN 운영하여 불평불만 없도록 하였습니다.

전에는 3년, 지금은 4년 임기마다 경선해서 현재까지 7선에 21년간 부산레미콘 공업협동조합 이사장직을 맡고 있습니다. 2007년 2월 중소기업중앙회 부산·울산 각 업종 중소기업 회장 선거에서 서울대 학생회장을 역임하신 염색공업협동조합 ㅇ이사장님과 경선이 되어 많은 표 차로 중소기업중앙회 부산·울산지역 회장에 당선되었습니다.

⊙ 한국해양대학교 3학년에 편입시험에 응시하여 경제학 전공으로 제가 그렇게나 동경했던 학사 가운과 학사 모자를 쓰고 한국해양대학교를 졸업하고 대학원 석사 과정을 우수한

성적으로 졸업하면서 총장상을 받았습니다. (경제란 : 가장 짧은 시
간에 가장 적은 비용으로 최대의 효용 가치를 창출해 내는 것입니다)

⦿ 무엇이든 과감하게 도전하길 좋아하고 호랑이를 잡으려
면 호랑이 굴을 찾아가야 호랑이를 잡을 수 있다는 말이 있듯
이 위험(리스크)이 있더라도 꼭 하고 싶은 일은 인내를 가지고
포기하지 않는 근성을 가지고 있습니다.

십수 년 전부터 석산 사업을 하기 위해 법인을 하나하나 설
립하여 많은 돈을 투자해 놓았더니 세월이 많이 흐르니 이제
야 겨우 한 사업장은 석산 크락사 사업의 서광이 비치는 것으
로 보입니다.

자랑스러운 성주인상 시상식(김한곤 군수, 성주신문사장 및 성주를 빛낸 사람들과 함께)

그저 열심히 살았습니다

이 사업은 박 대통령 탄핵 여파로 컨트롤 타워가 없어 큰돈 P.F(대출) 가 되지 않아 늦어진 것입니다.

☞ 다음은 저의 멘토가 되어준 책들 속에서 중요한 대목을 모은 글들입니다. (멘토 : 지식을 가진 사람이 남에게 일을 일으켜 주거나 조언, 도움을 주는 사람)

| 멘토가 되어준 글들

⊙ 여러분들도 잘 아시는 바와 같이 "사람에게는 누구나 똑같은 시간이 주어지지만 주어진 시간을 얼마나 효율적으로 잘 관리하고 잘 활용했는가에 따라 장래가 달라지는 것" 아니겠습니까?

⊙ 작고 큰 목표를 달성하려면 스스로에게 너무 관대해선 안 되며 자기 자신을 통제할 수 있어야 세운 목표를 달성할 수가 있습니다. "스스로를 제어하지 못하는 사람은 진정한 자유를 얻을 자격이 없다"라는 말에 저는 동의하고 있습니다.

⊙ "성공의 가장 큰 적은 기회가 없는 것도 능력이 부족한 것도 아니라 자신의 감정을 다스리지 못하는 것이다"라고 합니다. 이것이 기회가 아닌가 생각할 때는 과감하게 도전해야

합니다. 다른 사람은 통제할 수 없어도 자기 자신은 다스릴 수 있어야 작은 성공이라도 할 수가 있는 것입니다.

⊙ "해서 안 될 일은 절대로 하지 말아야 하고 꼭 해야 할 일은 힘들고 어렵더라도 꼭 하는 사람이 되자" 이 말은 회사 생활뿐만 아니라 사회생활에서도 꼭 필요로 하는 말이라고 생각합니다. 이것만이라도 지키는 사람은 가족 고생시키지 않고 작은 성공이라도 할 수 있다고 저는 생각합니다. (우리 회사 사훈이며 몇십 년 전부터 제가 만든 것입니다)

⊙ "현명한 사람은 주어지는 것보다 더 많은 기회를 만든다"라고 하며 누구나 일생에 몇 번씩은 운명을 바꿀 기회를 만나지만 아주 적은 수의 사람들만이 실제로 그 기회를 잡고 성공한다고 합니다. 운명을 바라는 가장 큰 비결이 바로 자기 자신에게 있기 때문입니다.

⊙ 사업과 인생은 쟁취하는 것입니다. "모험을 하지 않는 것이 가장 위험하다. 모험을 두려워하며 행동하지 않는 것이 과감히 도전하는 것보다 훨씬 위험하다"라는 것이 성공 인사들이 하는 말입니다.

그저 열심히 살았습니다

⊙ "기회는 누구에게나 있다. 그러나, 아무나 그 기회를 알아보지는 못한다. 세상 모든 기회에는 망설임이 따른다. 이 망설임을 잘 극복하느냐, 아니냐에 따라서 그 사람의 인생 전부가 달라진다"라는 것을 잊지 말아야 할 것입니다.

⊙ "순간의 화를 참지 못하고 내키는 대로 감정을 분출하는 사람은 분명 큰일을 할 그릇이 못 된다." 그러나 자제와 인내를 배워 자신의 감정을 다스리고 평정심을 유지할 수 있다면 일상생활 및 직장생활을 평탄하게 해 나갈 수 있음은 물론 성공을 거두는 날까지 조금씩 자신을 발전시킬 수 있을 것입니다. 순간의 화를 참으면 혼란이 잦아들고 평안이 찾아오며 어리석음이 사라지고 지혜가 성장한다는 것을 명심하여야 할 것입니다.

⊙ 천재는 대개 학구적입니다. 가을걷이가 끝나면 가을 파종을 매년 시작하듯 배우고 또 배워야 합니다. "지금 자면 꿈을 꿀 수 있지만 공부를 하면 꿈을 이룰 수 있다. 배움의 고통은 잠깐이지만 배우지 못한 고통은 평생이다"라는 말이 있습니다. 배움의 길에는 왕도가 없습니다. "기억하라, 배움을 즐기는 사람은 반드시 성공한다"라는 사실을 말입니다.

⊙ 자기를 통제하는 것을 중시해야 합니다. 자기 통제란? 자기 자신을 수시로 점검하고 반성하는 능력으로 우리가 더욱 수준 높은 성숙한 삶을 스스로 만들 수 있게 해 줍니다. 자기 통제를 통해서 자신의 감정을 조절하고 잘못된 유혹을 뿌리치기도 하며 특별한 개인의 삶을 완성시키기도 합니다. 특히, 사업을 일으키려면 스스로에게 너무 관대해선 안 되며 "자기 자신을 통제해야 성공할 수 있다"라고 합니다. 타고난 재능이 아무리 뛰어나다 하더라도 자기 통제력이 부족하면 자신의 잠재력을 최대한 발휘 할 수가 없습니다.

"인생은 변화와 부침으로 가득하다. 산에 올라가면 반드시 내려와야 하는 것과 마찬가지"입니다.

⊙ 성공하고 싶다면 자신을 가끔 체크해야 합니다. "나는 끈기 있게 꾸준히 노력하고 있는가? 이런저런 어려움으로 포기하고 싶은 순간이 오거든 지금 포기하면 영원히 성공할 수 없을지도 모른다는 사실을 되뇌어라. 그리고 자신에게 말하라. 주저하지 말고 버티자고. 버텨낼 수 없을 것 같은 순간을 이겨내면 그다음에는 기적을 볼 수 있을 것이다"라고 말입니다.

⊙ 명문대에서는 한결같이 "다른 사람보다 뛰어나고 싶으면 남보다 더 많은 고난을 견뎌라"라는 명언이 전해지고 있습

그저 열심히 살았습니다

한국해양대학교 석사학위 졸업식에서 총장 최우수상 영예를

니다. 고난은 아픔과 상처와 피로를 동반하지만 이를 견뎌낸 경험은 앞으로 큰일을 해낼 기반과 자신감이 됨을 시사하는 말인 것입니다.

⊙ 우리가 절대 잊지 말아야 할 것이 있습니다. "세상에서 가장 세심하고 이성적인 사람이란 곧 치밀한 성격의 소유자를 말하며 이러한 성격의 소유자는 대개 성공으로 향하는 직행열차에 탑승하고 쉽사리 하차하지 않는다"라는 사실입니다. 치밀한 성격의 사람들은 일단 한번 일을 시작하면 꼼꼼하고 신중한 태도로 조금의 빈틈도 허용하지 않는다는 것입니다.

⊙ 사람이 살다 보면 항상 즐거운 날만 있는 것도 아니고 항상 고통스러운 날만 있는 것도 아닙니다. 기쁨을 빼앗고 신경질 나게 만드는 무거운 짐은 누구에게나 있기 마련입니다. 행복하게 살아가려면 무엇보다 감사하는 마음이 있어야 합니다.

갖지 못한 것에 눈을 돌리는 대신 이미 갖고 있는 것에 감사해야 합니다. 잘못된 일에 불평하는 대신 잘된 일에 감사해야 합니다. 누군가 우리들처럼 편하게 숨 쉴 수 있기만을 간절히 바라는 사람이 있습니다. 누군가 우리들처럼 편하게 걸을 수 있기만을 간절히 바라는 사람이 많습니다. '오늘부터 좌절하고 낙심하며 살지 않을 거야. 내가 갖지 못한 것에 집착하며 살지 않을 거야. 삶을 대하는 시각을 바꿀 거야. 살아 있는 것에 감사할 거야.' 관점을 바꿔야 행복해집니다. 일하러 가야 하는 게 아니라 나에게 일할 직장이 있는 것에 감사해야 합니다(제가 지난해 큰 수술을 했을 때 물 한 방울이 얼마나 소중한가를 느꼈으며 수술 후론 작은 것에도 감사함을 많이 가집니다).

⊙ 자신과 싸우는 의지, 역경을 딛고 일어서기 위한 불굴의 의지, 끊임없이 도전하는 정신, 열심히 일하고 도전하는 그 자체가 성공이고 행복이라고 저는 생각합니다. "꿈은 소망의 크기만큼 이루어진다"라고 합니다.

70의 나이에 영어 공부를 시작하고 컴퓨터를 배우고 인생 한계에 도달했다고 느끼거나 생각이 올 때 그때가 바로 인생 새 출발을 도전할 때라고 합니다. 무엇이든 도전하고 나이가 많은데 내가 무엇을 하겠느냐 하는 생각은 스스로 노화를 부르는 것과 같다고 저는 생각합니다.

⊙ "사람은 자신의 삶을 지배하고 통제하는 만큼 행복해질 수 있다"라고 합니다. 운도 내가 만드는 것입니다. 기회는 누구에게나 찾아오는데 결국 그것을 좋은 운으로 만드는 사람은 친절한 태도와 긍정적인 마인드, 해박한 지식으로 무장한 사람이라는 것을 기억해야 합니다.

⊙ "가장 높은 곳에 올라가려면 가장 낮은 곳부터 시작하라." "머리를 너무 높이 들지 말라. 모든 입구는 낮은 법이다." 사람이 지혜가 부족해서 일에 실패하는 경우는 적습니다. 사람에게 부족한 것은 성실이라고 합니다.

⊙ 성실 없이 진정한 성공은 불가능한 것입니다. 세상에는 뛰어난 제주가 있음에도 불구하고 실패한 사람들로 넘치고 있습니다. 성실함과 겸손함이 뒷받침되지 못했기 때문이라고 저는 생각합니다.

성실이란? 무엇을 하겠다고 말하면 무슨 일이 있어도 반드시 그것을 실천하는 능력입니다. 그러려면 뼈를 깎는 자기 인내와 치밀함이 뒷받침되어야 합니다.

⊙ 사람이 살아가는 도중 은행 대출을 비롯한 채무가 없을 수 없는데 채무(빚)에도 개념이 다르다는 것 = 부자의 빚과 가난한 사람의 빚. 무엇이 다를까요?

① 부자의 빚은 빌린 돈으로 수익이 나지 않으면 빚(채무)을 사용하지 않는다. 옷이나 가전제품, 집을 살 때 또는 자동차 등 비싼 제품 등은 있는 돈으로 사든지 아니면 구매하지 않는다. (구매해서는 안 된다는 것입니다) 반면, 가난한 사람들은 빌려서 사면서도 좋은 것을 사며 빚을 져서 안 될 채무를 가지고 있다는 것입니다.

그저 열심히 살았습니다

※ 저는 모르는 데 절대 투자하지 않는다는 원칙을 가지고 있습니다.

⊙ 남들보다 좀 더 풍요로운 삶을 살려면 일을 사랑해야 하고 일의 대가가 곧 성공입니다. 일로 하여 사람은 발전하고 부자가 됩니다. 일은 돈을 저축할 수 있게 하며 일은 행운의 기초입니다. 일은 인생을 즐겁고 행복하게 만들어 주는 요소이므로 일을 사랑해야 합니다. 일의 축복과 결과는 일하기를 즐겨라. 일을 사랑하면 인생이 즐겁고 가치 있게 그리고 풍요롭게 만들 수 있기 때문입니다. 번영과 부를 얻을 수 있는 방법은 노력(일)밖에 없습니다.

⊙ 세상에서 가장 강력한 무기는 무엇일까요? 정답은 바로 지혜입니다. 지혜란? 사물의 이치를 빨리 깨닫고 사물을 정확하게 처리하는 정신적 능력입니다. 지혜는 오직 배움과 경험을 통해서만 얻을 수 있습니다. 주어진 환경과 여건을 탓할 것이 아니라 주어진 환경 안에서 열심히 공부하다 보면 우리도 어느 순간엔가 한 분야의 대가(大家)가 될 수 있습니다. 공부에서 가장 중요한 핵심은 바로 꾸준함입니다. 매일 한두 시간씩이라도 꾸준히 공부하는 사람이 이긴다는 사실입니다.

◉ 공부하는 이유는? 인생의 가치(사물이 지니고 있는 쓸모 있는 상품가치)를 실현하고 목표를 완성하는 것에 있습니다. 배움이란 것에 있어서 중요한 점은 배운 것을 현실 속에서 응용하고 실천할 수 있는 능력으로 전환시키는 것입니다. 사람은 배우게 되면 가장 겸손하게 자세를 낮추게 됩니다. 잘 익은 벼 이삭처럼 이미 머릿속이 학식으로 가득한 사람은 더 많이 배우더라도 겸손하다는 것입니다.

◉ 게으름은 바이러스와 같아서 그 누구도 피할 수 없으며 한번 정착된 게으름에서 쉽게 벗어나기 어렵다고 합니다. 자신이 게으르다는 사실조차도 인식하지 못한 채 하루를 의미 없이 보내기도 하고 또 어떤 사람은 미룰 수 있는 일은 최대한 내일로 미뤄 버리려고 애쓴다고 합니다. 내일부터 하자는 생각은 절대 하지 말아야 합니다. 성실한 노력 없이 지혜를 얻을 수는 없습니다. 아무리 기름진 땅이라도 씨를 심어 가꾸지 않으면 결코 달콤한 열매를 기대할 수 없는 것처럼 아무리 똑똑한 사람이라도 성실하지 못하면 일자무식의 사람보다 우둔한 인간이 될 수 있다는 것입니다.

◉ 열정이란 무엇인가? (어떤 일에 열중하는 마음)
돈도 지식도 훈련된 기술도 경험도 따라잡을 수 없는 그 불가사의한 힘! 보잘것없는 목동 다윗이 팔 척 거구 골리앗을 쓰러뜨리게 만든 그 도깨비 같은 힘! 오직 인간에게만 있는 저 마음속 깊은 곳에 자리한 이 뜨거운 용광로의 정체는 대체 무엇일까? 무언가를 성취하거나 일찍이 성공의 반열에 오른 이들은 하나 같이 뜨거운 열정의 소유자들이었습니다(열정이란 꿈이 가리키고 있는 방향으로 열과 성을 다해 노력하는 육체적 정신적 힘이 원천이라고 할 수 있습니다).

"열정 없이 얻을 수 있는 위대한 것은 존재하지 않는다" 했고 잭 월치도 리더가 갖추어야 할 네 가지 덕목 중 첫 번째로 열정(Energy)을 꼽았습니다. 그만큼 삶과 비즈니스에 있어서 열정이 가진 힘은 막강하다 하겠습니다.

⊙ '열정'을 가진 진정한 프로 기질의 특징을 살펴보면
1) 윗사람이 시키는 것만 하지 않는다. 즉, 열정이 있는 사람은 시킨 것 외에도 해야 할 일을 더 찾아 한다는 뜻입니다.
2) 비용 대비 이익의 개념이 철저하다는 것.
3) 내가 경영자이며 일의 주체라고 생각한다는 것.
4) 끊임없는 연습을 통해 비범함(법에 어긋나다)을 갖춘다.
5) 당장의 이익보다 먼 미래에 맞춰 내가 서 있을 자리를

염두에 두고 생각하고 행동한다는 것.

6) 내가 하고 있는 일에 청춘과 인생을 건다. (즉 신기록을 낸다. 많은 성과를 낸다는 뜻입니다)

⊙ 많은 사람들이 쉽게 착각하는 것 중 하나가 "시간이 우리를 성장시켜 준다"라는 믿음입니다. 나이를 먹고 경험이 쌓이고 세상 사는 일에 노하우가 생기게 되면 예전보다 더 많이 지혜로워지고 더 많이 성장하게 될 거라는 믿음 말입니다. 정말 그럴까? 그렇다면 왜 우리 주위에는 나이 들수록 더 많이 비굴해지고 더 많이 고집스러워지고 점점 더 많은 편견에 사로잡혀 가는 사람들이 많은 걸까요? 아마도 시간에 대한 유일한 진리는 시간은 모든 것을 낡게(혹은 늙게) 만든다는 것입니다.

너무도 당연한 얘기지만 우리의 성장 동력은 바로 나 자신이 만들어 낸 엄격함으로부터 시작된다는 것을 잊어서는 안 됩니다. 귀찮을 정도의 집요한 자기 규제와 자기 관리가 모든 성공의 기본 요소이기 때문입니다.

⊙ 세상은 절대적으로 잘하는 사람을 원하지도 필요로 하지도 않습니다.

그냥 남보다 조금만 더 잘하면 됩니다. 그런데 다른 사람보다 잘하고 있는지 아닌지를 어떻게 판단하느냐? 그것은 남보다 좀 더 하는 것입니다. 사람은 다 거기서 거기입니다. 내가 하고 싶은 만큼만 하고 그 선에서 멈추면 남들도 그 선에서 멈춥니다. 그러므로 남들보다 약간의 괴로움이 추가되었을 때라야 비로소 노력이란 것을 했다고 할 수 있습니다. 남들보다 10분만 더 일찍 출근하고 10분만 더 성과를 위해 늦게 퇴근해야 합니다. 남들보다 1미터만 더 달려 보세요. 당신이 힘들 땐 남들도 힘들고 그들이 거기서 멈출 때 당신은 1%의 프리미엄으로 100%의 경쟁력을 창출할 수 있다는 것을 기억하십시오.

한 뼘 차이는 사소해 보이지만 그것이 바로 인생 커브를 바꾸어 놓는 터닝포인트가 될 것입니다.

⊙ 출세나 성공을 했다고 행복한 건 아닙니다. 사법고시나 행정고시 합격하여 검·판사 또는 정부 또는 지방 자치 단체 고위 공무원이 되었거나 사업을 하여 회사를 많이 키웠다고 행복한 건 결코 아닙니다. 행복은 인간관계에서 나온다는 것입니다. 성공과 출세보다 중요한 것이 가정의 화목이라 생각합니다. 성공과 출세는 행복하기 위한 필요조건이지만 가정의 화목은 행복을 위한 충분조건이기 때문입니다. 성공과 출세를 못 해도 행복할 수 있으나 가정이 화목하지 못하면 행복할 수가 없습니다. 공자도 2,500년 전에 가화만사성(家和萬事成)이라

한국해양대학교 전기 석사학위수여 축하식

고 했습니다. 즉, 가정이 화목하면 모든 일이 잘된다는 것입니다. 사람이 살아가는 데 피할 수 없는 것은 일과 사람과의 관계입니다. 이러한 상호 관계에서 수직적 관계인 부모나 자녀, 스승과 제자. 어른과 아이, 상사와 부하 등과 수평적 관계인 부부, 형제, 친구, 동료, 이웃들과 원만한 관계를 이루며 살아갈 때 그 사회는 행복한 것입니다.

⊙ 큰 성과는 작은 가치 있는 것들이 하나하나 모여 이룩된 것입니다. 확실한 결과를 얻으려면 한 걸음 한 걸음을 충실하고 힘차게 밟아야 합니다. 열심히 일을 해야 합니다. 열심히 인하지 않고는 좀 더 나은 인생을 바랄 수 없다는 것을 잘 알아야 합니다.

그저 열심히 살았습니다

자랑스러운 성주인상 트로피

그 어떠한 고통과 고뇌, 역경도 인내하며 감수하겠다는 강인한
의지가 있는 자만이 작은 성공이라도 할 수 있다고 생각합니다.

⊙ 이 세상은 승자만을 사랑한다고 합니다.
※ 우리의 성공은 경쟁에 있는 것이 아니라 창의에 있습니다.
　남을 짓밟지 말고 머리를 써서 성실과 열정으로 성공해
　야 합니다.

저는 낮에 활동량이 많아 저녁이면 푹 좀 쉬어야 하는데,
부족한 부분을 채우기 위해 늦게까지 공부하고 아침에 일찍
일어나다 보니 몸을 너무 혹독하게 사용해 큰 수술을 받았습

니다. 회주스님과 많은 분들의 기도와 염려 덕분에 회복이 잘 되고 있습니다. 이 점 깊이 감사를 드립니다.

여러분! 지금 하고 있는 업무에 더한층 충실하는 것도 성공을 향한 첫걸음이 될 수 있습니다. 아무쪼록 건강하시고 열정을 잠재우지 말고 일깨워야 합니다. 늦었다고 포기하지 말고 뭐든지 용기 내어 도전하여 성취하십시오.

끝으로 자리를 같이한 모든 분들과 함께 지혜와 자비로움으로 선업을 쌓아 건강하고 평화롭고 좀 더 행복한 삶이 되시기를 기원합니다.

끝까지 경청해 주셔서 고맙습니다. 감사합니다.

재부대구경북 향우회 우방우 회장님, 이윤희 수석 부회장님, 오지 탐험가 도용복 회장님과 라운딩 시 부산시시에서

그저 열심히 살았습니다

정초기도 특별 법문 강의

장소 : 대한 불교 조계종 관음사
일자 : 2023. 01. 29. [음 1월 8일]

여러분 반갑습니다. 고유의 명절인 설 연휴 즐겁게 잘 보내셨습니까?

이 자리에 참석하신 모든 분들이 불심에 대한 믿음과 사랑이 저보다는 높으시고 훌륭하신 분들이신데, 제가 여러 불자님 앞에 서서 법문을 강의한다는 것이 송구스럽기도 합니다. 미흡하더라도 넓으신 아량으로 이해를 바랍니다.

평소 관음사를 사랑하는 불자님 여러분! 이 지역 여러 불자님들과 이웃에게 부처님의 말씀으로 위안과 삶에 울과 힘이 되어주고 계신 회주 지현스님을 위시한 여러 대중스님들의 헌신적인 노고에 진심으로 감사 말씀과 아울러 감사의 박수 한번 보내 드리십시다. 감사합니다.

한정된 시간에 마치기 위해 리포트 식으로 준비했습니다.

불교의 성립과 부파 불교의 성격 및 소승불교와 대승불교, 성립과 발전. 인도 불교의 쇠퇴와 중국으로의 전파 및 중국 불교의 확립, 또한 한국과 일본으로의 전파 등등의 전문적인 법문의 말씀은 훌륭하신 회주 지현스님을 위시한 여러 대중 스님들께 평소 많이 경청하셨고 또한 앞으로 말씀 들을 기회가 많을 것으로 생각합니다.

저는 사업과 사회생활 속에서 생활 법문이 어느 정도 포함되어 있어, 저 나름대로 가지고 있는 삶의 철학과 풍요롭게 잘살기 위해서는 열정적으로 남들보다 부지런하고 일을 많이 해야 좀 더 잘살 수 있다는 사고와 제가 사업을 하면서 느낀 경험담 등으로 여러 불자님들에게 조금이나마 도움이 될 말씀을 드려 볼까 합니다.

생활 법문은 경우와 원칙을 준수하는 것부터 시작해서 정직해라. 간음하지 말라. 남의 재산을 탐하지 말라. 등등이 아니겠습니까? 부처님의 가르침이 헛되지 않도록 자비와 보리심으로 모든 생명을 소중히 여기면서 "해서 안 될 일은 하지 말고 해야 할 일은 어렵고 힘들더라도 꼭 하는 사람"이 되어야 행복할 수 있습니다.

옛말에 "의식이 풍족해야 염치를 알고 창고가 가득 차야 예의가 일어난다"라는 말이 있듯이 옛날에는 의식주가 그토록

그저 열심히 살았습니다

어려워 염치와 예의도 배가 불러야 찾는다는 뜻입니다.

제가 어릴 적만 해도 오전에 어른을 만나면 "아침 드셨습니까?" 점심때 윗사람을 만나면 "점심 드셨습니까?" ~ 그만큼 끼니를 거르는 사람들이 있었기에 첫 인사가 '식사를 하셨는지?'가 우선이었는데, 요즈음에는 "반갑습니다" 아니면 "안녕하셨습니까" 하는 인사를 하는 분들이 많으시죠.

최근에는 의식주를 걱정하는 사람은 없을 정도로 자기만 부지런하면 의식주만은 걱정하지 않아도 될 좋은 시대에 우리는 살고 있습니다.

인간의 능력은 보잘것없다고 하는 사람들이 있지만, 정작 세상을 지배하는 것은 인간입니다. 왜냐하면 인간만이 유일하게 생각할 줄 알기 때문입니다. 인간은 태어날 때부터 생각할 줄 안다는 것입니다. 어린아이도 배가 고프면 울음으로 생각을 표현하고, 너무 덥거나 불편하면 울음으로 나타내기도 합니다.

사람은 생각하지 않으면 반드시 길을 잃는다는 것입니다. 그런 점에서 생각하는 사고는 개인이 성장하고 성숙하기 위해 반드시 걸어야 하는 길이라 하겠습니다. 생각하지 않으면 성장할 수 없고 발전할 수 없을 뿐만 아니라, 올바른 인격체로 성숙할 수 없기 때문입니다. 사람은 어느 정도 성장하면 삶을 고민하고 자기 자신을 생각해야 비로소 그 속에서 깨달음을 얻을 수 있고, 더 나은 삶을 위한 발판을 마련할 수 있기 때문입니다.

사회생활이나 회사생활에서도
기본에 충실하라

삶의 기본은 원칙과 상식 지키기입니다.

행복은 더 가진 것에서 오는 것이 아니라 이미 가지고 있는 것을 감사하는 데서 온다는 것입니다. '이미 가진 것이 없다'라고 반문하는 사람이 있을지 모르지만 가진 것은 금전적인 부만이 아니라 건강한 육체, 앞을 볼 수 있는 좋은 눈을 가진 것도 큰 자산이요, 두 다리가 튼튼하여 걸을 수 있는 것도 값진 자산이며, 말을 할 수 있고, 각종 음식을 먹을 수 있는 건강한 치아를 가진 것도 자산인 것입니다.

존경하는 불자님 여러분!

누구에게나 주어진 하루 24시간은 똑같이 공평하게 주어지지만 그 주어진 24시간을 한결같이 어떻게 활용하는가, 또는 했는가에 따라 10년, 20년 많게는 30~40년 후에는 삶이 크

그저 열심히 살았습니다

게 차이가 날 수도 있는 것입니다.

사람의 능력은 크게 다르지 않지만 시간을 쓰는 능력이나 노력의 정도에 따라 삶이 달라질 수가 있는 것이 아니겠습니까?

부지런한 사람은 시간의 가치를 알고 시간을 절약하고 게으른 사람은 시간의 가치를 몰라 그냥 허비해 버립니다.

자신을 위해 시간을 값지게 쓰는 사람만이 행복할 자격이 있다고 생각하며 시간을 값지게 사용하는 사람은 행복의 양이 많을 것입니다.

시간 효용의 법칙은 자기 삶에 가장 중요한 성과를 위해 좀 더 가치 있게 시간을 잘 쓰는 일입니다. 일을 해도 좀 더 영양가 있는 일을 열심히 해야 성과라고 할 수 있는 것입니다.

자투리 시간을 어떻게 활용하는가에 따라 인생 터닝포인트, 삶이 달라질 수 있는 것입니다. 우리는 시간의 소중함을 더한층 깊이 인식해야 하겠습니다.

인간의 본성이 무엇이며 인간 본성에 따라 인간답게 살기 위해 어떻게 해야 좀 더 건강하고 행복하게 오래 살고 좀 더 수월하게 잘살 수 있을까? 정답은 많지만 그중 보편적인 정답은 일을 사랑하고, 즐거운 마음으로 하고 있는 일을 열심히 하는 것입니다. 사람도 게으름을 선호하는 동물이라 일하기를 좋아하지는 않지만 일로 하여 가정을 풍요롭게 하는 동시에 인생의 가치를 실현할 수 있기 때문에 일을 열심히 해야 하는 것입니다.

앙케트 조사에서 학력이 높을수록 일하는 시간이 많은 것으로 나타났습니다. 고등학교 졸업자보다는 대학 졸업자가 일하는 시간이 많고 대학 졸업자보다는 대학원을 졸업한 사람이 일하는 시간이 많다는 것입니다.

많이 배우고 많이 알고 있는 사람이 일을 많이 하니까 잘살 수밖에 없지 않겠습니까?

성공하고 승리하는 사람의 특성

첫째 : 절대 긍정
(긍정은 지옥에서 극락세계로 갈 수 있는 힘을 가지고 있다고 합니다).
둘째 : 항상 감사.
셋째 : 오직 초심.
넷째 : 뚝심 일관

• 이 세상에 가장 지혜로운 사람이 누구인가?
'어떠한 경우에도 배움의 자세를 갖는 사람'이라고 합니다.
• 이 세상에서 제일 강한 사람은 누구인가?
'자신과의 싸움에서 이기는 사람'이라고 합니다.

그저 열심히 살았습니다

• 그리고 이 세상에서 가장 행복한 사람이 누구인가?

'지금 이 모습 그대로 감사하면서 성실히 사는 사람'이라고 합니다.

아리스토텔레스(고대 그리스의 철학자)는 "행복은 감사하는 사람의 것"이라 했고. 인도의 시성 타고르는 "감사의 분량이 곧 행복의 분량"이라고 했듯이 사람은 감사한 만큼 행복하게 살 수 있다는 것입니다.

행복해서 감사한 것이 아니라 "감사하기 때문에 행복해진다"고 합니다.

한국해양대학교 대학원 재학시 교수님들과

빌 헬름 웰르(독일의 시인)는 "가장 행복한 사람은 가장 많이 소유한 사람이 아니라, 가장 많이 감사하는 사람"이라고 말했습니다.

결국 행복은 소유에 정비례하기보다는 감사에 정비례한다는 것입니다.

아무리 지식과 권세와 부를 많이 쌓아 놓았다고 해도 감사와 사랑이 없으면 진정 풍요로운 삶을 누릴 수 없습니다.

사랑과 감사가 없는 마음은 지옥과 같고 감사가 없는 가정은 메마른 광야와 같다는 것입니다.

감사는 '행복의 원료이며 풍요로운 삶의 재료'라고 합니다.

감사는 '인생을 성공으로 이끄는 에너지'라고도 합니다.

인생은 미래에 무슨 일이 생길까에 대해 의미 없는 상상과 걱정을 하지 않으면 근심이 사라지고, 과거에 이미 일어난 일에 연연해하지 않으면 후회도 사라진다고 합니다. 그러니 "근심과 후회 없이 지금을 즐기면서 살아라"라고 전문가들은 말하고 있습니다.

"어제와 내일에 대한 생각에 사로잡히지 않으면 몸과 마음이 모두 편안해진다"라고 하고 있습니다.

"밥 먹을 때는 식사에만 집중하고, 놀 때는 노는 일에 흠뻑 빠져라"라고 합니다.

이렇게 일분일초를 알차고 활기차게 보내면 자연스레 삶의

그저 열심히 살았습니다

기쁨을 느낄 수 있다고 합니다.

다른 사람이 위풍당당하다고 부러워하지 말고 항상 스스로에게 물어보라고 합니다.

"나는 무슨 책임을 질 수 있지?"

기억하십시오. 책임에는 부담과 대가가 따르고 그 뒤에는 성장과 성숙 그리고 성공이 기다린다는 것을! 그렇기에 모든 일은 책임질 만한 가치가 있는 것입니다.

"인생에서 첫 번째로 해야 할 일은 바로 나 자신을 제대로 알고 나의 정확한 자리를 찾는 것이다"라고 하고 있습니다.

인생이 매력적인 것은 어려운 고난과 역경을 극복함으로써 지혜가 늘어나고 지혜가 쌓인다는 것입니다.

사람이 살다 보면 항상 즐거운 날만 있는 것도 아니고, 항상 고통스러운 날만 있는 것도 아니죠. 기쁨을 빼앗고 힘들게 하는 무거운 짐은 누구에게나 있기 마련입니다.

행복하게 살아가려면 무엇보다 성실해야 하며 예의 바른 인사성이 있어야 하고, 적은 것에도 감사할 줄 아는 마음과 겸손할 줄 알아야 합니다.

사회 기반 시설

국민건강보험을 비롯한 모든 보험과 식자재가 풍부해졌고, 보건 위생에 대해 영양가 있는 음식을 많이 먹음으로써 과거 옛날보다 15~20년 이상 수명이 연장되어 100세 시대를 맞고 있습니다.

70세 나이에 외국어를 배우기 시작하고 컴퓨터를 배우고 인생 한계에 도달했다고 느끼거나 생각이 올 때 그때가 바로 인생 새 출발을 도전할 때라고 많은 학자들은 말하고 있습니다.

무엇이든 도전하십시다. 나이가 많은데 내가 무엇을 하겠느냐~ 하는 생각은 스스로 노화를 부르는 것과 같다고 합니다.

남들보다 좀 더 풍요로운 삶을 살려면 일을 사랑해야 하고 일의 대가가 곧 풍요로움입니다. 일로 하여 사람은 발전하고 부자가 됩니다.

열심히 일을 해서 부를 창조하면 나누고 베푸는 것이 참다운 지혜라고 생각합니다.

일은 돈을 저축하게 할 수 있게 하며, 일은 행운의 기초입니다. 일은 인생을 즐겁고 행복하게 만들어 주는 요소이므로 일을 사랑해야 합니다.

일의 축복과 결과는 "일하기를 즐겨라", 일을 사랑하면 인생이 즐겁고 가치 있게 풍요로울 수 있기 때문입니다. 번영과 부를 얻을 수 있는 방법은 노력(일)밖에 없습니다.

완벽한 사람은 없습니다. 오직 자신의 부족함을 잘 아는 사람과 잘 모르는 사람만이 있을 뿐입니다.

우리의 가장 큰 스승은 사람들과의 관계 속에서 얻는 배움입니다. 하버드대 출신이 쓴 『인생을 어떻게 살 것인가』라는 책에서는 "성공하고 싶으면 배움을 즐겨라"라는 글귀와 "늦었다고 생각할 때가 가장 빠를 때이다"라는 이야기를 하고 있습니다. 하버드대 독서실의 30가지 명훈 중에서 제 입장에 와닿는 몇 구절을 읊어보면 "지금은 잠을 자면 꿈을 꾸지만 공부를 하면 꿈을 이룰 수 있다"라는 대목과 "배움의 고통은 잠깐이지만 배우지 못한 고통은 평생이다"라는 글입니다. 이를 읽고 전문대 2년을 졸업한 저는 같은 해에 용기를 내어 동아대 정치외교학과 3학년과 해양대학교 경제학과 3학년에 편입시험을 치러 두 군데 다 합격하였습니다. 저는 사업을 하고 있는 중소기업 CEO이지만 정치를 하고 싶은 욕망이 있었으나 가족이 극구 반대하여 정치학과를 포기하고 해양대 경제학과 3학년에 편입하여 늦게나마 제가 그토록 동경했던 학사 학위를 받고 보니 공부만큼 나 자신에게 가장 생산적이고 값진 투자는 없다는 점을 깨닫고, (공부하는 시간이 그렇게 행복할 수가 없어) 또다시 석사 과정에 도전하여 2년을 더 공부하여 학기말

시험이나 석사 졸업 시험을 보면서 머리에 진물이 날 정도로 힘들고 어려운 시험을 거쳐 졸업 시험에 합격하여 석사 학위를 취득하여 졸업식에서 학과별 한 사람에게만 주는 최고상인 총장상을 수여 받았습니다.

졸업 후 늦게나마 포기하지 않고 못 한 공부를 하여 그렇게 동경했던 학사 학위와 석사 학위를 취득하고 나니, 사회생활에서 보이지 않는 자신감을 얻게 되었습니다. 행복하면서도 힘들었던 4년이 후딱 지나가 짧게만 느껴졌습니다.

누구나 어떤 일이든 시작은 망설여지지만 세상은 용기 있는 사람의 손을 들어 준다는 것에 주목해야 합니다.

도전은 아름다운 것이며 도전은 새로운 것을 창조하고 혁신하는 기본적인 발판이라고 생각합니다.

사업과 사회생활의 높고 넓은 고차원적 인간관계. 공부는 끝이 없다는 걸 느끼고 있으며, 학교에서 배울 수 없는 인생 선배들로부터 인생 공부, 보고 듣고 많이 배우고 있습니다.

배움이 학교에서 배운 공부뿐만 아니라 인생 공부 역시 끝이 없다는 것을 느끼면서 좀 더 낮은 자세로 겸손한 삶을 살기 위해 노력하며 인생 공부 열심히 하고 있습니다.

사람은 타고난 재능이 아닌 노력과 열정을 통해서만 빛날 수 있다는 사실. 천재들이 모인 명문대 학생들도 여러 선배들

그저 열심히 살았습니다

의 경험을 통해 배우고 있다고 합니다.

행복한 미래를 준비할 수 있는 유일한 방법은 현재에 충실하며 하고 있는 일에 더욱더 열심히 노력하는 것입니다.

행복의 유형은 많지만 해서 안 될 일은 하지 말아야 하며, 해야 할 일은 힘들고 어렵더라도 꼭 해야 행복할 수 있는 것입니다.

행복은? 내가 안정감을 가질 때와 사랑하는 사람과의 관계가 돈독할 때 직장에서나 가정이 평온할 때가 가장 행복한 것입니다.

다음 또 한 가지는 내가 남을 위해 좋은 일을 하고 많은 사람들로부터 칭찬을 받을 때가 행복하다고 생각합니다.

가능한 한 신용카드 사용을 줄이고, 소유하고 있는 돈으로 꼭 살 것은 사고, 지출을 억제해야 저축이 늘어남으로 행복감은 커지고 물질적 부를 지니는 즐거움과 물질적 부를 누리는 즐거움 또한 여유 있는 즐거움과 비난받을 일이 없는 즐거움으로 행복의 양이 많아질 수 있는 것입니다.

사람은 누구나 황금기 같은 좋은 시절을 다 보낸 후에야 좀 더 보람 있게 살지 못함을 후회하는 사람이 많습니다.

♧ 인생이 이토록 짧을 줄 알았다면, 걱정만 하고 살지 않았을 것을!

♧ 예민하고 자존심 강한 사람일수록 걱정이 많다고 합니다.

♧ 사람들은 행복하기 위해 최선을 다하는데, 왜? 여전히 불행할까?

※ 어느 칼럼에서 설문 조사를 해 보았는데~

- 더 많은 돈을 벌지 못해서

- 가족을 좀 더 잘 챙기지 못한 것, 혹은 여행을 마음껏 하지 못한 것을 후회할 줄 알았더니 그러나 의외의 결과가 나왔다고 합니다.

- 사람들이 가장 후회한 일은 너무 걱정만 하며 살았다는 것입니다.

실제로 우리의 걱정 중 96%는 쓸데없는 걱정이라는 연구 결과가 나왔습니다. 걱정을 많이 하는 사람일수록 몸과 마음의 스트레스로 인해 각종 통증과 염증, 나아가 우울증에 시달린다고 합니다. 중요한 것은 대부분의 현대인이 이 증상을 많이 겪고 있다는 사실입니다.

이런 증상으로 고생하지 않고 행복해지고 싶다면, 둔감하게 살아야 한다고 합니다. ('둔감하게'의 뜻은 감정이나 감각이 무디다, 너무

그저 열심히 살았습니다

예민하지 않은 것을 말합니다.)

건강하고 즐거울 수 있는 팁 하나 드리겠습니다.
잘 들으셔서 노력하시면 도움이 될 것입니다.

• '몸에서만 나오는 만병 치료제'라고 할 수 있습니다.

사랑할 때 나오는 도파민 : 도파민은 뇌신경 세포들 간에 신호전달 기능을 하는 중추 신경계의 신경전달 물질입니다.

웃기만 하면 나오는 엔도르핀 : 엔도르핀은 뇌에서 행복할 때 나오는 모르핀과 같은 진통 효과를 가지는 물질입니다. (모르핀은 아편 주성분과 같은 마약성 진통제입니다)

편안한 마음에서 나오는 세로토닌 : 세로토닌은 모노아민 신경전달 물질입니다. (모노아민은 산화 효소 억제제입니다)

즐거울 때 나오는 다이돌핀 : 다이돌핀은 살아가면서 감동받고 기쁠 때 생성되는 물질입니다. (엔돌핀의 4천 배 효과가 있다고 합니다)

위, 도파민, 엔도르핀, 세로토닌, 다이돌핀 등이 많이 나오도록 노력하셔서 항상 건강하시고 행복하시길 바랍니다.

끝으로 많은 사람들의 지나친 내일 걱정이 오늘을 힘들게 한다고 하니 필요 없는 걱정하지 마시고 마음이 울적하거나 불안할 때는 관음사 청정도량 수광보전이나 원통보전 부처님 앞에 오셔서 기도와 명상의 시간을 가지면 걱정이 사라지고 머리가 맑아지며, 부처님의 큰 가피가 있으실 것입니다. 희망찬 계묘년에 항상 건강하시고 행복하시길 바랍니다. 제 말씀을 끝까지 진지한 자세로 경청해 주셔서 대단히 감사합니다.

재부, 대구, 경북 향우회 등재식 우방우, 이윤희, 황성일 회장님과 적십자사 서정의 총재님과 함께

그저 열심히 살았습니다

정초기도 7일째 법문 강의

대명절인 연휴 즐겁게 잘 보내셨습니까. 복 많이 받으시고 갑진년 내내 건강하시기를 진심으로 기원합니다. 아주 편한 자세로 경청해 주시면 좋겠습니다.

오늘 자리를 같이하신 많은 분들이 불심에 대한 사랑과 믿음이 아주 높으시고 훌륭하신 분들이신데 많은 불자님 앞에서 법문에 대한 강의를 한다는 것이 송구스럽습니다.

사회생활 법문

사업을 하면서 느낀 상황과 맞닥뜨린 이모저모를 말씀드릴까 합니다.

평소 관음사를 사랑하는 불자님 여러분, 이 지역 사회에서 불자님뿐만 아니라 이웃들에게도 부처님의 좋은 말씀으로 위안과 삶의 울과 힘이 되어주고 있는 회주 지현스님은 이 지역에 없어서는 안 될 빛과 소금 역할을 해 주시는 고마운 분이십니다. 회주 지현스님과 많은 대중스님들의 노고에 진심으로 감사의 말씀과 아울러 큰 박수 한번 부탁드립니다.

불자님 여러분, 행복하기 위해서는 좀 더 부지런해야 합니다. 즉 돈만이 자산이 아니라 성실함이 큰 자산인 것입니다. 언제 어디서나 정직하고 겸손해야 하며 예의 바른 생활, 남들과 대화할 때도 남의 말을 들어주는 경청의 자세가 필요합니다.

저는 32살에 첫 사업을, 돈이 많이 들지 않는 블록, 벽돌 공장을 시작하여 범죄자들이 우글거리는 아지트에서 겁 없이 사업을 하면서 그때는 경기가 좋아 제품을 생산만 해서 양생이 좀 덜됐어도 서로 달라고 하는 그럴 때였습니다. 품귀 현상으로 참 잘되어 기반을 그런대로 잡았습니다.

정직하게 상차 실명제를 실시하여 벽돌 한 장도 덜도 더도 아닌 올곧은 마음으로 소비자들에게 신의와 신뢰로 다가서며, 언제라도 숫자를 세어서 모자랄 때는 결제했던 제품 대금도 숫자가 부족한 만큼 다 마이너스 하셔도 좋다 하고, 정직하게 열심히 노력하니까 큰 어려움 없이 IMF도 모르게 무난하게 넘길 수 있었습니다.

처음 수동으로 생산하는 기계로 시작하여 나중에는 공장부지 땅도 사고 또 전자동 성형 유압기 두 대, 한 번 찍으면 42장 한번 찍으면 50장, 가다만 바꿔 넣으면 4인치, 6인치, 8인

그저 열심히 살았습니다

치 벽돌 인트로킹이 나오는 기계, 사람이 손을 안 대고도 바로 적재되는 큐빙기까지 설치하였습니다.

일일 생산 캠퍼 약 15만 장 이상을 매일같이 생산하여 검사 규정과 또 KS 강도를 공업진흥청에 제가 건의해 검사 규정을 바꾸고, 또 KS 강도를 60kg에서 80kg로 변경해 국가의 인증 강도를 또 바꿨습니다.

1978년 8월 15일 창업하여 1994년 3월까지 약 16년간 콘크리트 사업을 하다가 아파트 관리령이 강화되어 사양 사업이 되는 바람에 1994년 4월부터 레미콘 사업으로 전환하여 금년 8월 15일이 되면 창립 46주년을 맞이하게 되었습니다.

존경하는 불자님 여러분, 오늘날 불교 정신과 문화는 국민들의 삶을 향기롭고 풍성하게 만들 수 있는 울림을 주고 있습니다.

회주 지현스님의 법문을 들으면 자신과 이웃의 인연을 깨닫게 되고 모두를 차별 없이 존중하고 배려하는 자비심을 배울 수가 있었습니다. 불교의 화합과 차별 없는 정신은 우리에게 큰 교훈을 주셨습니다.

얼마 전까지만 해도 사람 수명이 백세시대를 맞이했다고 좋아했지만, 앞으로는 건강관리 잘하시면 120세까지 거뜬히 살 수 있는 것으로 입증되고 있습니다. 의술의 발전과 각종

한국해양대학교 경제학 석사학위 수여식에서

한국해양대학교 경제학과 석사학위 졸업식 때 가족과 함께

그저 열심히 살았습니다

식자재의 향상 및 보건위생 관념이 높아졌기 때문이기도 하며, 결정적인 큰 원인은 음식을 먹을 수 있게 돕는 임플란트의 발전, 앞을 잘 볼 수 있게 돕는 백내장 수술, 심장마비의 원인인 심혈관 질환 시술의 발전과 여러 가지 의술의 발전 덕분이 아닌가 생각합니다.

암 환자도 최근 세포만을 죽이는 새로운 치료법이 생겨 암세포가 많이 퍼져 살기가 어렵다는 분이 멀쩡하게 암세포를 없애는 암세포 표적 치료를 받고 완치된 분이 제 주위에도 한 분 계십니다.

존경하는 불자님 여러분, 행복해지려면 먼저 일을 사랑하고 일할 수 있다는 것을 큰 복으로 생각하셔야 합니다. 가장 행복한 사람이 누구인지 알아내기 위한 연구 결과 자기가 하는 일을 좋아하고 일하는 동안 몰입 상태를 자주 경험하는 사람, 가족이나 친구와의 친밀한 관계를 즐기는 사람, 결혼생활이 행복한 사람, 종교적 신념이 강한 사람, 몸과 마음이 건강한 사람이라고 합니다.

행복한 사람은 자신감이 넘치고 자기 자신을 좋아한다고 하며, 자기 효능감도 높다고 하고, 자기 효능감을 키우면 어려움이 닥쳐도 정복해야 할 흥미로운 도전으로 여긴다고 합니다. 또한 다양한 분야에서 작은 성공 큰 성공을 거둘 수 있는 일상적인 기준에서 조금이라도 더 행복하게 살며 삶의 각 분야에서 목표를 어느 정도 달성하는 데 긍정적인 영향을 미칠 뿐 아니라 더 건강하고 면역체계도 튼튼하여 남들보다 오래 살 수 있다고 합니다.

미소, 웃음, 싱글벙글 같은 단어를 자주 사용한 사람들은 그런 단어를 거의 혹은 전혀 사용하지 않는 사람들보다 6년 반이나 오래 살았다고 합니다. 그래서 평소 사람을 마주할 때 자주 잘 웃으시고 싱글벙글하시면서 그런 단어를 자주 사용하며 사시면 개인에게도 좋고 대화를 하는 사람한테도 즐거움을 선사하는 것입니다.

다양한 방법으로 감사를 표현한 사람은 삶의 만족도와 희망을 높이는 힘을 갖고 있는 사람이라고도 합니다. 희망을 높이는 힘을 갖고 있는 사람이 되기 위해서는 기분이 좋지 않았던 일이 있더라도 절대로 내색하지 말고 상대에게 웃으면서 싱글벙글 대하시는 것이 좋다는 말씀입니다.

그리고 운동과 취미 생활을 꾸준히 하는 사람은 취미 생활을 하지 않는 사람보다 7, 8년을 오래 산다는 연구 결과도 있습니다.

부자란 어떤 사람인가?

자기 운명에 만족하는 사람이 부자라고 합니다. 지식은 보고 듣고 카피하는 것입니다. 잘 아시겠지만 우연한 성공은 없습니다. 어려울 때 태어나 공부를 많이 못 했다든지 힘들게 사신 분들은 절에 오셔서 스님들 법문 듣고 보고 배우는 것이 지식을 습득하는 길입니다.

행복한 내일, 더 나은 내일을 위해서는 오늘 무엇이든 도전하고 무슨 일이든 효용 가치 있는 일을 찾아 열심히 해야 합니다. 미래는 도전하는 사람의 것입니다. 이 시대 가장 요구되는 것은 패기입니다. 패기, 의욕 뭐든지 하면 된다는 마음으로 도전하는 것. 오늘 하루하루 열심히 일을 찾아 노력해야만

부산컨트리클럽 서정의 이사장님과 임원 라운딩 시

내일이 새롭게 달라지며 내일이 더 행복해지기 때문입니다.

인간은 교육의 산물입니다. 늦었다고 하지 말고 무엇이든 자기만의 원이 있다면 용기 내어 도전하십시오. 안주할 것인가, 도전할 것인가. 실패하는 것을 두려워하지 말고 아무것도 하지 않는 것을 두려워해야 합니다.

며칠 전 92세 할머니가 초등학교를 졸업하여 기뻐하는 모습이 조선일보에 보도되었습니다. 새로운 도전은 아름다운 것이며 마음이 새로워집니다. 성공은 99% 실패에서 나온 1%의 성과라고 합니다. 우리나라가 농사를 지을 때 미국과 영국

2024년 5월 19일 관음사 수광보전에서 회주지현스님과 권선복 회장과 함께

그저 열심히 살았습니다

은 공업국이 되어 직장에서 회사 생활을 하는 사람이 60% 넘었다고 합니다. 우리나라 대한민국이 이처럼 비약적인 발전을 할 수 있었던 것은 바로 인적자원 교육의 힘이었다고 많은 학자가 말하고 있습니다. 세계에서 우리나라가 학력 수준이 제일 높습니다. 그래서 많이 배우고 많이 가르쳐 우리나라가 발전하는 데 큰 몫을 했다는 학자님들이 많습니다.

최근 상상도 할 수 없을 정도로 급속도로 새로운 삶의 변화가 시작되고 있습니다. 소비 트렌드, 소비 성향이라 하기도 합니다. 소비 트렌드가 많이 바뀌고 있습니다. 싸고 하자가 없는 제품을 소비자가 믿고 구입하고 언제라도 교환을 요구하더라도 친절하게 고객의 요구에 순응하는 기업과 가게 매장들이 발전할 수 있는 것으로 나타나고 있습니다.

또한 QR코드로 구매 시간과 경비를 절약 할 수 있는 이점, 경제적인 소비 트렌드가 각광받고 있는 것이 사실입니다. 하루 4,500억 개의 문자 메시지가 오가고 있고 AI 인공지능 시대가 급속도로 진행하고 있습니다. 지난 300년의 변화보다 앞으로 3년 동안의 변화가 더 많이 발전할 것으로 모두 예측하고 있습니다.

존경하는 불자님 여러분, 금년 4월 10일 총선에서 선거를 잘해야 합니다. 각종 잘못된 정책들을 바로잡고, 흔들리고 있는 민주주의를 똑바로 세울 수 있는 정당을 찾아 귀중한 한 표 한 표를 행사해야 합니다.

우리나라는 정치인들이 정치만 좀 잘한다면 정말 살기 좋은 나라가 될 것입니다. 현재 정치인들의 대립과 논쟁을 보고 있으면 상대방을 배려하며 포용하는 화쟁(和諍) 사상과 서로 다른 생각을 가질지라도 화합하고 소통하는 원형 회통 정신이 어느 때보다도 필요하다고 느껴집니다. 그래서 4월 10일 선거가 제2의 6·25와 같다고 하며 아주 중요하다고 말하는 사람이 아주 많습니다.

세상이 왜 이런지 할 말은 좀 해야 법치주의가 바로 선다고 보고 바른 말을 조금 할까 합니다. 세상이 말세가 된 건지 아니면 망조가 든 건지 정말 모르겠습니다. 한때 동방예의지국을 자랑했던 이 나라 대한민국이 어떻게 이렇게 망가질 수 있는 것입니까. 아무리 좌파 정권 몇 번을 거친 결과라 하지만 망가져도 너무 망가지고 있습니다. 국민들의 귀감이 되어야 할 국회의원 일부가 자유 대한민국을 자기들 마음대로 하려고 하고 있습니다. 사회 질서가 무참하게 무너져 가고 있습니다.

원칙과 기준도 사라졌습니다. 정의와 예의는 석기시대 유물이 되었습니다. 한 술 더 떠 도덕과 공경과 효는 박물관에 박제되어 옴짝달싹 못 하는 것 같습니다. 법치가 파괴되고 헌

그저 열심히 살았습니다

법이 조롱당하고 규칙과 규정까지 걸레가 되었나 봅니다.

우리 사회의 잘잘못을 걸러내는 공기(公器)적 역할보다 오히려 악의 펌프질만 해대는 언론들, 죄와 벌이 같아야 한다는 정의의 여신을 보란 듯이 비웃는 정치꾼들이 설쳐대는 법조계, 서민들의 복리후생보다는 정권타도 체제전복에 매몰된 폭력 노조들, 나라가 망하건 공산화되건 나는 알 바 없다면서 입을 굳게 닫아버린 지식인과 학자들, 온갖 거짓, 음모, 조작, 공작, 사기를 버무려 농단이란 양념으로 국민들 영혼을 파탄내고 있는 문화예술계, 정의보다는 불의, 원칙보다는 변칙, 공정보다 불공정이 판쳐도 눈과 귀를 닫아버린 정치 청년들과 학생들, 주사파 종북좌파, 간첩단 빨갱이들이 설쳐도 자유 대한민국이 공산화 사회로 확 기울여지고 있어도 두 눈으로 보고도 교회에서나 성당에서 눈만 뜨면 촛불과 꽹과리 들고 대통령 탄핵과 정권 타도를 외치는 얼빠진 시민단체들, 근현대 역사를 비틀고 뒤집고 왜곡해 폭동이 민주화되고 눈을 감아버린 역사학자들, 나라가 망한다며 목소리를 높이면 반대로 정신병자 취급하는 국가, 부처님, 이 총체적 난국을 어찌해야 합니까.

자유민주주의를 성공하고 그나마 경우와 원칙을 세워나가고 있는 선한 국민들은 '차마 이렇게까지' 하고 믿지 않는 현실이 서서히 진실로 나타나고 있습니다. 저도 사실상 유튜브

나 언론들이 그렇게까지 하겠나 생각했습니다. 그런 의아심을 가졌던 사실들이 지금 그대로 현실로 나타나고 있습니다.

선거 사범을 임기 4년간 미뤄오는 이해할 수 없는 사법부의 현실, 공평 정대해야 할 법관들의 편파적인 현실은 납득할 수가 없습니다.

이와 같은 참상을 보시고도 4월 10일 줏대 없이 아무렇게나 귀중한 주권을 함부로 행사하시겠습니까. 우리 모두가 정신 차리고 투표를 정말 잘해야 합니다.

그래도 대한민국에 국운이 있어 지금 윤석열 대통령 같은 분이 대통령을 맡고 있는 것은 그나마 다행이라고 생각해야 합니다.

1929년 인도의 시인 타고르는 우리나라 대한민국을 동방의 등불이라 했건만 100년이 되어가는 지금의 대한민국은 동방의 등불이 아닌 저주의 횃불이 되었으니 한심하지 않을 수가 없습니다.

수없이 독립운동 하다가 돌아가신 분들을 생각해서라도 우리는 정말 정신을 차리고 투표를 똑바로 잘해서 잃어가는 민주주의를 되찾고 잘못된 정책들을 바로잡아야 합니다. 할 일이 참 너무 많습니다. 책임과 사명을 정말 다했으면 좋겠습니다.

이 세상에서 가장 지혜로운 사람이 누구인가?

어떤 경우에도 또 나이가 많거나 적거나 간에 배움의 자세를 갖는 사람이라고 합니다. 가난과 역경은 가혹한 운명이 아니라 나를 단련시키기 위해 신이 내게 준 최고의 선물이었음을 깨달아야 작은 성공 큰 성공을 할 수 있는 것입니다.

이 세상에서 제일 강한 사람은 누구인가? 자신과의 싸움에서 이기는 사람이라고 합니다. 마인드 컨트롤, 자기 자신을 정말 이기는 의지, 기본이 충실한 사람이라야 됩니다. 기본이 부족한 사람은 어떤 책이든지 보고 또 훌륭하신 분들의 법문이나 강연 등을 들으시면 깨닫게 되실 겁니다. 세상이 아무리 변했다고 해도 우리가 지켜야 할 것은 '기본과 원칙'이라는 것을 잊지 말아야 합니다. 기본을 지키고 자신의 꿈을 향해 나아갈 때 우리 모두 든든한 현재와 미래의 주인공이 될 수 있음을 꼭 기억해야 합니다.

그리고 이 세상에서 가장 행복한 사람이 누구인가? 지금 이 모습 그대로 열심히 일하면서 살아가는 사람이라고 합니다. 아리스토텔레스는 "행복은 감사하는 사람의 것"이라고 했고 인도의 시성 타고르는 "감사의 분량이 곧 행복의 분량"이라고 했듯이 사람은 감사한 만큼 행복하게 살 수 있다는 것입니다. 빌 밀러는 "가장 행복한 사람은 가장 많이 소유한 사람이 아니며 재산이 많다고 행복한 것이 아니라 가장 많이 감사할 줄 아는 사람"이라고 말했습니다. 아무리 지식과 권세와 부를 많이 쌓아 놓았다고 해도 감사가 없으면 진정 풍요로운 삶을 누릴 수 없다고 합니다. 감사가 없는 마음은 지옥과 같고 감사가 없는 가정은 메마른 광야와 같다는 것입니다. 감사는 행복의 원료이며 풍요로운 삶의 재료이기도 합니다. 감사는 인생을 성공으로 이끄는 에너지이기도 합니다. 감사하는 마음으로 우리 다 같이 인생을 살아 가십시다.

또 모든 일에 감사하는 마음이 몸에 배어 있는 사람에게는 금전 운이 따른다고 합니다.

감사하는 습관을 확실히 뇌에 각인시키는 간단한 방법을 소개하려 합니다. 밤에 일과를 마치고 잠자리에 들기 전 오늘은 어떤 감사한 일이 있었나 하고 하루를 되돌아본 다음 '오늘 하루도 감사합니다'라는 기도를 해 보십시오. 굳이 말로 하지 않고 마음속으로 떠올려도 좋습니다.

만약 '아무리 생각해 봐도 오늘 하루 동안 감사할 만한 일이라곤 도무지 없는걸' 하는 사람이 있다면 그 사람은 조심하셔야 합니다. 그분에게는 절대 재물 운이 찾아오지 않는다고 합니다. 감사는 아주 대단한 일이 아니어도 됩니다. 사소한 일상의 일들에 대한 것이면 됩니다.

어느 누구나 하루에 한두 가지 정도는 감사할 일이 생깁니다. 그 사람이 사장이든 샐러리맨이든 주부든 학생이든 지위 고하를 막론하고 감사한 일은 얼마든지 있습니다. 가장 바람

그저 열심히 살았습니다

직한 것은 감사함을 느낀 바로 그 자리에서 '감사합니다'라고 표현하는 것이 제일 좋으며, 그것이 어렵다면 잠들기 전이라도 '아, 오늘은 정말 감사한 하루였어' 하고 하루 일을 되돌아보는 습관을 들여보십시오.

그런 정도로 재물을 모을 수 있을까 하고 의아해하시겠지만, 이것이 가장 확실한 방법입니다. 감사하는 마음으로 일을 하다 보면 분노나 싫증을 느낄 새가 없기 때문에 항상 마음이 편안하고 일의 능률이 오를 수밖에 없습니다. 그러다 보면 수입은 자연히 따라오게 되어 있습니다. 그뿐만 아니라 감사하는 마음으로 일하는 사람은 사람을 대할 때도 그 진실이 그대로 전달되어 자연스럽게 상대방을 배려하게 된다고 합니다. 그러면 상대방 역시도 상대에게 무언가를 해 주기 위해 노력하게 될 것이라고 합니다.

간혹 '난 항상 감사하며 살아가고 있는데 도무지 형편이 나아지고 있지 않다' 하며 불평을 늘어놓는 사람이 있을 수 있는데 그런 사람은 감사의 진정한 의미를 제대로 파악하지 못한 것이라고 보아야 합니다. 사소해 보이는 일은 무시하고 극적인 기회만 찾고 있는 것은 아닌지 반성해 보시기 바랍니다.

많은 사람이 행복하면 자신도 행복해진다는 건강한 발상이 진정 풍요롭고 행복한 삶으로 인도하는 길이라 합니다.

여기에 한 가지 더, 나만을 위한 것이 아닌 우리 모두를 배려하는 마음이야말로 더불어 살아가는 사회의 초석이 되어줄 것입니다. 나에 너희가 더해져 우리라는 이름으로 함께할 때 기쁨은 두 배가 되고 고통은 절반이 될 것입니다.

흔들리지 않고 피는 꽃이 어디 있으랴, 젖지 않고 피는 꽃이 어디 있으랴, 고통 고뇌 없이 사는 인생 어디 있으랴. 그렇다면 남 흉보는 버릇부터 고쳐 보십시오.

최근 경기가 좋지 않고 은행 대출 이자는 높고 하여 영세 사업 소상공인 및 중소기업 사업체를 비롯하여 살아가기 힘든 분들이 많으실 것입니다. 우리에게 근심 걱정을 가져다주는 것들이 있다곤 하지만 정작 문제가 되는 것은 우리에게 무슨 일이 일어났느냐가 아니라 우리가 그 일어난 일에 어떻게 대응하느냐, 즉 슬기롭게 대처하느냐가 더 중요한 것입니다. 어렵더라도 조금만 인내하시면 경기가 차츰차츰 좋아질 것입니다. 처음에는 7, 8월이 되면 금리를 인하할 계획이었는데 지금 국가적인 금리 등등을 생각하면 그렇지 못한 것 같습니다. 그래서 금리 인하를 조금 늦추는 것 같습니다. 세금도 너무 많은 것은 줄여야 합니다. 지금 상속세 같은 것은 안 내는 나라도 많습니다. 우리나라도 대폭 줄여야 합니다.

인생은 반복의 생활입니다. 좋은 일을 반복하면 좋은 인생을, 나쁜 일을 반복하면 불행한 인생을 살아야 하는 것입니다. 시

그저 열심히 살았습니다

련을 맞을 때나 역경에 부딪힐 때 억세 불처럼 일어설 수 있는 것은 과거에 사로잡히지 않고 미래와 약속하는 작은 습관의 힘, 무엇이든 열심히 정직하게 남들보다 좀 더 노력하면 어려움은 적어지기 마련입니다. 더 나쁜 상황과 비교하여 다행이라 생각하고 감사하는 마음으로 스스로를 위하며 역경을 통해서 내가 무엇을 배울 수 있었는가에 집중하면 어려움이 곧 사라질 것입니다.

역경은 자극을 줘서 더 큰 성과를 가져다줄 수도 있고 그 역경을 통해 더 길게 더 높게 더 크게 발전할 수도 있으며 그 역경을 극복하기 위하여 좌절할 수 있다는 것을 인식하셔야 합니다.

인간은 인연 속에 얽혀 사는 사회적인 동물입니다. 열정적인 사람은 방법을 찾고 게으른 사람은 핑계를 찾습니다. 남에게 미치지 못하더라도 경우와 원칙으로 근면 성실하게 양심껏 감사하면서 성실하게 살아가면 부자는 못되더라도 가족 고생시키지 않고 궁핍한 생활은 하지 않을 것입니다.

예를 들어보면 우리 후배인데 이 사람은 한 모임에 들어와서 인사를 하면 다른 사람들은 그냥 대충하는 반면 이 사람은 정중하게 절을 합니다. 한두 번도 아니고 몇 번을 계속하는 걸 보고 '저 사람은 인사법이 상당히 다르다. 앞으로 좀 더 크게 될 사람이다'라고 생각했는데 정말 다른 사람보다 더 잘살고 있습니다. 이처럼 같은 값에 일을 준다든지 물량을 준다든지 할 때도 인사를 공손히 하고 가는 사람을 밀어준다는 것입니다. 실화입니다.

• 살아가면서 꼭 유의해야 할 몇 가지

첫째, 조그만 것에 화내지 마십시오. 화를 안 낼 수는 없습니다. 그렇지만 별것도 아닌 일에 화를 팍팍 내는 사람은 누워서 침 뱉기입니다. 득 될 것이 아무것도 없습니다.

또한 조그만 것에 섭섭해하지 마시고 내가 좀 헌신하고 양보한다는 마음으로 1인 1선, 1인 2선 즉 하루에 한두 가지씩 선하고 좋은 일을 찾아서 하시면 됩니다. 예를 들어서 집에서 나올 때는 가족들을 위해서 신을 신기 좋게 정리해 놓는다든지, 절에 오셔서도 마찬가지입니다. 스님들이나 다른 불자님들 신을 지근지근 밟고 그냥 나가지 마시고 좀 정리해 놓는다든지, 이런 선한 일을 하루에 꼭꼭 한두 가지 하셔도 그분한테 오래 안 가 그러한 혜택이 있으실 겁니다.

둘째, 어떤 상황에서도 크게 화내지 말고 겸허하고 유순하게 대처하시면 마음이 편해지며 평화로운 삶을 살 수 있습니다. 대체적으로 형무소 같은 데 가면 참지를 못해 성나는 대로 화풀이를 해 평생 후회하고 형무소에 있는 사람들이 참 많습니다. 조금 더 솔직하게 표현하면 성격이 난폭하고 못된 사람

그저 열심히 살았습니다

들, 자기 자신을 마인드 컨트롤이 안 되는 사람이 좀 많습니다. 그래서는 득 될 게 아무것도 없습니다.

우리 집사람이 여기 있는데 마음이 안 맞으면 입을 다물고 말을 안 합니다. "그러면 당신 뭐가 못마땅해 말을 안 해?" 그래도 말을 안 합니다. 근데 가능한 한 아무리 성이 난다고 해도 성나는 대로 화풀이해서는 안 된다는 말씀입니다. 인지위덕(忍之爲德), 참는 것이 덕입니다.

셋째, 나의 행복을 다른 사람과 비교하여 측정하려 한다면 절대로 행복해질 수가 없습니다. 남을 덜 생각하고 남을 덜 의식할수록 우리의 행복지수는 높아진다고 생각해야 합니다. 남을 비교하는 것은 아주 잘못됐다는 말씀입니다.

넷째, 인생은 순간순간이 모여서 이룬 개인의 역사입니다. 순간순간이 잘 조화되지 않는다면 결국 전체적인 형태가 무너지고 마는 것입니다. 기본이 아주 중요하다는 뜻입니다.

성공한 분들의 습관을 분석해 볼 때 그들에게서 공통적으로 나타나는 특징 중 하나가 시간 관리에 철저했다는 사실입니다. 즉 시간을 중요하게 생각하고 시간을 헛되게 낭비하지 않는다는 것을 알 수 있습니다. 현대그룹의 고 정주영 회장님은 새벽 3시에 일어나 아침 의식을 다 마친 후 왜 해가 빨리 뜨지 않느냐 하며 시간을 재촉했다고 합니다. 지혜로운 사람은 시간을 잘 활용하였다고 합니다.

대체로 바르고 정직하게 성장한 사람이 사회의 각 분야에서 빛과 소금이 되고 있다는 사실입니다.

또한 꿈을 꾸는 사람은 잠을 자면서 꾸는 꿈이 아니라, 자기가 무언가 한번 해 보겠다는 야망, 또는 무언가 해서 우리 가정과 나를 좀 더 업그레이드시키겠다는 의지, 또는 매출이 100억 200억 천억 정도 되게 만들겠다는 그런 희망입니다. 꿈을 꾸는 사람은 계속해서 꿈을 생성해 낸다고 하며 꿈이 없는 사람은 꿈을 품는 방법을 잊어버리고 만다는 것입니다. 그래서 나이가 많건 적건 어떤 상황에서든 꿈을 잃지 않도록 노력해야만 삶에 대한 열정도 뿜어 나오는 법이라고 합니다.

지금 열정적인 삶을 꿈꾸고 있습니까? 미국의 전 대통령 우드로 윌슨도 국민에게 꿈을 가지라고 강조하였다고 합니다. 어려운 시절에도 꿈이 현실로 이루어질 날을 진심으로 바라는 사람은 그러한 꿈이 빛을 보게 될 것이라고 합니다. 꿈이 있는 사람과 꿈이 없는 사람은 차이가 참 많은 것입니다.

가정 얘기를 안 할 수가 없는데, 저는 자꾸 도전하는 것을 좋아하고 일하는 것을 천직으로 생각합니다. 근데 우리 애들도 아내도 자꾸 일 벌이지 말라고, 몇백 년을 사는 것도 아닌데 뭘 자꾸 하냐고, 그만하라고 합니다. 그렇지만 사업가는 작든지 크든지 사업을 하다가 죽더라도 꿈을 생성해 내고 자꾸 도전해야 하는 것입니다. 그러면 고용을 창출시키고 세수가 증대되고 또 주위에 그런 사업을 통해서 먹고사는 사람들이 또 많아지지 않겠습니까.

"진심으로 꿈을 가져라. 그 꿈을 가지고 있는 사람은 언젠가는 그 꿈이 빛을 보게 될 것이다."

제가 살면서 겪은 고난과 좌절은 제 인생의 전환점이었고 가장 큰 행운인 셈인지도 모릅니다. 따뜻한 갑진년 되시길 바라면서 하루하루 선물 같은 한 해 되시길 바랍니다.

존경하는 불자님 여러분, 부족하지만 저의 강의를 들으시고 조금이나마 생활에 도움이 되었으면 하는 바람입니다. 자리가 불편하신데도 끝까지 경청해 주신 모든 불자님께 감사 말씀 드리며 부처님의 큰 가피가 있으시기를 기원합니다.

법회 선열당 공사가 지금 진행이 잘되고 있습니다. 이 모두가 스님과 불자님들의 기도 덕분이라고 생각하고 이 자리를 빌려 감사의 말씀을 올립니다. 감사합니다.

2024년 2월 18일(음 1.9)
당신도 더 많은 행복을 누릴 수 있습니다

중소기업 김기문 회장과 각 지역 회장들과 간담회를 마치고

우리나라 골프장 2번째로 탄생한 부산컨트리 서정의 이사장님, 김윤기 부이사장, 김
흥섭 경기분과 위원장, 도해규 전무와 라운딩 시 인코스 4번홀에서

그저 열심히 살았습니다

TO.
"아름다운 당신께 전하는 행복에 관한 짧은 이야기"

행복은 투명인간 같아요.
보일 듯 보이지 않거든요.
세상 그 누구도 눈앞에서
행복을 본 사람은 없습니다.

행복은 등 뒤의 연인 같아요.
뒤를 돌아보아야 비로소 보이거든요.
그때 행복했었구나. 그게 행복이었구나
그렇게 중얼거리게 만듭니다.

행복은 먼 데 있지 않고
바로 등 뒤에 숨어 있어요.
고개 돌려 뒤를 볼 줄 아는 사람에게만
보이는 숨바꼭질 소녀랍니다.

엊그제 내린 봄비처럼
꿈인 듯 당신 곁을 스치고 지나간
행복은 지금 어디 있나요.
돌아보면 바로 등 뒤에
그 행복이 있을 겁니다.

불행하다고 느끼지 않는 시간은 행복하다고 생각해야 합니다.

병원마다 병마에 고통 앓는 많은 환자들

병명도 모른 채 시한부 인생을 살아가는 환자분들과

죽지 못해 하루하루를 무의미하게 보내는 많은 사람들

편하게 살기 위해 나쁜 짓 하여 수감생활 하는 많은 죄수들….

이 모든 것에 비교하면 우리는 행복하지 않습니까?

– 부산 한국레미콘 대표이사

김 윤 기

1000호
특집호

주간인물

부산 레미콘 산업 발전과 함께한
'최장수 조합 이사장'
100年 기업의 대계를 그리다!
김윤기 한국레미콘 대표이사
부산레미콘공업협동조합 이사장 / 중소기업중앙회 이사
성우개발 대표이사 / 웅산개발 대표이사

창간25주년
2018. 11. 17
국내최초 한국시사주간지
WWW.WEEKLYPEOPLE.CO.KR

　　　　　　　　　　　　　그저 열심히 살았습니다

반갑습니다. 바야흐로 가을의 중심에 들어서는 10월이구나 했더니 벌써 첫얼음이 냉큼 찾아와 아침, 저녁으로 부는 바람이 꽤 쌀쌀해 옷깃을 여미게 하네요.

한 해가 반 이상 저물어 가는 지금 내가 어디까지 와있는지 한 번쯤 되돌아보게 하는 시점인 것 같습니다. 올 한 해도 벌써 훌쩍 도랑을 건너 뛰어넘는 것 같군요.

새벽잠 설쳐가며 조찬 특강에서 석·박사 분들께 들은 얘기와 틈나는 대로 뒤적거리는 책 속에서 찾은 지울 수 없는 글귀와 지인들과 주고받는 대화에서 훔친 얘기들을 MEMO해 놓은 것을 소중한 친구들과 공유하며 보고자 옮겨 왔습니다.

• 우리나라 대한민국은 기회의 땅인 동시에 복 받은 사람들이 조용히 살아가는 안식처입니다. 저희 세대에도 모든 것이 부족함을 느꼈던 지난 과거가 있었지만 오늘날 우리가 누리는 현실은 사막에서 샘물을 찾은 것 이상으로 복된 하루하루를 맞이하고 있음을 알아야 하며 풍요로움 속에 산다는 것이 축복이고 행복입니다.

• 행복은 쾌락을 실현함으로써 얻는 것이 아니라 가치 있는 목적에 충실함으로써 얻어지는 것입니다.
행복은 원하는 것을 갖는 것이 아니라 갖고 있는 것을 원하는 것입니다. 부자란 어떤 사람인가? 자기 운명에 만족하는 사람이 부자입니다.

행복은 바이올린처럼 연습해야 할 물건입니다. 늘 규칙적으로 고마움 표현하기, 미래를 생각하여 낙관주의 연습하기, 그 순간에 주어진 작은 쾌락들 음미하기, 평생의 목표와 야심에 깊이 헌신하기, 연애를 인생의 산소처럼 소중히 하기 등입니다.

• 살아 숨 쉬는 모든 순간은 행복의 순간이요 복된 순간입니다.

매일 만날 사람이 있고 매일 그리운 사람이 있으며 가야 할 곳이 있고 할 일이 있음이 얼마나 행복한지 알아야 합니다.

세상에 즐길 수 있는 것이 많지만 그것을 무효화할 한마디는 "시간이 없어"라는 말입니다.

시간을 잘 다스리지 못하면 끊임없이 시간에 쫓기고 과로하게 됩니다.

시간을 잘 관리하면 중요한 일을 할 수 있어 보람과 기쁨을 얻는다고 합니다.

• 우리 삶의 창조적인 결과물이 나오는 활동의 바탕에는 놀이가 있어야 하고 놀이는 여유를 가지고 마음을 재충전할 수 있게 만들기도 하며 나와 우리가 함께 어우러질 수 있는 놀이는 우리를 서로 연결시켜 주며 관용과 배려를 생각하

는 문화를 만들어 줍니다.

• 시각장애인 헬렌 켈러는 자서전에서 「내가 3일간만 볼 수 있다면」이란 글을 썼다고 합니다.
그런 제가 앞을 볼 수 있는 사람들에게 한 가지 충고를 하겠습니다.
내일 당장 앞을 못 볼 수도 있다고 가정하고 오늘 최선을 다해 당신의 눈을 잘 사용하십시오.
내일 들을 수 없을지도 모른다고 생각하고 새들의 노랫소리와 관현악단의 연주 등 많은 소리에 귀를 기울여 보세요.
내일 촉감을 잃을 수도 있다고 생각하고 오늘 많은 것을 만져보세요. 내일부터는 다시 냄새를 맡을 수 없다고 생각하고 꽃향기를 맡고 맛있는 음식을 맛보십시오.
즐거움, 감사, 희망, 자긍심, 관심 등 긍정적 감정과 부정적 감정의 비율이 3:1일 때가 행복과 불행의 갈림길이라고 합니다.

• 세상의 빈곤층은 점차 줄어 감소하는 추세를 보이고 있으나 세계 인구의 29%에서 23%, 약 12억 명 정도가 빈곤층이며 빈곤층이란 하루에 1달러, 한국 돈 1,000원 정도의 수입에서 먹고 입고 자면서 살아가는 사람을 말합니다. 지역적으로 보면 아프리카 사하라 사막 남쪽 지역의 빈곤층

이 비율이 가장 높고 두 사람 중 한 사람이 빈곤층으로 분류되며 서남아시아 4%, 동남아시아 15%, 라틴아메리카 12%가 매우 어렵게 살아가고 있습니다.

이런 빈곤층에 비유한다면 우리는 얼마나 행복하고 축복받은 사람들입니까. 우리도 눈높이를 조금만 낮추면 행복의 양은 많아집니다.

• 인간관계를 향상시키기 위한 중요한 원리는 먼저 베푸는 것입니다.

그리고 자주 만나는 것과 동시에 전화라도 자주 하는 것입니다.

인정과 칭찬과 격려의 기술을 배워 활용하는 것입니다.

상대방에게 친근감과 신뢰감을 주는 것입니다.

인생을 심각하게 살아갈 필요는 없습니다.

어차피 인간은 불완전한 존재입니다.

• 은퇴 전문가는 동창회, 종교모임, 운동모임, 취미모임, 이웃모임 등 성격이 다른 모임에 정기적으로 참여하라고 권합니다. 행복은 적극적으로 찾아야 하고 공들여 만들어야 한다고 하며 행복을 알면 알수록 행복이 더 잘 보이며 더욱 행복해질 수 있다고 합니다.

그저 열심히 살았습니다

- 내 몸에 숨겨진 과학을 이해하면 노화 속도를 늦출 수 있고 오래도록 건강하게 살 수 있다고 합니다.

  혈관은 막힐 수도 있고 방해받을 수도 있으며 오래 사용하면 낡아버리는 고속도로입니다. 뇌는 도시 전체에 전력을 공급하는 에너지 발전소입니다.

  신경줄기는 내 몸의 전력선으로 만약 이것이 끊어지면 여기저기 정전이 발생합니다. 나는 내 생명도시를 최고로 만들기 위한 의사결정권이 있는 사람입니다.

- 노화에 대한 엄청난 비밀 중 하나는 노화 속도가 8년마다 두 배씩 증가한다는 것이다. 그러나 지금 당장 노력하면 기대 여명을 35% 이상 연장할 수 있고 노화의 70%를 조절할 수 있다고 한다.

  노화를 방지하는 세 가지 특효약은 칼로리 제한, 체력강화 그리고 숙면이다.

  우리의 목표는 백 살이 되어도 최대한 허약해지지 않는 데 있다.

  즉 오래만 살면 좋은 것이 아니라 건강하고 오랫동안 양질의 삶을 누리는 데 두어야 한다는 것. 삶의 매 순간을 즐기며 사는 데까지 산다는 개념이다.

• 유전자가 수명에 미치는 영향은 25%에 불과하고 75%는 후천적인 건강습관과 생활방식에 달려있다고 한다. 운동은 지방연소와 체형관리를 돕고 각종 질병에 걸릴 위험을 줄여주는 유전자 코드의 발현을 조절한다.
  뇌 건강에 좋은 영양소 중 하나가 불포화 지방산으로 오메가3 지방산이다. 하루에 두 번 또는 그 이상 야채를 먹으면 인지능력 감소를 35%가 낮출 수 있다.
  인지기능을 돕는 영양소는 색깔이 있는 과일과 야채에 많다.

• 고혈압은 내 몸의 혈관을 노화시킴으로써 당뇨의 효과를 증폭시킨다. 몸은 매우 효율적이라 사용하지 않는 팔다리나 장기에는 에너지를 공급해 주지 않는다. 그러한 팔다리나 장기를 조절하는 신경 역시 시들어 버리기 때문에 결국 그 부분을 잃고 만다. 우리는 항상 신체를 어느 부분이라도 작동상태로 두어야 한다.

• 미소, 웃음, 싱글벙글 같은 단어를 자주 사용한 이들은 그런 단어를 거의 혹은 전혀 사용하지 않는 이들보다 6년 반이나 오래 살았다고 합니다. 다양한 방법으로 감사를 표현하는 사람은 삶의 만족도와 희망을 높이는 힘을 갖고 있다고 합니다.

그저 열심히 살았습니다

- 고소득자에 관한 자료를 보면 그들은 스파에서 보내는 시간은 눈에 띌 정도로 적고 사무실에 머물거나 출근하기 위해 보내는 시간은 아주 많다는 걸 알 수 있습니다.

  조사에 의하면 고소득자들은 다른 사람보다 더 오래 일합니다.

  요령을 몰라서 그리 많은 시간을 일에 부여하는 것일까요?

  대학원 교육을 받은 사람은 대학 교육을 받은 사람보다 더 오래 일하고 대학 교육을 받은 사람은 고등학교 교육받은 사람보다 더 오래 일을 합니다.

  왜 부자들은 일을 손에서 놓지 않을까요?

  일을 할수록 행복하기에 이튿날도 일찍 일어나고 싶어 합니다.

- 인간이란 가진 것의 차이, 배움의 차이, 가진 지식의 차이, 자란 환경의 차이 등등의 차이는 있을지라도 차별은 하지 말아야 한다.

  차별은 갈등을 가져오며 갈등은 분열과 분노를 가져온다.

- "소중한 사람들과의 추억이 없는 인생은 정작 내 인생을 사는 것이 아니다"라는 어느 시인의 말처럼 소중한 추억을 곱씹으며 그 아름다운 기억을 즐기는 인생이 남들보다 더 행복할지도 모릅니다.

  행복한 사람은 명문대학을 나왔다든가 아니면 돈 많은 사람이 아니라 소중한 사람들과 함께 만든 아름다운 추억이 많은 사람들이며 인간 냄새 물씬 풍기면서 소탈하게 살아가는 사람이 행복한 사람들입니다.

• 에이브러햄 링컨은 "미래가 좋은 것은 그것이 하루하루씩 다가오기 때문이다"라고 했습니다.

• 나라나 회사가 망할 때 인재가 없어 망하는 것이 아니라 악당의 존재에 응징하지 못할 때 망한다.
경우와 원칙을 무시하고 법을 지키지 않는 사람을 응징하는 건전한 세력이 강해야 한다.

• 공감 능력 없는 반사회적 인격 장애 사이코패스 선천적인 경우를 사이코패스라 하고 후천적 장애 반사회적인 행동을 하는 경우 소시오패스라고 한다.
남 해쳐 놓고 난 근사해 쾌감 느끼는 반사회적 암적 존재가 늘어나고 있다.

• 내가 저지른 실수 때문에 너무 힘들어하지 마세요.
완벽하게 사는 사람은 아무도 없습니다.
실수를 통해 삶이라는 학교가 우리에게 지금 가르쳐 주는 것입니다.

- 서 있는 말에는 채찍질을 하지 않는다. 달리는 말에만 채찍 질을 한다. 윗사람이 혼을 낼 때 (꾸중할 때) 내가 지금 잘하고 또 잘 가고 있으니까 더 잘하고 더 잘되라고 하는 질책으로 생각하고 감사히 받아들여라. 그렇다면 네가 더 큰사람이 된다.

- TV 1대 있고 좋든 나쁘든 집 한 채 가지고 있고 적든 많든 예금통장 1개 가지고 있으면 세계 인구 72억 명 중 행복한 사람 7%에 속한다는 것입니다.

- 봉급날 사장에게 감사하게 생각하는 사람은 기본이 있는 사람이고 복 받을 사람이며 일한 대가를 받는데 뭘 감사해 하는 사람은 가난한 사람들이 갖는 부정적인 생각이다.

- 흔들리지 않고 피는 꽃이 어디 있으랴.
  젖지 않고 피는 꽃이 어디 있으랴.
  고통과 고뇌 없이 사는 인생 어디 있으랴.
  적이 많나요? 그렇다면 남 흉보는 버릇부터 고쳐 보세요.

- 운전을 잘 못하는 사람은 운전 중에 브레이크를(페달) 자주 밟습니다. 대화를 잘 못하는 사람, 소견이 좁은 사람은 대

화 중에 상대방의 이야기를 끝까지 듣지 않고 자신의 이야
기로 브레이크를 자주 겁니다.

• 좋은 인연이란?

시작이 좋은 인연이 아닌 끝이 좋은 인연이 되어야 합니다.

좋은 인연이 되도록 하는가는 나 각자 자신에게 달려있습니다.

부산컨트리클럽 제 20회 회원친선 골프대회 시타 후

그저 열심히 살았습니다

- 사람은 누구나 완벽한 사람은 없습니다.
  오직 자신의 부족함을 잘 아는 사람과 잘 모르는 사람만이
  있을 뿐입니다.

- 사람은 누구나 처음 만나는 사람들에게 친절합니다.
  문제는 그 친절함이 얼마나 오래 가느냐 하는 것입니다.

- 지식은 창조하는 것이 아니라 카피하는 것이다.
  보고 듣고 깨닫고 익히는 것이다.

- 사랑을 원한다면 사랑을 주는 법을 배워라.
  사랑은 전기와 같다. 끄든 켜든 그것은 우리에 달렸다.

- 비밀과 추억이 없는 인생은 재산과 가족이 없는 사람과 같
  이 가난하단다.

- 인생은 누구나 남은 인생에 있어 지금이 가장 젊고 가장 아
  름다울 때이며 행복을 누려야 할 시간도 지금이며 행복을
  느껴야 할 장소도 이곳입니다.

- 세상을 살아가는 데 필요한 것은 지식도 중요하지만 더 중

요한 것은 상식이다. 상식은 아무 데서나 순간적으로 얻는 것이 아니다.

오랜 시간과 경험 속에 보고 듣고 체험하며 터득해 얻는 노하우가 지혜가 되는 것이다.

• 배부르지 않는다고 불평하는 사람이 있는가 하면 배고프지 않은데 감사하며 살아가는 사람이 많습니다.

• 산에는 나무들이 많지만 다 똑같지 않듯이 큰 나무, 작은 나무, 곱게 곧은 나무, 굽은 나무, 통통한 나무, 앙상한 나무 등등이 조화를 이루듯이 사람들도 똑같은 이치이며 같은 것이 아니기 때문에 조화를 이룬다는 것.

• 연잎이 빗물을 너무 많이 담고 있으면 언젠가는 물을 쏟거나 잎이 찢어진다면서 자기 능력을 넘어서까지 욕심을 부리면 안 된다고 생각해야 한다.

• 그대를 만남이 그대를 찾음이 나에게는 축복입니다.
우리 함께 가는 길에 동행할 수 있음이 더없는 행복입니다.

• 이 세상에서는 공짜는 없다.

그저 열심히 살았습니다

이 지구상에는 당연한 행복은 없다.

이 세상에서 제일 큰 재앙이 미움과 원망이며

이 세상에 제일 큰 선물이 사랑이고 용서이다.

• 많은 사람들이 죽을 때 후회하는 7가지

 1) 죽을 만큼 사랑해 볼걸

 2) 조금만 더 일찍 용서할걸

 3) 걱정을 내려놓고 행복을 만끽할걸

 4) 마음을 열고 포용할걸

 5) 열정적으로 살아볼걸

 6) 빠닥거리지 말고 여유를 가지고 살아볼걸

 7) 있는 그대로 감사하며 살걸

 하고 후회했다 합니다.

• 최근 우리를 힘들게 하고 우리에게 근심 걱정을 가져다주
 는 것들이 있다고 하지만 정작 문제가 되는 것은 우리에게
 무슨 일이 일어났느냐가 아니라 우리가 그 일어난 일에 어
 떻게 대응하느냐, 즉, 슬기롭게 대처하느냐가 더 중요하다.
 인생은 반복된 생활이다. 좋은 일을 반복하면 좋은 인생을
 나쁜 일을 반복하면 불행한 인생을 보내는 것이다.
 시련을 맞을 때나 역경에 부딪힐 때 억새풀처럼 일어설 수

있었던 것은

첫째, 과거에 사로잡히지 않고 미래와 약속하는 작은 습관의 힘.

무엇이든 열심히 정직하게 남들보다 좀 더 노력하면 된다는 것.

둘째, 더 나쁜 상황과 비교하여 다행이다 생각하며 감사하는 마음으로 마음을 스스로 위로하며 역경을 통해서 내가 무엇을 배울 수 있는가에 집중했기 때문일지 모른다.

역경은 자극을 줘서 더 큰 성과를 가져다줄 수도 있고 그 역경을 통해 더 깊게 더 높게 더 크게 발전할 수도 있으며 그 역경을 극복하지 못하면 좌절한다는 것.

서로 욕하고 증오하며 흠집 내면서 헐뜯고 시기하고 질투하며 미워하지 말고 서로 윈윈하면서 같이 상생해야 좋은 인연으로 이어질 수 있습니다.

• 사회생활을 하다 보면 앞서가는 사람, 미래에 대한 통찰력을 지닌 사람 또는 많은 사람들을 접하다 보면 다른 생각과 경험에서 나오는 지혜를 나누면서 마음과 정신을 성숙시키는 시간을 갖게 되어 스스로 배우면서 누구나 발전하는 것이 인간이며 사회생활이다.

• 부처님께서 편하게 살 수 있는 왕궁을 버리고 비바람도 가

그저 열심히 살았습니다

눌 수 없는 거칠고 험한 출가사문의 길을 택하신 것은 오로지 찾아야 될 삶의 의미를 향한 길을 선택하신 것입니다.

가야 할 길이 아닌 편한 길만 쫓아가는 것은 결국은 걸어간 만큼 되돌아온다든지 또는 되돌아오지 못하는 길이 될 수 있기 때문입니다.

당연히 가야 하는 길을 힘들다고 하여 외면하고 편하기만 바라며 의미 없는 길, 바람직스럽지 못한 길을 무턱대고 가고 있지 않는지 우리 모두가 한번쯤 되돌아봐야 하지 않을까 생각합니다.

• 1년 생명 연장에 3,050만 원을 소비해서 1년 더 살겠다. (칼텀 연구소 설문조사에서)

• 행복의 3가지 조건

일하는 것, 사랑하는 것, 소망하는 것(희망을 가지는 것입니다).

• 휴머니즘?

남을 위해 희생하는 것, 나보다도 남을 위해 신경 쓰고 노력하는 것, 남을 배려하는 것.

• 인간은 인연 속에 얽혀 사는 사회적인 동물이다.

열정적인 사람은 방법을 찾고 게으른 사람은 핑계를 찾는다.

- 영국 속담에 푼돈을 아끼면 큰돈은 저절로 모이는 법이다. 독일 격언에 머리 좋은 천재보다 무딘 연필이 더 낫다.

- 학문과 지덕은 남에게 미치지 못하더라도 경우와 원칙으로 근면 성실하게 양심껏 살면 부자는 못 되더라도 굶주린 생활은 하지 않는다.

- 사람은 누구나 언젠가는 죽는다.
  그러나 당신이 만성질환으로 느리고 고통스러운 단계를 거쳐 죽어야 할 이유는 없다. 만성질환은 모두 오래가지만 잘하면 확실히 예방할 수 있는 병이라는 공통점이 있다.
  건강할 때 건강을 생각하고 행복하다 싶을 때 깊은 행복을 찾아 나서야 한다.
  인생에서 중요한 것은 최종목적지에 도착하는 것이 아니다. 목적지에 도착하기까지 어떻게 사느냐가 더 중요하다.
  인생은 여정이다. 이 여정에서 결승선 따위는 없다. 목적지만 바라보고 살다 보면 어느 순간 인생에서 가장 중요한 부분을 놓쳤다는 걸 깨닫게 된다. 많은 사람들이 산꼭대기만 바라보며 살아간다.
  속도를 줄이고 여정을 즐겨라. 목표는 없는 것보다 있는 것이 좋지만 그 목표가 이뤄질 때까지 행복을 보류해서는 안

그저 열심히 살았습니다

된다.

우리는 이곳에 영원히 머물지 못한다. 열심히 일하는 건 좋지만 잠시 일손을 놓는 법도 배워라.

균형을 맞춰 열심히 일하는 만큼 열심히 놀며 인생을 즐거라.

기쁨을 빼앗고 신경질 나게 만드는 무거운 짐은 누구에게나 있기 마련이다.

행복하게 살아가려면 무엇보다 감사하는 마음이 있어야 한다.

갖지 못한 것에 눈을 돌리는 대신 이미 갖고 있는 것에 감사하라.

잘못된 일에 불평하는 대신 잘된 일에 감사하라.

누군가는 우리처럼 편하게 숨 쉴 수 있기만을 간절히 바란다.

누군가는 우리처럼 걸을 수 있기만을 간절히 원한다.

오늘은 좌절하고 낙심하며 살지 않을 거야, 내가 갖지 못한 것에 집착하며 살지 않을 거야, 삶을 대하는 시각을 바꿀 거야, 살아있는 것에 감사할 거야. 관점을 바꿔라. 좌절의 씨앗은 감사하는 마음에 뿌리내리지 못한다.

• 긍정의 시각을 가지고 사는 사람은 일생 동안 행복하다.

그 이유는 간단하다. 긍정의 시각을 가지고 사는 사람은 밝은 세상에서 살고 부정의 시각을 가지고 사는 사람은 컴컴한 세상에서 살기 때문이다. 세상에는 내 뜻과 계획대로 되지 않는 일이 비일비재하다.

환경과 조건 때문에 불평하면 안 된다. 내일은 또 내일의 태양이 떠오른다. 열 가지 궂은일에 마음 아파하지 말고 한 가지 좋은 일에 기뻐하자.

세상은 날로 변하고 있다. 그래서 오늘 안 되는 일도 내일 은 해결된다. 가장 행복한 사람은 사랑을 많이 하고 사랑을 많이 받는 사람이다.

가장 불행한 사람은 사랑을 하지도 받지도 못한 사람이다. 미숙한 사랑은 자기중심적인 사랑이고 성숙한 사랑은 타자 중심적인 사랑이다. 미숙한 사랑은 조건이 붙은 사랑이고 성숙한 사랑은 조건이 없는 사랑이다.

• 무엇이든 절대로 "나는 못 해"라고 말하지 말라. 대신 잠재 의식의 힘으로 "나는 무슨 일이든 할 수 있어"라는 말로 두 려움을 극복하라.

부정적인 암시를 물리치기 위해 긍정적인 암시를 이용하라. 잠재의식은 당신을 고무하며 인도하고 기억의 창고에서 생 생한 장면을 불러낸다.

내가 할 수 있는 모든 노력을 기울여 내가 할 수 있는 모든 것을 다해 이루고자 하는 것은 무엇인가?

나에게 중요한 것은 무엇인가 왜 이것이 중요한가?

내 삶에서 궁극적으로 하고자 하는 바는 무엇인가?

목적이 있는 삶은 행복하다.

• 나의 여생이 육체적으로 얼마 남지 않았다고 가정해 본다면 지금 이 시간이야말로 참으로 초조하고 절박하며 소중한 시간입니다.

많은 독서를 하면서도 꼭 머릿속에 여운이 남는 그런 책이 있습니다.

『살아 있음이 희망이다』라는 희망 전도사 닉 부이치치의 책이 그러합니다. 미국 목사의 아들로 태어날 때부터 양팔과 양다리가 없이 성장하며 수차례 자살을 시도했으나 결국 죽지 못하고 절망을 이겨낸 닉 부이치치가 세상의 모든 청년들에게 보내는 꿈과 희망의 메시지입니다.

그의 글 속에 이런 말이 기억납니다.

"이 세상에 그 어떤 것도 그저 의미 없이 존재하는 것은 하나도 없다. 그건 이미 고유한 가치를 가지고 있기 때문이다"라고 했듯이 세상 우리 인간이 사는 존재의 가치가 그 얼마나 소중한가 하는 것을 일깨워 줍니다.

• **공부벌레 하버드대학 도서관에 붙어있는 명문 30훈(訓)**

1) 지금 잠을 자면 꿈을 꾸지만, 지금 공부하면 꿈을 이룬다.

2) 내가 헛되이 보낸 오늘은 어제 죽은 이가 갈망하던 내일이다.

3) 늦었다고 생각했을 때가 가장 빠른 때이다.

4) 오늘 할 일은 내일로 미루지 말라.

5) 공부할 때의 고통은 잠깐이지만, 못 배운 공부는 평생이다.

6) 공부는 시간이 부족해서가 아니라 노력이 부족한 탓이다.

7) 행복은 성적순이 아닐지 몰라도 성적은 성적순이다.

8) 공부가 인생의 전부는 아니다. 그러나 인생의 전부도 아닌 공부 하나도 정복하지 못한다면 과연 무슨 일을 할 수 있을까.

9) 피할 수 없는 고통은 즐겨라.

10) 남보다 더 일찍 일어나 더 부지런히 노력해야 성공을 맛볼 수 있다.

11) 성공은 아무나 하는 것이 아니다. 철저한 자기 관리와 노력에서 비롯된다.

12) 시간은 멈추지 않고 간다.

13) 지금 흘린 침은 내일 흘릴 눈물이 된다.

14) 개같이 공부해서 짐승같이 놀자.

15) 최고를 추구하라. 최대한 노력하라.
    그리고 최초에는 최고를 위한 최대의 노력을 위해 기도하라.

16) 미래에 투자하는 사람은 현실에 충실한 사람이다.

17) 학벌은 돈이다.

18) 오늘 보낸 하루는 내일 다시 돌아오지 않고 기다려 주지 않는다.

그저 열심히 살았습니다

19) 지금 이 순간에도 적들의 책장은 넘어가고 있다.

20) 고통이 없으면 얻는 것도 없다.

21) 꿈이 바로 앞에 있는데 당신은 왜 팔을 뻗지 않는가.

22) 눈이 감긴다면 미래를 향한 눈도 감긴다.

23) 졸지 말고 차라리 자라.

24) 성적은 투자한 시간의 절대량에 비례한다.

25) 가장 위대한 일은 남들이 자고 있을 때 이뤄진다.

26) 지금 헛되이 보내는 시간이 시험을 코앞에 둔 시점에서
    얼마나 절실하게 느껴지겠는가.

27) 불가능이란 노력하지 않는 변명이다.

28) 노력의 대가는 이유 없이 사라지지 않는다.
    오늘 걷지 않으면 내일은 뛰어야 한다.

29) 한 시간 더 공부하면 남편 얼굴이 바뀐다.

30) 건강을 잃으면 모든 것을 잃는다.

• **행복은 인간관계에서 나온다**

성공과 출세보다 중요한 것이 가정의 화목이라 생각한다.

성공과 출세는 행복하기 위한 필요조건이지만 가정의 화목은
행복을 위한 충분조건이기 때문이다.

성공과 출세를 못 해도 행복할 수 있으나 가정이 화목하지
못하면 행복할 수 없다. 공자도 2500년 전에 가화만사성이라
고 했다.

즉 가정이 화목하면 모든 일이 잘된다. 사람이 살아가는 데 피할 수 없는 것은 일과 사람과의 관계이다.

이러한 상호 관계에서 수직적 관계 부모와 자녀, 스승과 제자, 어른과 아이, 상사와 부하 등과 수평적 관계 부부, 형제, 친구, 동료, 이웃 등 이들과 원만한 관계를 이루며 살아갈 때 그 사회는 행복하리라 생각한다.

자주 만나고 가끔 만나는 사람들한테도 좀 더 정성을 쏟아야 하며 말을 함부로 한다든지 하며 비위를 거슬러서는 안 된다.

인간관계는 악연을 피하고 진심과 정성으로 사람을 대하는 것이 중요하다. 개인의 신념과 버릇이 어우러져 인간관계를 형성하는데 버릇에는 마음버릇, 말버릇, 몸버릇이 있는데 그 중에서도 좋은 마음버릇을 길러야 한다. 사람과의 관계는 성의를 갖고 정성스러운 노력이다.

• **왜 내 삶은 굴곡과 좌절의 연속일까?**

좀 평안하며 평화스럽지 못하는 것일까?

언제쯤 마음 편히 행복할까?

나도 수십 년 고생할 만큼 하고 누구 못지않게 성실한 삶을 살았는데 언제쯤 근심 걱정 없이 살날이 올까?

이런 생각으로 힘들다 싶을 때 이런 고뇌, 이런저런 걱정과 생각들은 누구나 사람이라면 작게 크게 할 수 있는 삶의 일부

그저 열심히 살았습니다

이며 또한 목숨을 연명하고 있는 한 지울 수 없는 삶 속의 희로애락이라 생각해야 되지 않을까. 생각하고 계속 이런 마음이 자주 들 때는 자세를 좀 더 낮추고 마음을 비우는 마음가짐을 가지고 너무 빠닥거리지 말고 사는 것이 상책입니다.

여유를 가지고 있는 그대로 감사하며 살아야 합니다.

• 세계 경제가 요동을 칠 때면 어김없이 한국경제라는 섬에 제일 먼저 험한 파도가 밀려왔었고 때론 쓰나미가 되기도 했다.

한국경제에는 매년 연례행사처럼 태풍이 지나갔다.

태풍이 지날 때마다 국민들은 가슴을 졸였고 정부는 국민들에게 재난에 대비해 신발끈을 동여맬 것을 호소했다.

힘든 세월을 인내와 땀, 희생으로 극복한 덕에 한국경제는 한강의 기적이라는 세계인의 찬사를 받아왔다. 지난 세월을 돌이켜보면 6·25 전쟁의 폐허 위에 주린 배를 움켜쥐고 오직 잘살아 보자는 정신 하나로 오늘의 한국을 일구어냈다.

우리나라 중산층은 3인 가족 기준으로 연 3,822만 원 수입이고 중산층 이하 세대는 연 소득 1,911만 정도이며 중산층 이상은 5,732만 원에 속하는 가구다.

인터넷 조사에 의하면 부채 없는 30평대 아파트 보유, 월급 500만 원 이상 2,000cc급 자가용 보유, 통장 잔고 및 적금 등 1억 이상 등이다.

5인 이상 사업장 평균 임금 3,450만에서 5,500만 원으로 중산층 기준을 조정한 것도 국민들의 눈높이에 맞춘 것으로 볼 수 있다.

미국이나 영국, 프랑스 등 선진국은 중산층의 기준으로 경제적 능력보다 사회적, 문화적 가치를 더 중시한다.

사회구성원으로서 공동체 가치에 이바지하는 사람을 중산층의 기본 자질로 정의하고 있다.

우리나라가 1997년과 2008년 두 차례의 금융위기를 겪으면서 1997년 74.1%에 달하던 중산층 비율이 지난해에도 67%로 하락했고 1990년대까지 한 자리 수에 머물렀던 저소득층 비율은 12%대로 늘어났다.

지난 20년 사이 저소득층으로 떨어진 중산층은 연평균 4만 5,000가구로 총 81만 가구에 달하고 적자 가구도 59만 가구에서 125만 가구로 두 배 이상 늘었다.

OECD 보고서에 드러난 우리나라 행복지수 2010년 기준 34개 회원국 중 24위, 유엔 156개국 중 56위에 머물 정도로 경제 규모에 비해 크게 뒤져 있다.

박근혜 대통령은 2012년 대통령 선거운동 기간 중에 중산층 70% 복원 공약을 발표하면서 중산층 재건 10대 프로젝

그저 열심히 살았습니다

트를 제시했는데 322만 금융채무 불이행자의 빛 50% 감면 및 기초수급자 70% 감면, 5세까지 무상보육, 대학 등록금 반값 낮추기 및 셋째 자녀의 대학 등록금 100% 지원, 암 등 4대 중증질환은 건강보험이 100% 책임, 청년 해외취업 지원, 근로정년 60세로 늘리고 해고 요건 강화, 비정규직 차별회사에 징벌적 금전보상 적용, 성폭력, 학교폭력, 불량 식품 등 4대 악 척결, 중소기업 전통시장과 골목상권 보호, 지역 균형 발전과 대탕평 인사가 주요 내용이다.

• 시진핑이 방한한 뒤 한국과 중국이 한층 가까워진 듯하다.

중국인들의 말은 시원시원하지만 행동은 혼돈을 일으키는 부분이 적지 않다. 한국 공무원들과 중국 공무원들이 얼마 전 한식당에서 저녁식사를 했다. 중국 사람들이 술을 좋아 한다는 이야기를 들은 한국 차장이 친근감을 표시하려고 자기 옆 사람을 두주불사라고 소개했다. 그러자 중국 차장 이 중국에서는 술꾼을 9등급으로 나누는데 두주불사는 맨 아래인 9등급이라며 내 옆에 사람은 1등급인 해량이라고 맞소개했다.

한번 술을 마시면 바다만큼 많이 마신다는 뜻이다.

표현만 보면 주량에 엄청난 차이가 있을 것 같지만 막상 술잔 이 돌기 시작하니 허물어지는 데는 별 차이가 없었다고 한다.

중국식 과장법은 어제오늘 일이 아니다.

• 1960년 초반 19,000여 개 중소기업 수는 17배가 늘어 이
제 40만 개 육박. 종사자 수는 27,000여 명에서 300백만
명으로 100배가 넘었고 생산액 역시 1,000억 원 정도에서
무려 6,500배가 늘어 700조에 이르며 50년 전 가발과 신
발이 주력업종이던 것이 70년대 섬유 봉제 산업으로 변하
여 80년, 90년대 기계, 전기, 전자를 넘어 지금은 정보기술
IT 부품과 콘텐츠, 나아가 엔터테인먼트 K팝까지 넘나들고
있다. 과거엔 내세울 만한 아이템 하나 변변하게 없던 시절
에서 이젠 지식경제부가 정하는 세계일류화 상품의 65%를
중소기업 제품이 차지하고 있다.
중소기업의 3불 거래의 불공정, 제도의 불합리, 시장의 불
균형 3불 문제를 뿌리 뽑는 일이 시급한 실정이다.

• 사람마다 성격과 역량, 자질이 다르듯이 스트레스 용량의
크기가 다르다. 스트레스 용량의 크기가 커야 큰 사업을 할
수 있고 큰일을 할 수 있으며, 어려운 일을 감당하며 해낼
수 있다고 한다.
대기업 총수들이나 굵직굵직한 재벌들의 스트레스 용량은
일반인들보다 몇십 배를 가지고 있다고 한다.

화목한 가정을 바라고 좋은 아빠, 좋은 엄마 또는 좋은 가장, 좋은 내조자가 되기 위해서는 스트레스 용량을 키워라.

예 1) 조그마한 것에 성내지 말 것.
조그마한 것에 섭섭해하지 말고 내가 좀 헌신한다는 마음으로 1일 1선, 1일 2선 가정을 위해 이웃을 위해 좋은 일을 찾아 하기.

예 2) 어떠한 상황에서도 크게 화 내지 말고 겸허하고 유순하게 대처할 것.
예 3) 작은 것도 감사할 줄 알고 적은 행복도 행복이라고 생각할 줄 아는 사람이 되어야 감사가 자꾸 생기고 행복한 시간이 만들어진다는 것.

• 행복은 나의 행복을 다른 사람과 비교하여 측정하려 한다면 절대로 행복해질 수가 없습니다.
  남을 덜 생각하고 남을 덜 의식할수록 우리의 행복지수는 높아진다고 합니다.
• 우물쭈물하다가 내 이럴 줄 알았다고 넉살스럽게 변역한 탓에 많은 사람이 기억하고 있는 유명한 묘비명이다.
  풍자와 해학이 넘치는 많은 희곡을 남기고 1925년 노벨문

학상까지 받은 아일랜드 극작가 겸 소설가이자 비평가인 조지 버나드 쇼.

누가 봐도 그다지 우물쭈물했던 인생을 살았을 것 같지 않은 사람이 삶의 마지막 순간에 이런 미련이 남았다니 우리네 일상이야 안 봐도 비디오다.

우선 우리가 어떤 분야에서 눈에 띄게 도약하고 성장을 하려면 고난과 역경을 만나게 된다. 내 삶 속의 고난과 역경은 비록 괴롭고 힘들지만 또 그것들이 있어야 결국 나를 성장시키는 변화의 요인이 된다.

그래서 지금 좀 어려운 고난에 처해 있거나 노력의 과정이 너무 길고 외로워서 고통스럽다면 지금 이 과정 때문에 내가 발전한다는 사실을 상기하자.

• 우리 몸에도 새봄이 오기를….

첫째, 하루 만 보 이상 걷기를 생활화합시다.

특히, 맑은 공기와 숲이 있으면 더욱 좋습니다.

하루 만 보 걷기를 꾸준히 하면 우리 몸 말초조직의 세포에까지도 산소와 영양이 공급되게 됩니다.

둘째, 우리가 먹는 음식의 칼로리를 제한하는 것입니다.

흔히 소식(小食)이라고 하는데 현대사회는 적은 양으로도 높은 칼로리를 섭취할 수도 있으므로 '칼로리 제한'이라고 표현하였습니다.

특히 한 달에 이틀 정도는 하루 500칼로리 이하로 제한하는 것이 좋다는 논문도 발표되었습니다.

셋째, 항상 기뻐하고 감사하는 생활입니다.

아무리 좋은 것을 먹고, 운동하고, 줄기세포를 보충하더라도 우리의 영혼에, 마음에 기쁨이 없고 감사가 없으면 소용없습니다. 우리 인생에는 끊임없이 걱정과 슬픔과 외로움, 분노가 있을 수밖에 없습니다. 이 모든 나쁜 것들을 최소화하기 위해서는 우리의 영혼과, 마음을 항상 기쁨과 감사함

부산 박형준 시장님과 서정의 적십자사 총재님과 희망나눔 1,000만 원 전달 시

으로 채워야 합니다. 항상 겸손한 자세로 모든 것을 내려놓
으면 우리의 마음에 감사와 기쁨이 샘솟게 됩니다.

항상 건강하시고 활기찬 하루하루 맞으시길 바랍니다.

감사합니다.   - 김윤기

내가 살고 있는 사하구 구청 뒤 승학산 1호봉, 2호봉, 3호
봉 497m 정상이 너무나 경사가 심해 제가 수술 전에는 가끔
씩 올라갔으나 큰 수술을 두 번이나 하고는 정상을 한 번도
못 갔기에 오랫만에 최팔관 회장과 정상을 올라갔다. 올라갈
때의 힘든 고비고비는 힘들었지만 오랜만에 497m 3호봉을
오르니 감회가 새롭고 기분이 좋았다.

2024. 4. 24 승학산 3호봉 정상, 최팔관회장과 함께

그저 열심히 살았습니다

제목 : 당신도 잘 살 수 있습니다

불기 2557년 부처님 오신 날을 맞아 온 누리에 평화와 부처님의 자비가 가득하시기를 기원합니다. 5월은 어린이날에다 어버이의 날, 스승의 날, 부부의 날 등이 겹쳐 우리 모두 가정의 소중함을 다시 한번 되돌아볼 수 있는 소중한 달입니다. 잠시나마 빈자일등(貧者一燈)의 불심으로 우리 주변을 한번 되돌아보았으면 합니다.

우리는 잘살기 위해 힘들고 고달프더라도 우리가 해야 할 일을 하지 않고, 힘들다고 외면하고 가서 안 될 길, 편안한 길만 택해 간다면 간 길을 되돌아온다든지, 또는 되돌아올 수 없는 길을 가고 말지도 모른다는 부처님의 말씀을, 우리 모두가 명심하셔서 힘들고 고달프더라도 나에게 주어진 운명이려니 하고, 꾹 참고 묵묵히 열심히 노력하면 진흙탕 속에서도 아름다운 연꽃이 피어나듯 행복과 성공을 기약할 수 있을 거라는 부처님의 가르침을 새겨들어야 할 것입니다. 인생에 명답이 있다면 뭐 때문에 평생을 헤매겠습니까? 인생은 울기도, 웃기도 하며, 때론 산으로 들로 강으로도 가야 하는 게 인생입니다. 완벽한 자유와 편한 길, 더 많은 행복의 양만 취하려는 지나친 희망은 과욕이지, 정답은 아닙니다.

성공한 사람들에게 성공의 원동력이 무엇이었냐고 묻는 질문에서 첫째, 근면·성실 둘째, 정직을 들었습니다. 거짓 없이 마음이 바르고 곧아야 상사로부터 신의와 신뢰를 얻어 일을 제대로 배울 수 있다는 것입니다. 셋째는 긍정적 사고, 그 밖에 부드러운 인성과 내조 등 여러 내면적 요인이 있습니다.

한 회사의 CEO로서 제가 생각하는 작은 성공은 "너무 크고, 높고, 어렵게만 생각지 말아야 합니다." 잘살기 위해 당장 오늘부터라도 이렇게 실천해 보십시오. 성과 향상을 위해 남들보다 10분만 더 일찍 출근하고, 10분만 더 늦게 퇴근하십시오.

또 10m만 더 빨리 많이 달려 보십시오. 당신이 힘들 때 남들도 힘들고, 그들이 거기서 멈출 때 당신은 1% 노력으로 100% 경쟁력을 창출할 수 있을 것입니다. 별것 아닌 것처럼 보이는 그 '한 뼘의 차이'가 바로 당신 인생의 '터닝포인트(Tunning Point)'가 될 것입니다.

먼 인생행로를 가다 보면 좋은 일도 있지만, 좋지 못한 어려운 역경이 없을 수 없는데, 역경은 길게 보면 꼭 불리한 존재만은 아닌 것 같습니다. 역경이 유익할 수도 있으며, 역경은 우리를 도전하게 해 주기도 하며, 역경은 우리를 좀 더 강인하게 가르치기도 합니다.

일본 국민들로부터 가장 존경받는 마쓰시타 고노스케(松下幸之助·1894.11~1989.4)는 "나는 하나님이 주신 세 가지 은혜 덕분에 성공할 수 있었다"라고 했습니다. 그중 첫째는 몹시 가난해 어릴 적부터 구두닦이, 신문팔이 등 갖은 고생을 했는데 이를 통해 세상 살아가는 데 필요한 경험을 얻을 수 있었다. 둘째는 태어났을 때부터 몸이 쇠약해 항상 운동에 힘써 늙었어도 건강하게 지낼 수 있었다. 셋째는 초등학교도 못 다녔기 때문에 세상 모든 사람들을 스승으로 여겨 질문하며, 열심히 배우는 일을 한시도 게을리하지 않았다는 것입니다.

누가 마쓰시타의 말을 듣고 자신의 환경과 운명만을 탓할 수 있겠습니까? 수원수구(誰怨誰咎) 즉, 누가 누구를 원망하고 탓해서는 안 됩니다. 사람은 자신의 삶을 자기가 지배하고 통제하는 만큼, 잘살 수도 불행해질 수도 있다는 것 꼭 기억하십시오.

자신의 운명은 자신이 가꾸고 개척해 나가는 겁니다. 결코 운명은 타고나는 것이 아닙니다. 자본의 토대도 중요하지만, 더욱더 중요한 것은 마음적인 토대가 더 큰 자산일 수 있다는

것 명심하십시오. 맡겨진 일에 더한층 충실하는 것이 성공의
첫걸음입니다.

부산 사하구 신평동 574번지 한국레미콘 대표이사

김윤기

• 감사하는 마음으로 인생을 살아라

모든 일에, 모든 사람에게 감사하는 마음이 몸에 배어 있는
사람에게는 금전운이 따른다. 감사하는 습관을 확실히 뇌
에 각인시키는 간단한 방법을 소개하려 한다.
밤에 잠자리에 들기 전 '오늘은 어떤 감사한 일이 있었나?'
하고 하루를 되돌아본 다음 '오늘 하루도 감사합니다'라는
기도를 해 보라. 굳이 말로 하지 않고 마음속으로 떠올려도
좋다.

만약 '아무리 생각해 봐도 오늘 하루 동안 감사할 만한 일
이라곤 도무지 없는걸' 하는 사람이 있다면 조심하라. 당신
에게는 절대 돈이 찾아오지 않을 것이다.

감사는 아주 대단한 일이 아니어도 된다. 사소한 일상의 일
들에 대한 것이면 된다. 어느 누구에게나 하루에 한 가지

그저 열심히 살았습니다

정도는 감사할 일이 생긴다. 그 사람이 사장이든 샐러리맨이든 주부든 학생이든, 지위 고하를 막론하고 감사할 일은 얼마든지 있다.

가장 바람직한 것은 감사함을 느낀 바로 그 자리에서 '감사합니다'라고 표현하는 것이지만 그것이 어렵다면 잠들기 전이라도 '아, 오늘은 정말 감사한 하루였어' 하고 하루 일을 되돌아보는 습관을 들이자.

그런 정도로 돈을 모을 수 있을까, 하고 의아해하겠지만 이것이 가장 확실한 방법이다. 감사하는 마음으로 일을 하다 보면 분노나 싫증을 느낄 새가 없기 때문에 항상 마음이 편안하고 일에 능률이 오를 수밖에 없다. 그러다 보면 수입은 자연히 따라오게 되어 있다.

그뿐 아니라 감사라는 마음으로 일하는 사람은 사람을 대할 때도 그 진심이 그대로 전달되어 자연스럽게 상대방을 배려하게 된다. 그러면 상대방 역시도 당신에게 무언가를 해 주기 위해 노력하게 될 테니, 그 또한 수입과 직결되는 것이다. 주변에 당신을 배려하고 우선으로 대해주는 사람이 하나둘씩 늘어나는 것만큼 큰 재산도 없다.

서로가 서로를 '그 사람은 잘 지내고 있을까', '그 사람은 지금쯤 무슨 일을 진행하고 있을까' 하면서 궁금해하고 도움을 주고 싶다고 생각하다 보면, 그 끈끈한 동료의식과 인간적인 정이 굳건한 밑거름이 되어 당신을 부유하게 만든다.

간혹 '난 항상 감사하며 살아가고 있는데, 도무지 돈이 들어오지 않으니' 하며 불평을 늘어놓는 사람이 있는데 그런 사람은 감사의 진정한 의미를 제대로 파악하지 못한 것이다. 사소하고 자그마해 보이는 일은 무시하고 극적인 기회만 찾고 있는 건 아닌지 반성해 보기 바란다.

진정으로 모든 것에 감사할 줄 아는 사람은 시장에서 덤을 하나 받아도 감사하고, 전화를 걸었을 때 상대가 금방 전화를 받는 것조차 감사하게 여긴다.

즉 감사할 줄 아는 사람은 주변의 모든 사람들을 소중히 여긴다.
옆 사람이 행복하면 자신도 행복해진다는 건강한 발상이 진정 풍요롭고 행복한 삶으로 인도한다.

이명박 대통령 힘내십시오

제가 본 이명박 대통령은 역대 어느 대통령보다 부지런하시고 소탈하시며, 대통령으로서 권위적이기보다는 인자하시며 인정이 많은 사람 냄새 물씬 풍기는 분이십니다.

국민의 최고 책임자로서 대한민국의 중심에서 국가와 국민을 위해 노심초사하시며 좀 더 잘 사는 나라 좀 더 막강한 대한민국을 만들기 위해 불철주야 수고가 많으신 대통령의 깊은 심정 헤아리지 못하고 대통령에 대한 도를 넘는 지나친 발언들을 하는 것을 보고 그냥 있을 수 없어 평범한 국민의 한 사람으로서, 좋지 못한 말들은 좀 가려서 해야 되지 않을까 생각하며, 역대 대통령들의 임기가 끝날 때가 되면 대통령직을 맡아(당선되어) 수고가 많으셨다는 말을 하는 사람은 별로 없고, 들어서 서운할 김빠질 비판과 불평만을 하는 사람들을 보았는데, 대통령은 우리가 선출한 대통령입니다. 내가 현 대통령에게 표를 던지고 안 던졌다고 하더라도 국민들이 많은 표를 주셨기에 대통령에 당선되셔서 대통령의 역할을 훌륭히 하기 위해 열심히 노력하고 있는 임기 중에 마치 대통령이 임기를 다 마치고 큰 잘못이라도 한 것처럼 입에 담지 못할 격한 말들은 하지 말아야 함을 지적하고 싶으며, 최근 대통령의 측근 및 인척들의 비리 의혹이 국민들의 마음을 안타깝게 하지만 그런 사건 자체에 연류된 그 사람들의 잘못이지, 대통령 개인의 잘못인 것처럼 생각하거나 오도하는 것은 대통령을 욕되게 하는 것이며, 대통령을 보고 욕하는 것은 누워 침 뱉는 거와 똑같은 것으로서 좀 더 국민들의 이성 있는 자세가 필요한 것 같습니다.

극소수의 자질 나쁜 국민들의 그릇된 편향에 마음아파하지 마시고 힘내십시오.

이명박 대통령은 역대 대통령 중에서 그 누구도 할 수 없는 큰 성과라 할 수 있는 국가 브랜드를 세계 속에서 우뚝 솟는 대한민국으로 국위를 높여 놓은 큰일을 하신 대통령으로서 큰 업적으로 길이 남을 것입니다.

대한민국을 세계 큰 나라들 속에 나란히 그 속에서도 중심에 설 수 있도록 노력한 이명박 대통령의 외교력은 어느 누구에게 물어봐도 극찬을 아끼지 않을 것입니다.

국가 브랜드를 이렇게 우뚝 높게 올려놓음으로써 가져오는 우리나라 기업들 및 우리나라 제품의 효용가치는 수치로 환산해서는 이루 말할 수 없는 수치가 됨을 우리는 알아야 합니다.

수출을 하고 있는 많은 기업들이나 수출을 준비하고 있는

그저 열심히 살았습니다

기업들 그리고 외국에서 생활하고 있는 대한민국의 국민, 더 나아가 국내에서 생활하는 국민들이라 하더라도 대한민국의 국민임을 자랑스럽게 생각할 수 있는 긍지와 자부심을 가지게 한 사람들은 누구인가? 비단 대통령 혼자서 이렇게 대한민국을 이 위치에 올려놓은 것은 아니지만 누가 뭐래도 이명박 대통령의 외교적인 역할을 제1순위로 손꼽을 것입니다.

그리고 이명박 대통령이 남은 임기 동안 좀 더 용기와 의욕을 가지고 더 많은 일들을 마음먹고 잘하실 수 있도록 많은 성원과 칭찬을 아끼지 말아야 할 것입니다.

대통령도 감정을 가지신 사람입니다.

국가와 국민을 위해 열심히 국정에 임하며 더 많은 생각과 더 많은 고민을 하며 최선을 다하고 있는데, 그릇된 생각으로 굵직굵직한 큰 국정사업(한미 FTA 및 낙동강 정비사업) 등을 잘못했니 하며 비난하는 것은 바람직스러운 일이 아닌 것 같습니다.

대통령이 남은 임기 동안 좀 더 중요한 일들을 잘하실 수 있도록 도움이 되지 못할 막말들을 정치인이나 일부 세력들도 삼가할 것을 엄숙히 경고하는 바입니다.

이명박 대통령은 장하십니다.

온갖 욕설과 비판을 삼키시며 묵묵히 모든 것 참으시고 새벽잠 설치시며 이른 새벽 일어나 하루를 연다는 대변인의 말

을 보더라도 얼마나 부지런함이 몸에 평소 배어 있으신 분이
아니십니까.

　이명박 대통령님!

　무리들의 무리한 말 같지 않은 말에 언짢아하시지 마시고
힘내십시오. 대통령을 욕하며 비난하는 사람들은 일부 극소
수이며 대통령을 존경하고 공경하며 박수를 보내는 국민들이
많다는 것을 생각하셔서 힘내셔야 합니다. 존경합니다. 건강
하셔야 하옵니다.

부산 중소기업 CEO

대표이사 김 윤 기

청와대 녹지원에서 이명박 대통령 표창 2009.05.22

대통령님께 드리는 건의문

저는 부산레미콘조합 이사장으로 중소기업중앙회 부산.울산
지역회장을 맡고 있는 김윤기 입니다.

좀 더 부강한 나라, 온 국민이 함께 잘사는 나라를 만들기
위해, 불철주야 노력하시는 이명박 대통령님께 존경과 함께
고개숙여 깊은 감사를 드립니다.

대통령님께서 **동반성장위원회를 발족**시킨데 대하여, 많은
중소기업인들은 한결같이 깊은 감사를 드리고 있사오며,
앞으로도 동반성장위원회가, 더 많은 일을 할 수 있도록
지속적인 관심과 적극적인 지원을 부탁 드립니다.

아울러, **중소기업적합업종 선정에 레미콘사업이 선정되어,**
730여 중소기업사와 6만여명의 종업원들이 희망과 용기를
가질수 있도록 각별한 관심과 지원을 부탁 드립니다.

항상 행복하시고 건강하시길 기원 드립니다.
부산레미콘 협동조합 **김윤기**

2011년 09월 29일

㈜한국레미콘 / 부산시 사하구 신평동 574번지 / ☎051-203-7004 / 전송 051-203-7073

부산CC 제63회 클럽선수권대회 기념.

적십자사 국민성금 시장님과 서정의 총재님과 함께 단체사진

그저 열심히 살았습니다

부산상공회의소 제25대 초선의원 친선 골프경기 및 간담회 시 (2024.6.26)

㈜메탈엘엠이, ㈜한국레미콘, 선보피스주식회사, ㈜태광, ㈜굿트러스, 대양전기공업㈜, ㈒정암장학회, ㈜동화엔텍, ㈜덕재건설, 이스턴마린㈜, 삼영엠티㈜, 신앙촌소비종합주식회사가 함께해주셨습니다.

신규 나눔명문기업 회원님들께 환영과 축하의 인사를 전합니다. (나눔명문 기업은 최소한 1억 이상 현금을 회사할 때 가입할 수 있다.)

그저 열심히 살았습니다

한국 해양대 경제학 석사학위
졸업 앨범에 싣기 위한 포즈

한국 해양대 경제학 학사학위 종강식을 앞두고, 학사학위 원우들과 함께.

한국해양대 경제산업학과 전기학위 수여식에서 나호수 학부장으로부터 석사원우
회장으로 감사패를 받은 기념사진

그저 열심히 살았습니다

큰아들 김상우, 둘째 아들 김현우, 셋째 아들 김희우와 며느리 세 사람과 손주, 손녀에게 감사패를 받다.

한국 레미콘 업계의 선구자가 전하는
소중한 인생의 지혜

권선복 | 도서출판 행복에너지 대표이사

'성공'은 누구에게나 가슴 설레는 단어입니다. 특히 많은 사람들이 꿈꾸는 것은 경제적 성공일 것입니다. 하지만 경제적 성공을 할 수 있는 '비법'이라는 것이 과연 존재할까요? 대한민국 레미콘 업계의 선구자라고 할 수 있는 김윤기 ㈜한국레미콘 대표이사가 들려주는 이야기는 성공을 꿈꾸는 사람들이 어떻게 생각하고 행동하는지에 대해 많은 생각을 하게 해 줄 것입니다.

김윤기 저자는 격동의 해방공간으로 불리던 1947년에 경북 성주군 용암면의 시골 마을에서 태어나 부유하지 않은 어린 시절을 보내야 했습니다. 모두가 가난하고 힘들었던 그 시절, 자신의 자식에게만은 가난을 물려주지 않겠다는 일념으로 중학교를 졸업하자마자 어머니께 비장한 마음으로 쌀 세 되를 받아 고향 마을을 등지고 도시에서 새로운 생활을 시작합니다. 고된 직

　　　　　　　　　그저 열심히 살았습니다

장생활부터 사무업무까지 안 해본 일이 없었던 직장생활 10년, 자신의 회사를 갖게 된 후에도 과로로 생명의 위기를 넘나드는 등 수많은 역경과 고난을 극복하고 석분 벽돌의 원조로서, 레미콘 산업의 선두주자로서 우뚝 서는 김윤기 저자의 이야기는 극한의 상황을 마주했을 때 사람이 어떻게 그것을 극복해 내는지를 잘 보여주고 있습니다.

마지막으로 '부록'은 격동의 시대를 살며 대한민국의 경제적 성장을 지탱하고 지원한 원로 경영인으로서 김윤기 저자가 말하는 '성공의 비법'을 담고 있는 장입니다. 일확천금으로 억만장자가 될 수 있게 해 주는 방법은 없지만, 평범한 삶 속에서 성공할 가능성을 조금이라도 더 확실하게 붙잡을 수 있는 방법으로 저자는 '자기 통제'와 '감사'를 제시합니다. 성공을 위해 경제적 이득을 우선시하고 행동할 것이 아니라, 경제적 이득 이전에 이 두 가지를 가슴속에 새기고 실천하면서 살아간다면 성공은 자연스럽게 따라오게 될 것이라는 김윤기 저자의 신념을 느낄 수 있습니다.

한국 레미콘 업계의 선구자 김윤기 ㈜한국레미콘 대표이사의 삶과 신념이 흔들리는 젊은 세대에게 소중한 귀감이 되어 주기를 희망합니다.

'행복에너지'의 해피 대한민국 프로젝트!

〈모교 책 보내기 운동〉 〈군부대 책 보내기 운동〉

한 권의 책은 한 사람의 인생을 바꾸는 힘을 가지고 있습니다. 한 사람의 인생이 바뀌면 한 나라의 국운이 바뀝니다. 그럼에도 불구하고 많은 학교의 도서관이 가난하며 나라를 지키는 군인들은 사회와 단절되어 자기계발을 하기 어렵습니다. 저희 행복에너지에서는 베스트셀러와 각종 기관에서 우수도서로 선정된 도서를 중심으로 〈모교 책 보내기 운동〉과 〈군부대 책 보내기 운동〉을 펼치고 있습니다. 책을 제공해 주시면 수요기관에서 감사장과 함께 기부금 영수증을 받을 수 있어 좋은 일에 따르는 적절한 세액 공제의 혜택도 뒤따르게 됩니다. 대한민국의 미래, 젊은이들에게 좋은 책을 보내주십시오. 독자 여러분의 자랑스러운 모교와 군부대에 보내진 한 권의 책은 더 크게 성장할 대한민국의 발판이 될 것입니다.